सूखी रेत

सूखी रेत

जीलानी बानो

लिप्यन्तरण

सुरजीत

राजकमल प्रकाशन

नयी दिल्ली पटना

मूल्य : रु. 150.00

पहला संस्करण : 2001

प्रकाशक : राजकमल प्रकाशन प्रा. लि.
1-बी, नेताजी सुभाष मार्ग
नई दिल्ली-110 002

मुद्रक : बी.के. आफसेट
नवीन शाहदरा, दिल्ली-110 032

आवरण : सोरित

SOOKHI RET
(Stories) by Jilani Bano

ISBN : 81-267-0282-6

रजाए के नाम !

धुनक में कितने रंग घुले हैं ?
सात सुरों का भेद है क्या ?
अलिफ़ लैला में कितने दर (द्वार) खुलते हैं ?
ग़ालिब दिल को क्यों छूता है ?
इन भेदों को जान लो, रजाए
वरना !
आनेवाले वक़्त के जब्र से
अपने ज़मीर को बचा न सकोगी...

बानो

क्रम

ज्वाए

ज्वाए मिक़्नातीस का ऐसा टुकड़ा था, जिस पे (पर) घर के बिखरे हुए सब ज़र्रे चिमट जाते थे। 'भौं...भौं...भौं...' इस घर में सुबह का यक़ीन ज्वाए की आवाज़ से आता है।

मेरा घर...जहाँ सब एक दूसरे से मुँह फेरकर जी रहे थे, एक दूसरे का जी जलाकर अपना जी ख़ुश करते थे। बाहर मिलनेवाली सारी नाकामियों, नाइंसाफ़ियों का इन्तक़ाम (बदला) एक दूसरे से लेते थे।

मगर ज्वाए उन्हें कुछ करने भी दे ! अब तो घर में सिर्फ़ ज्वाए की मर्ज़ी चलती है। किसी को प्यार आता है, तो ज्वाए पर। हँसी आती है, तो ज्वाए की हरकतों पर। उसका मूड, उसकी सेहत, उसकी पसन्द-नापसन्द...कभी-कभी मुझे ऐसा लगता, जैसे सदर ख़ानदान की कुर्सी पर मेरी बजाय ज्वाए बैठा हो इस घर में। ज्वाए हर काम की निगरानी करता है। बाहर जानेवालों को गेट तक छोड़ता। अन्दर आनेवालों को पहले शक व शुबहे से देखता और फिर उनके किरदार के बारे में पूरी तरह मुत्मईन (सन्तुष्ट) होने के बाद ही उन्हें अन्दर आने की इजाज़त देता है। फिर किचन की निगरानी करना, दीवारों से झाँकनेवाली बिल्लियों, दरख़्तों पर शोर मचानेवाले कौए और दरवाज़े पर बेल बजानेवाले अजनबी चेहरों से निबटने में वह ख़ूब थक जाता है।

'भौं...भौं...भौं...' उठो, उठो...वह उजाला होने से पहले मुझे झँझोड़ डालता है।

कोई अच्छा ख़्वाब तो तुम्हारे नसीबों में है नहीं...तो फिर चलो, नीचे सड़क पर कोई ख़ूबसूरत ख़याल, दिलचस्प हादसा ढूँढ़ें।

ऊँह...मैं अपने चेहरे पर ज्वाए के प्यार की नमी पोंछकर करवट बदल लेता हूँ।

कूँ...कूँ...कूँ...ज्वाए अब मेरे बिस्तर पर आ गया।

मेरी बीवी रमा नींद की गोली खाकर सोती है, और ज्वाए यह बात जानता है कि इस जुर्रत पर उस वक़्त वह रमा की लात नहीं खाएगा।

तू दरवाज़ा खोलकर अन्दर कैसे आ जाता है ? मैं उसकी गर्दन पकड़कर नीचे धकेल देता हूँ। हम दोनों सोने से पहले अपने-अपने मौसम बदलते रहते हैं...कभी मुझे गर्मी लगती है। कभी रमा को सर्दी...फिर दिन-भर के शिकवे-शिकायतें...एक दूसरे पर इल्ज़ामों की बौछार और उनसे बचने के लिए करंटवाले तार हमने अपने चारों तरफ़ फैला रखे हैं। जब मैं रमा की तरफ़ बढ़ता हूँ, तो कितने स्विच ऑन और ऑफ़ करने पड़ते हैं।

मगर ज्वाए उन्हें एक ही छलाँग में पार करके मुझे प्यार करने आ जाता है।

इस अदा पर उसका मुँह न चूमें, तो क्या करें !

मगर उसके बाद रमा की नफ़रत-भरी छी-छी...थू...थू...

और थोड़ी देर बाद जब रमा बिस्तर पर बैठी जम्हाइयाँ लेती थी, तो ज्वाए उसकी गोद में चढ़कर भी अपना प्यार वसूल कर लेता है...और चोरी पकड़े जाने पर वह ऐसे सिर झुका लेती है, जैसे मैंने उसे किसी आशिक़ के साथ रँगे हाथों पकड़ लिया हो।

मैं एक नाकाम बिज़नेसमैन हूँ। ब्योपार (व्यापार) में घाटा मेरा ब्लडप्रेशर बढ़ा देता है, मगर सुबह टी.वी. पर बढ़ती हुई क़ीमतों का निशान मुझे पुर-सुकून कर देता है। ऐसे वक़्त इंसान का जी चाहता है, आँखें बन्द किए रातोरात लखपति बनने का ख़्वाब देखे।

लेकिन डॉक्टर ने मुझे सुबह-सवेरे चलने का हुक्म दिया है, और यह बात सब भूल जाएँ, लेकिन ज्वाए नहीं भूलता। सड़क पर आने के बाद मेरे हाथ में ज्वाए की ज़ंजीर होती है, मगर ज्वाए तो जैसे ज़ंजीर मेरे गले में डालकर मनमाने रास्तों की ओर चल निकलता है।

चार मंज़िलों की सीढ़ियाँ उतरने के बाद मेरा जी चाहता है कि लॉन की बेंच पर ही बैठा रहूँ, मगर ज्वाए के लिए तो सुबह के उजाले में बेशुमार वायदे और उम्मीदें जगमगाती हैं।

रात को उस राह से गुज़रनेवाली कुत्तियाँ यहाँ अपनी ख़ुशबू बिखेर गई हैं।

ज्वाए अपने नथने फैलाकर, मुँह उठाकर हवा में कुछ सूँघता है और अनजानी राहों पर भागने लगता है। कभी-कभी बिज़नेस के दम घुटा देनेवाले फन्दों से जान छुड़ाकर मेरा जी चाहता है, मैं एक नज़्म लिखूँ। खुली हवा में बैठकर किसी नए ख़याल को पकड़ूँ।

मगर ज्वाए भी एक ख़्वाब देखनेवाला आर्टिस्ट है, जो अपनी नई तख़्लीक़ (रचना) की खोज में आगे-ही-आगे दौड़ना चाहता है।

कभी मैं आगे-आगे चलता हूँ, और ज्वाए एक सआदतमन्द (आज्ञाकारी) बच्चे की तरह मेरे साथ-साथ मेरे मूड को देखते हुए चलता है। फिर अचानक सड़क का कोई नज़ारा उसे दौड़ने पर मजबूर कर देता है और मैं उसके पीछे-पीछे भागते में हाँफ जाता हूँ। मैं एक नाकाम बिज़नेसमैन, मामूली सा शायर,...सारी ज़िन्दगी ऊँचा उड़ने के ख़्वाब देखता रहा।

"डैडी, आपने बिज़नेस की लाइन अपनाने से पहले किसी से मशविरा क्यों नहीं किया ?"

"डैडी, आपके क्लास-फैलो कितने मशहूर डॉक्टर हैं। आपने मैडीसन में एडमिशन की कोशिश क्यों नहीं की ?" अपने बच्चों के ऐसे सवालों पर मैं घबरा जाता हूँ।

"अरे, इन्होंने तो ज़िन्दगी-भर जिस सौदे में हाथ डाला, घाटा-ही-घाटा रहा !"

रमा ठंडी साँस भरकर अपना माथा पीट लेती है।

और मुझे चारों तरफ़ धुआँ-ही-धुआँ नज़र आता था।

रमा जितनी सुन्दर थी, उतनी ही कड़वी। शीरा टपकाती गुलाब जामुन जैसी उस मोहनी लड़की पर मैं अपना सब-कुछ लुटा चुका था। फिर जिस दिन अपनी गिरह में उसका पल्लू बाँधकर मैं अपने घर की सीढ़ियाँ चढ़ा था, तो जैसे किसी पहाड़ पर चढ़ता गया। रमा मुझसे दूर-ही-दूर खड़ी हँसती रही। उसने मेरे गले में एक रस्सी डालकर डुगडुगी बजा दी थी।

अब मैं ज्वाए के गले में ज़ंजीर डालकर भाग रहा हूँ। हम दोनों हाँफ रहे हैं। मैं जानता हूँ, वह जिस रास्ते पर जा रहा है, वहाँ आगे कुछ नहीं है, मगर खोज और किसी अनहोनी ख़ुशी से मुठभेड़ उसे दीवाना बनाए रखती है।

क़रीब से गुज़रनेवाले लोगों, कारों और स्कूटरों को वह बड़े ग़ौर से देखता है और पसन्द न आनेवाले चेहरों पर भौंकने लगता है।

"अरे, अहमक़ ! यह तो किसी मिनिस्टर की कार थी। तुझे क्या ज़रूरी था उस पर भौंकना ?"

यह सुनकर ज्वाए रुका और पासवाले खम्भे की तरफ़ टाँग उठाकर पेशाब करने की एक्टिंग की। इससे पहले वह हर पसन्द न आनेवाले चेहरे को देखकर यही काम करता रहा है।

अब आसमान पर वहम की तरह नज़र आनेवाला उजाला, आनेवाले दिन का यक़ीन बनकर फैल रहा है। वह अभी तक नहीं आई। हम दोनों एक साथ दूर तक देखते हैं।

रात को वह इस राह से गुज़री थी। नथने चौड़े करके ज्वाए उसकी ख़ुशबू सूँघता है। फिर अचानक दूर से आनेवाली रोज़ी की भौं-भौं उसे रोक देती है।

वह मुँह ऊपर उठाकर 'आशियाना' के मकीनों (वासियों) से कहता है, "भौं... भौं...भौं...छोड़ दो रोज़ी को। सलाख़ों के पीछे मत बन्द करो। रोज़ी डियर, नीचे आओ।"

"निरा अहमक़ है तू !" मुझे ग़ुस्सा आ जाता है।

"वह तो बन्द दरवाज़ों के पीछे क़ैद है। उसकी मोटी मालकिन को टहलने के नाम से चिढ़ है। इसलिए वह अपनी नाज़ुक-अन्दाम (कोमलकान्त) कुत्तिया को आशिक़-मिज़ाज कुत्तों से दूर रखती है...सलाख़ोंवाली खिड़की के पीछे बिठा देती है कि ज्वाए जैसे कुत्ते भौंकते-भौंकते बेहाल हो जाएँ।"

"चिल्लाओ मत यार..."

"वह मिल जाएगी, तो और पछताओगे, बेटा।"

मगर ज्वाए अपनी मुहब्बतों के सुराग न जाने कहाँ-कहाँ खोजता फिरता है।

जगह-जगह रुककर वह पंजों से ज़मीन खोद डालता है। अपनी मुँहज़ोर ख़्वाहिशों से बेताब होकर छलाँगें लगाता है।

मुझे उकताहट होने लगती है। उस आगे-ही-आगे दौड़ती हुई सड़क पर मेरे लिए कोई दिलचस्पी नहीं है। ज्वाए की ज़ंजीर थामकर उसके पीछे-पीछे चलना ही मेरा काम है।

डॉक्टर ने कहा है कि रोज़ पाँच किलोमीटर चलना चाहिए। उस फ़ासले को कई बार मैंने दिल में नापा। पेट्रोल-पम्प से आगे...आइसक्रीम पार्लर के पास...

मगर ज्वाए के लिए कोई हद, कोई सीमा आती ही नहीं।

रोज़ी के लिए चिल्लाते-चिल्लाते एक परिन्दे का उड़ता हुआ पर उसके लिए नई ख़ुशियों का सामान ले आया। वह जी भरके उछला-कूदा, गुर्राया और फिर उस पर को मुँह में दबोचकर मेरी गोद में डाल दिया।

ज्वाए के लिए इस दुनिया में कितनी ख़ुशियाँ थीं, और मैं ख़ाली हाथ गोद में रखे फुटपाथ पर बैठा हूँ।

एक औरत की ग़ुस्से-भरी नज़रें उसे फिर आगे की तरफ़ दौड़ाने लगती हैं। अपने गले में पड़ी हुई ज़ंजीर को वह अब नहीं मानता, जैसे ज़ंजीर उसने मेरे गले में डाल दी हो। सड़क पर जितनी ख़ूबसूरत औरतें जा रही हैं, वे ज्वाए को देखकर हँसती हैं। रास्ता चलनेवाले बच्चे उसे देखकर सीटी बजाते हैं। चमकीली धूप उसके लिए निकली थी। उसे ठंडी हवाएँ मिल रही थीं। मज़ेदार ख़ुशबुएँ, अनोखे मंज़र, दिलचस्प खिलौने, और मेरे साथ सिर्फ़ तेज़ धूप है। आज आनेवाले बिज़नेस की उलझनें और हर पल ज़्यादा गरम पड़नेवाला सूरज !

सड़क पर चहलक़दमी करनेवाले सब लोग ज्वाए को विश करते हैं। कुत्ते के सिर पर हाथ फेरना मुहज़्ज़ब (सभ्य) होने की निशानी है, और मुझ जैसे फ़ालतू आदमी से सड़क पर बात करना ऊँची सोसाइटी में अच्छा नहीं समझा जाता। इसलिए जब ज्वाए मेरे साथ हो, तो लोगों को वह अकेला ही नज़र आता है और जब मैं सड़क पर अकेला हूँ, तो लोग मुझे एक आदमी की तरह नज़रअन्दाज़ कर देते हैं।

हम दोनों सिर झुकाए अब घर की तरफ़ चल रहे थे कि अचानक सड़क पर दूर पिंकी अपनी माँ के साथ नज़र आई और हम दोनों के दिलों की कली खिल उठी।

ज्वाए...ज्व...ज्व...ज्व...

वह सड़क पर मिले, तो ज्वाए के लिए सीटियाँ बजती हैं। ज्वाए उसकी आवाज़ सुनते ही भागता हुआ पिंकी की गोरी पिंडलियों से लिपट जाता है। उसकी फ्रॉक पकड़कर झूलता, उसे धक्के देकर आसपास मँडलाता है। पिंकी हम दोनों को पसन्दीदा नज़रों से देखती है। उसने एक बार टी.वी. पर मेरी नज़्म सुनी थी और मुझसे आटोग्राफ़ लेने आई थी।

पिंकी की मुस्कुराहट की ठंडक...उसके क़ुर्ब (समीपता) की आँच, उसकी नज़रों की पसन्द मेरी थकन भी उतार देती है।

कभी-कभार ज्वाए से खेलने के बहाने पिंकी हमारे घर भी आने लगी है, हालाँकि उसकी माँ से लॉन ख़राब करने के सिलसिले में रमा की ज़बर्दस्त जंग हो चुकी है, मगर

वह अर्चना की सहेली है और दोस्ती का बन्धन अब ज्वाए से बँध गया था। पड़ोस के सब बच्चे हमारे घर को सिर्फ़ ज्वाए का घर कहते हैं।

पिंकी के घर में आते ही ज्वाए मेरी कुर्सी के नीचे से उछलकर उसकी तरफ़ बढ़ता है। ख़ुशी से भरी 'कूँ-कूँ' के साथ उसे धकेलने लगता। पिंकी उसके लिए चाकलेट लाती, या छोटा सा बाल और फिर उन दोनों की उछलकूद व चीख़ो-पुकार से सारा घर गूँज उठता। ज्वाए के साथ खेलते-खेलते पिंकी मेरे कमरे में आ जाती, तो मैं घबराकर खड़ा हो जाता था। उसे देखते ही कोई-न-कोई बात हो जाती। मेरी कोई चीज़ ज़रूर खो जाती थी और मैं सारे कमरे को उलट-पुलट कर डालता।

तब ज्वाए मेरे सामने फैला हुआ अख़बार समेटकर डस्टबिन में डाल आता।

सब हँसने लगते, "अब यह बहुत सताने लगा है, पिंकी !" अर्चना भी उनके खेल में शरीक हो जाती थी, "ज्वाए को जो चीज़ अच्छी नहीं लगती, उसे डस्टबिन में फेंक देता है ?"

पिंकी हँसने लगती, "सच्ची...?"

"हाँ, हमारी कोई चीज़ खो जाए, तो डस्टबिन में मिल जाती है। परसों मम्मी की लिपस्टिक..."

"अर्चना, शोर मत करो। मेरे सिर में दर्द हो रहा है," मम्मी की डाँट सुनकर उन दोनों की हँसी थम गई।

"भौं...भौं...भौं...भौं..." ज्वाए ने रमा को डाँट दिया।

"चुप रहो...हर वक़्त की बकबक..." रमा को ज्वाए पर ग़ुस्सा तो बहुत आया। फिर सबके सामने यूँ ज़ाहिर किया, जैसे ज्वाए को जानवर समझकर मुआफ़ कर दिया है।

मेरी हँसी बड़ी देर तक न रुकी। ज्वाए ने जैसे आज मेरी दिली मुराद पूरी कर दी हो। रमा को कोई डाँट सके, यह कैसी अनहोनी बात थी।

नाश्ते की मेज़ पर अख़बार रखा होगा।

चारों तरफ़ दुनिया में घमासान का रण पड़ा है। अख़बारवाली के आसपास भी घर की बड़ी ताक़तों के दरम्यान शदीदी तनाव था। रवि ने फ़ैसला कर लिया था कि वह जायदाद में से अपना हिस्सा लेकर अमेरिका चला जाएगा, ताकि ऐसे बाप और ज़िद्दी माँ से पीछा छुड़ा सके। अर्चना अपनी पढ़ाई छोड़कर उस स्टेज-अदाकार से शादी करने का फ़ैसला कर चुकी थी, जो अब तक दो बीवियों को छोड़ चुका है। रमा समझती थी, इस घर में उसके अहकाम (आदेश) न माने जाएँ, यह हो ही नहीं सकता। उसकी औलाद के बिगड़ने की सारी ज़िम्मेदारी उनके बाप पर है, जो इतना मुफ़लिस (निर्धन) है और इतना बुज़दिल है कि औलाद पर कोई रोब ही न डाल सका।

क्वेत (कुवैत) एक छोटा सा मुल्क है, जिस पर रातोरात बड़ी ताक़तों ने हमला करके अपना बना लिया। अख़बार की यह ख़बर ब्रेड के स्लाइस और मारमलेड की मिठास में कड़वाहट घोल चुकी है।

रमा और बच्चों के साथ उस वक़्त बोलनेवाले डायलाग्ज़ मैं रास्ते-भर याद करता रहा हूँ। हमें दरवाज़े में देखकर सबसे पहले रवि सीटी बजाता है, "हैलो ज्वाए, ज्च..ज्च...ज्च..."

अब ज्वाए मेरे हाथ से ज़ंजीर का सिरा छुड़ाकर रवि की तरफ़ उछलता है। उसकी टाँगों से लिपट जाता है। उसके कन्धे पर हाथ रखकर झँझोड़ डालता है।

रवि बड़ी मुहब्बत से उसके बाल सहलाता है। ख़ूब मक्खन लगाकर बड़े चाव से उसे स्लाइस खिलाता है और फिर घबराकर मुझसे पूछता है, "डैडी, आज तो शायद आपको ज्वाए को इंजेक्शन भी दिलवाना है न ?" (यह सिर्फ़ डैडी से भी कोई बात करने का बहाना है)

मैं कोई जवाब नहीं देता। सिर्फ़ सिर हिला देता हूँ। (उस डायलाग की मुझे उम्मीद नहीं थी न।) "इतनी देर लगा देते हो आने में," रमा भी उबला हुआ अंडा तोड़ते में कुछ कहना ज़रूरी समझती है, "भैया को जल्दी जाना है। इसलिए हमने नाश्ता शुरू कर दिया !" अर्चना सिर झुकाकर कहती है, "सुबह सवेरे लोग अन्धाधुन्ध कार चलाते हैं। ज़रा देखभाल कर ले जाया करो ज्वाए को ?"

"तुम इतनी फ़िक्र क्यों करती हो ज्वाए की ? मैं जो साथ रहता हूँ," मैंने रमा से कहा। कुर्सी पर बैठकर मैं अपनी बैलट को सीधी करता हूँ। न जाने डॉक्टर ने कल मुझे क्या परहेज़ बताया था !

"बहुत भूखा है—बेचारा ! ख़ूब थक गया है न ! मुन्नू, पहले ज्वाए को दूध दे दो," अर्चना चाहती थी, इस वक़्त सब ज्वाए की बात करें, उसके बारे में नहीं।

डॉक्टर ने मुझे नाश्ते से पहले दो दवाएँ खाने को कहा था, मगर इतना थक गया हूँ कि बेडरूम से दवाएँ लाने को जी नहीं चाहता।

"क्यों ? आज फिर नाश्ता नहीं करोगे ?" रमा बेज़ारी से मेरी तरफ़ देखती है।

"आज तो तुम्हारे लिए उपमा भी बनवा दिया है !"

"अच्छा, अच्छा ! अभी खाता हूँ !"

"ज्वाए...ज्वाए...ज्वाए..." अर्चना ज्वाए से खेल रही है। वह अर्चना को छू-छूकर भाग रहा है। कभी सोफ़ों पर उछलता है। कभी उसकी साड़ी का पल्लू पकड़कर खींचता है।

फ़ोन की घंटी बजी। ज्वाए खेलना छोड़कर फ़ोन की तरफ़ मुँह करके भौंकने लगा। उसे फ़ोन आने से बड़ी चिढ़ थी। इतनी देर उसे चुप रहना पड़ता है। फ़ोन रवि के लिए था। वह उठा तो मुँह में उँगली रखकर ज्वाए से कहा, "चुप...चुप..."

ज्वाए चुप हो गया, मगर निचला बैठना उसके बस में नहीं था। इसलिए वह चारों तरफ़ ऐसी चीज़ें ढूँढ़ने लगा, जो उस कमरे में उसे ग़ैर-ज़रूरी लग रही थीं।

उसने पहले अर्चना की किताब सोफ़े से उठाकर डस्टबिन में डाली। फिर मेरी दवा का पैकेट, रमा के बालों से गिरे हुए फूल ! "ज्वाए, इसे भी डस्टबिन में डालो..."

मैं घबरा गया। अर्चना ने मेरी तरफ़ इशारा किया था। नहीं, मेरे पैरों के पास छोटा

स्लाइस पड़ा था।

"आप नाश्ता क्यों नहीं करते ?" रमा बेज़ार होती जा रही थी।

"हाँ, करता हूँ ! पहले दवा खाना है।"

"इतनी दवाएँ खा-खाकर हाज़मा ख़राब कर लिया है," वह मुँह बनाकर मेज़ से उठ जाती है।

स्लाइस फेंकने के बाद ज्वाए ने रवि का सिगरेट-केस मुँह में दबाया और डस्टबिन की तरफ़ बढ़ा, मगर फ़ोन रखकर उसने ज्वाए के मुँह से सिगरेट-केस छीनकर एक थप्पड़ उसके मुँह पर लगाया और फ़हश (अश्लील) गाली दी।

"...मेरी किसी चीज़ को हाथ लगाया, तो मार के इसी डस्टबिन में फेंक दूँगा !"

मार खा के ज्वाए चकरा गया...गाली सुनकर सहम गया। लड़खड़ाता हुआ वह मेरी तरफ़ आया और मेरे क़दमों के पास बैठकर हाँफने लगा।

ज्वाए के पिटने पर रमा तिलमिला सी गई, पर ग़ुस्से से बेटे के सामने मुँह खोलने की हिम्मत न थी।

"वह गाली बर्दाश्त नहीं कर सकता," अर्चना को भी ज्वाए का पिटना अच्छा न लगा।

"हाँ, उसे तो डाँट दो। तब शर्मिन्दा हो जाता है," अर्चना ने अपना पर्स उठाकर बाहर जाते हुए कहा।

"डस्टबिन में फेंकने की बात पर डर गए, ज्वाए...?"

ज्वाए के मिज़ाज से उस घर में सब अच्छी तरह वाक़िफ़ थे। उसकी तकलीफ़ पर सबको दुख होता है। ज्वाए, तुम लकी हो...

घर से बाहर जाते वक़्त घर का हर फ़र्द (प्राणी) बड़ी देर तक आईने के सामने खड़ा रहता है। सब अपने चेहरों पर दूसरा मास्क चढ़ाते हैं। हँसते-मुस्कुराते, दुनिया को अपनाने और अपनी चालाकी को कैश कराने के लिए अच्छा मेकअप और अच्छी एक्टिंग ज़रूरी हो गई है।

"जो...जो...जो..." बाहर जाते वक़्त रवि ने रूठे हुए ज्वाए को मनाना ज़रूरी समझा। रोज़ उसकी आवाज़ सुनते ही उछलकर दौड़ना और रवि की टाँगों से लिपट जाना ज़रूरी था। जब तक रवि की कार गेट से बाहर न चली जाती, वह चिल्ला-चिल्लाकर उछलता रहता था, मगर आज उसने ज़रा-सी आँख खोलकर रवि को देखा और मुँह फेरकर लेट गया।

मुझे शक होने लगा। ज्वाए में किसी इंसान की रूह आ रही है। वह धीरे-धीरे इंसानों जैसा बन रहा है। अगर सचमुच ऐसा हो गया, तो...किसी डस्टबिन में फेंक दिए जाओगे...

अख़बार पढ़ते-पढ़ते मुझे ऊँघ-सी आने लगी।

तब मैं खाने की मेज़ के नीचे पड़ा रवि की मार से कराह रहा था...मेरे गले में एक ज़ंजीर पड़ी थी, जिसे ज्वाए घसीट रहा था।

"कैसी बेदर्दी से घसीटते हो उसे...?" रमा ज्वाए से कह रही थी, "आओ...मेरी गोद में आओ !"

मैं कूदकर रमा की गोद में जा बैठा...और जब रमा ने अपना मुहब्बत-भरा हाथ मेरे बालों पर फेरा, तो मेरी आँखों में आँसू आ गए...

कोई रो रहा था...मैं ?...या वह...वह...?

मुजरिम

न जाने ऐनक का नम्बर बदल गया था या सारी दुनिया ?

निसार बार-बार आँखें मलता...हर चीज़ अपनी जगह से हटी हुई, दूर-दूर सरकती हुई...शनासा (परिचित) चेहरे पहचाने न जाते...हर तरफ़ रात जैसा अँधेरा...कभी रात को आँख खुलती, तो ऐसा लगता, दूर कहीं लोग चिल्ला रहे हैं, रो रहे हैं...

क्या हमला करनेवाले आ रहे हैं ?...यह कैसा शोर है ?

निसार सोते-सोते चौंक पड़ता।

"मुझे तो कोई आवाज़ सुनाई नहीं देती। आप न जाने क्यों इतना डरने लगते हैं!" आमना घबरा जाती थी।

"हाँ, मुझे डर लग रहा है। दरवाज़ा बन्द है न ? खिड़कियाँ बन्द कर ली थीं ?"

वह घबराके उठ बैठा...एक बार सड़क का हंगामा देखने के लिए खिड़की खोली थी, तो पुलिसवाले अन्दर आ गए, "मारनेवाला कौन था ?...बताओ..."

"मारनेवाला कौन है ?...यह तो तुम भी जानते हो..." मगर यह बात उसने इंस्पेक्टर से कही नहीं। आजकल उसे बोलते हुए डर लगता है। कहीं उसकी बातों से कोई पहचान न ले कि वह कौन है ? सब उससे डरने लगे हैं। किसी-न-किसी सिम्त (तरफ़) भागना चाहते हैं। कोई क़रीब आ खड़ा हो, तो दिल धड़कने लगता है। उसने मुझे ग़ौर से क्यों देखा...वह नौजवान झोले में क्या चीज़ छुपा रहा है ? वह कार आगे जाकर क्यों रुक गई ?

मुहल्ले में दंगा चल रहा था, तो विनेक्टेश का फ़ोन आया :

"कैसे हो निसार ? मुहल्ले में तो सब ठीक है ? बस मैंने इसीलिए फ़ोन किया था कि तुम घर पर हो या नहीं ?"

इतनी रात को विनेक्टेश ने क्यों फ़ोन किया ? वह क्यों पूछ रहा था कि मैं घर पर हूँ या नहीं ?

टी.वी. पर फ़साद की जितनी ख़बरें आईं, ऐसा लगता, जैसे यह सब उसकी ख़ताएँ (गलतियाँ) हैं। लोग नफ़रत-भरी नज़रों से उसे देख रहे हैं। इन्तक़ाम (प्रतिशोध) के हथियार उठाए उसके पीछे दौड़ रहे हैं। दंगा कहीं हो मारनेवाले कोई भी हों, मुजरिम के कटघरे में निसार हमेशा अपने आपको देखता है।

घर से बाहर जाते वक़्त वह इस यक़ीन को भी अपने ब्रीफ़-केस में रख लेता था

कि आज कुछ-न-कुछ होकर रहेगा। हो सकता है, ऑफ़िस में बम फट जाए। उसे क़त्ल कर दिया जाए...कोई गुंडा मरियम को उठाकर ले जाए।

"बाबा, अगर हमारे घर में गुंडे घुस गए, तो मैं छत से नीचे कूदकर मर जाऊँगी !"

एक दिन मरियम से यह बात सुनकर उसे कितना सुकून मिला था।

"सुनो, आमना ! इंश्योरेंस के काग़ज़ अलमारी से नीचेवाले शेल्फ़ में हैं। सादिक़ ने बीस हज़ार रुपए अभी वापस नहीं किए हैं। मेरा ख़याल है, मरियम के लिए एहसान अच्छा लड़का है..."

मगर उसके वसीयतनामे सुनने के बजाय आमना को एक और ख़ौफ़ दहलाए देता था।

"घर में आटा ख़त्म हो चुका है, और शाम को फिर कर्फ़्यू लग जाएगा।"

जैसे निसार के बग़ैर तो आमना की गुज़र हो जाएगी, मगर आटे के बग़ैर नहीं !

लेब में अश्विनी बार-बार एक ही बात दोहराता है, "हर जगह फ़िज़ा ख़राब हो चुकी है।"

"मैं नहीं मानता।" निसार ने बड़े यक़ीन के साथ कहा।

जब तक मैं और तुम नहीं बदलते, सारी फ़िज़ा कैसे ख़राब हो सकती है ?"

"मैंने आज तक नहीं देखा कि किसी दोस्त ने दोस्त को क़त्ल किया हो !"

"अब मुझे ग़ौर से देखा करो..." अश्विनी हँसने लगा...वह लेबार्टरी में ज़हरीली दवाएँ घोलता रहता है और अब सारी लेब में कड़वाहट घोल रहा है।

ख़ैर, मूड तो सारी ऑफ़िस का ख़राब हो गया है। अब स्टाफ़-रूम में चाय आती है, तो वह पहले जैसे क़हक़हे, लतीफ़े और कभी-कभार की धींगामुश्ती...सब ख़त्म हो चुकी थी।

सब फिर झुकाए चुप-चुप से बैठे रहते थे।

कोई अख़बार मुँह के सामने फैला लेता...किसी की कोई चीज़ ब्रीफ़-केस में खो जाती...सब बार-बार उम्मीद-भरी नज़रों से उधर देखते और फिर मायूस होकर सोचते हैं, अब नहीं मिलेगी...ऐसा लगता, सब ही अपनी कोई-न-कोई चीज़ खो चुके हैं...

उफ़्फ़ोह ! कितनी गर्मी है...पसीना आ रहा है, जैसे गैस लीक हो रही है। ऑक्सीजन ख़त्म हो गई है। दम घुट रहा है। अश्विनी की बातों का क़तरा-क़तरा तेज़ाब सबके ऊपर गिर रहा है।

फिर ख़ामोशी भी जुर्म लगती और निसार चाय पीते में हलक़ (गला) साफ़ करके विनेक्टेश से बोला, "कल लंच टाइम में कहाँ चले गए थे ?—मैंने तीन बजे तक तुम्हारा इन्तज़ार किया !"

विनेक्टेश उसकी बात सुनकर घबरा गया। काँपते हाथ से चाय का कप मेज़ पर रखा। एक सिगरेट सुलगाया। फिर बुझी हुई आवाज़ में बोला, "डॉक्टर ने मीट खाने को मना किया है। इसलिए तुम्हारे टिफ़िन में अब शेयर नहीं करूँगा !"

"अच्छा..." निसार ने यूँ गर्दन झुकाई, जैसे उसके एक और जुर्म का इज़ाफ़ा हो गया हो।

जब विनेक्टेश यह बात कर रहा था, तो अश्विनी कितने ग़ौर से विनेक्टेश को देख रहा था।

यह लेब में काम करनेवाले गज़टिड आफ़ीसर का स्टाफ़-रूम है...यहाँ सब बड़े जीनियस साइंसटिस्ट बैठते हैं, जो सारी दुनिया में ज़हर और तिरयाक (विषनाशक) बाँटते हैं। बड़े-बड़े सेमिनारों में शिरकत करने दुनिया के हर कोने में पहुँच जाते हैं। वे मुहतात (सचेत) मसलहत-पसन्द (समझौता-प्रिय), समझदार लोग, जो मुफ़ाहमत (शान्ति) की फ़िज़ा पैदा करने के लिए सारी दुनिया के बदलते हुए हालात पर नज़र रखते हैं और रात को उस फ़साद का ज़िक्र नहीं करते, जिसमें बीस आदमी मरे हैं। पूरी बस्ती जला दी गई है।

डॉक्टर रेड्डी बड़ा मार्क्सिस्ट बना फिरता है। क़ौमी एकता कमेटी का प्रेज़ीडेंट, रिलीफ़ कमेटी का सेक्रेटरी...कहता है, आज हमारा सबसे बड़ा जुर्म हमारा मज़हब है। मज़हबी नारों को ज़हरीला हथियार कहता है...मगर अब उसे भी चुप लग गई है।

एक दिन सुना रहा था कि गुंडों ने उसके मुहल्ले पर चढ़ाई कर दी और ऐलान किया कि जो उनके साथ नहीं होगा, उसे ख़ामियाज़ा भुगतना पड़ेगा।

"ख़ामियाज़ा..."

"हाँ, भुगत रहा हूँ। बीवी ने डर के मारे घर से बाहर निकलना छोड़ दिया है। बच्चे ट्यूशन लेने नहीं जाते। पिंकी को कॉलेज ख़ुद लेकर जाता हूँ!"

निसार ने बड़े तंज़ (व्यंग्य) के साथ कहा, "और इसीलिए अबकी बार दीवाली पर तुम मेरी दावत करना भूल गए, मगर दूसरे दिन मेरे घर मिठाई भेजना याद रखी!"

"अरे नहीं, यार..." रेड्डी ने बड़ी मुहब्बत से निसार का हाथ थाम लिया।

"वह बात यह हुई कि..."

"अब उठो भाई। ऑफ़िस का टाइम हो गया है..." सब खड़े हो गए।

निसार बैठा रहा। अभी साढ़े दस बजे थे, मगर रेड्डी की बात शायद कोई सुनना नहीं चाहता था।

जल्द ही सबने अपनी फ़ाइलों में मुँह छुपा लिये...उस वक़्त भी सिर नहीं उठाया, जब ख़ुशबू के एक झोंके की तरह निगार हाल में आई...हँसती, बल खाती, थिरकती हुई...निगार मिक़्नातीस का ऐसा टुकड़ा थी कि निगाहों के सारे ज़र्रे उससे चिमट जाते थे। निगार की साड़ी, जिस रंग में लहराती, वह रंग लेब में हर तरफ़ फैल जाता। खिड़कियों के बाहर...सड़कों पर, आसमानों पर और फिर बन्द खिड़कियोंवाले फ्लैट में चीख़ती-चिल्लाती बीवी के बदरंग चेहरे पर जाकर धीरे-धीरे फीका पड़ जाता था...वह आज किस बात पर हँसी थी...किसकी बात ग़ौर से सुन रही थी...किसका जोक पसन्द किया ?...किसके टिफ़िन को चक्खा ?...

निगार का नाम ले-लेकर वे सब अपना जी ख़ुश करते थे। कॉलेज के छिछोरे लौंडों

की तरह क़हक़हे लगाए जाते थे...

निगार ने अन्दर आकर चारों तरफ़ देखा। फ़िज़ा की संजीदगी भाँपकर रुकी और फिर अपने केबिन का दरवाज़ा खोलकर अन्दर चली गई...

निसार ने देखा...अश्विनी निगार के बजाय निसार को देख रहा था...निसार ने घबराकर रुमाल से पसीना पोंछा और फ़ाइल पर झुक गया....

आजकल रात कितनी जल्दी आ जाती है...बार-बार ऐनक का शीशा साफ़ करना पड़ता है। न जाने ऐनक का नम्बर बदल गया है या सारी दुनिया...?

शायद कर्फ़्यू का वक़्त हो रहा है। सब जल्दी-जल्दी ब्रीफ़केस उठाए बाहर की तरफ़ जा रहे थे।

टाइलेट से विनेक्टेश बाहर आया, तो उसके माथे पर सिन्दूर का तिलक चमक रहा था।

विनेक्टेश निसार का बचपन का दोस्त था। एक दिन उसने ताज्जुब से पूछा कि आजकल वह तिलक क्यों लगाता है ? विनेक्टेश ने बताया कि आजकल वह रोज़ सवेरे मन्दिर जाने लगा है। फिर शाम तक बार-बार मुँह धोने में न जाने कब वह तिलक ग़ायब हो जाता था। रोज़ वह निसार की कार में ही अपने घर बशीरबाग़ तक जाता है।

"बस अब चलते हैं..." निसार ने उसे देखकर जल्दी-जल्दी फ़ाइल समेटे...

"नहीं...तुम बैठो..." विनेक्टेश ने जैसे उसे दोनों हाथों से धकेल दिया।

"मेरी तबीयत ठीक नहीं है...डॉक्टर के पास जाऊँगा !"

फ़ाइल को बाँधनेवाले हाथ थम गए। सिर झुकाकर निसार मेज़ पर से वह धूल साफ़ करने लगा, जो कहीं नज़र नहीं आ रही थी...कुछ-न-कुछ हुआ है। लोग मुझ पर शक करने लगे हैं...विनेक्टेश जैसा दोस्त अकेला छोड़कर चला गया...अलीगढ़ के फ़साद में चचा अब्बा के क़त्ल की ख़बर आई, तो जैसे सारा मुहल्ला चौंक पड़ा...ऑफ़िस में सब घबरा गए, जैसे चचा अब्बा के क़त्ल की साज़िश में वह भी शरीक था।

एक शाम उसने देखा कि उनके लॉन में खेलते हुए रामन और वीणा को उनकी आया ज़बर्दस्ती खींचकर ले गई...सुबह वह टहलने निकला, तो डॉक्टर नारायण की बहू उसे आते देखकर ठिठक सी गई। यों जैसे वह किसी और का इन्तज़ार कर रही हो....

निसार ने सिर उठाकर चारों तरफ़ देखा...विनेक्टेश के जाने के बाद जैसे वह उठने की ताक़त ही खो बैठा था...पूरा ऑफ़िस ख़ाली हो गया...फिर आहिस्ता से दरवाज़ा खुला...आनन्द चपरासी अन्दर आया...उसने बड़े ग़ौर से अकेले निसार को देखा और बाहर चला गया...वह चौंक पड़ा...आनन्द अन्दर क्यों आया था ?...क्या देखने ? पूरे ऑफ़िस में अकेला निसार अहमद...अकेला निसार अहमद...अकेला...

क्या अन्दर से दरवाज़ा बन्द कर लूँ...बाहर कैसे जाऊँ ? मेरी शिनाख़्त कैसे होगी ? बाहर तो कर्फ़्यू होगा...

कार स्टार्ट की...पेट्रोल नहीं था। दो दिन से पेट्रोल-पम्प बन्द थे।

"टैक्सी...टैक्सी...रुक जाओ, भाई...मुझे घर पहुँचा दो...जितने पैसे चाहो, ले लो !"

"नहीं, भाई साहब," टैक्सीवाले ने कार स्टार्ट करते हुए कहा, "मैं इस वक़्त किसी को घर पहुँचाने की ज़िम्मेदारी नहीं ले सकता ! घर-वर तो अब होगा नहीं, मुझे घुमाते फिरोगे..."

"मेरा घर अब नहीं होगा...?" वह आँसू पोंछते हुए बस के क्यू में शामिल हो गया...

उसके आगे बुर्क़े में लिपटी दो लड़कियाँ खड़ी थीं। निसार को देखकर घबरा गईं। एक मौलाना उनकी परेशानी भाँप गए। उन्होंने आगे बढ़कर लड़कियों को वहाँ से हटाया और ख़ुद जामे शहादत नोश फ़रमाने को तैयार हो गए। मैं यहाँ भी मुजरिमों को क़तार में शामिल करता हूँ। वह घबरा गया।

बस नहीं आई...आसपास कहीं दंगा शुरू हो गया...फ़ायरिंग की आवाज़ें आने लगीं...लोग भागने लगे, मगर कुछ निसार जैसे बेबस भी थे, जिनके लिए पनाह कहीं नहीं थी...वे मौत का इन्तज़ार करते रहे...

"यह फ़ायरिंग ब्राह्मणवाड़ी में हो रही है," बारह-तेरह बरस का एक लड़का कह रहा था।

"अच्छा..." निसार को बड़ा ताज्जुब हुआ...वह दो बरसों से गोलियों की ज़द में है, मगर अभी तक हिन्दू गोली और मुसलमान गोली की पहचान नहीं हुई, लेकिन ये बेचारे आज के बच्चे तल्ख़ तजुर्बों का कितना लम्बा सफ़र तय कर चुके हैं...।

"भागो...भागो, कोई सड़क पर नज़र आया, तो गोली मार दी जाएगी !" क़ानून की रक्षा करनेवाले चिल्ला रहे थे।

"तो क्या घरों में गोलियाँ नहीं पहुँचेंगी ?..." निसार किसी सिपाही से पूछना चाहता था...फिर सबके साथ वह भी भागने लगा...थोड़ी देर के बाद अहसास हुआ कि वह उन लोगों के साथ है, जो उसे अपना नहीं मानते। ऐसी जगह आ गया है, जो उसके लिए नहीं थी...

"जाओ...यहाँ से चले जाओ !"

"किस तरफ़ ? किधर जाऊँ ?..." वह हर एक से पूछ रहा था...पनाह लेने के लिए दौड़नेवालों से...ऊँची बिल्डिंगों से तमाशा देखनेवालों से...डंडे बरसानेवाले सिपाहियों से...

दूसरे दिन उसे होश आया, तो आमना किसी से फ़ोन पर कह रही थी, "कल बेहोश होकर सड़क पर गिर पड़े थे। बहुत दिनों से डिप्रेशन (घबराहट) हो रही थी...अच्छा...विनेक्टेश भाई भी बीमार हैं...मेरा सलाम कहिए उन्हें..."

"क्या हुआ विनेक्टेश को ?" वह चौंक पड़ा।

"भाभी कह रही हैं, तबीयत बहुत ख़राब है। हाईपरटेंशन...कमज़ोरी..." आमना ने दवा और पानी का गिलास उसके हाथ में दिया।

एक हफ़्ते बाद विनेक्टेश उसे देखने आया...बहुत कमज़ोर...निढाल-सा...

"क्या बीमार हो...? ऑफ़िस भी नहीं आ रहे हो...सब परेशान हैं तुम्हारे लिए..." वह सोफ़े पर बैठकर हाँफने लगा।

"पहले तुम अपना हाल सुनाओ, बहुत कमज़ोर हो गए हो..." निसार ने उसे ग़ौर से देखा। विनेक्टेश सिर झुकाए बैठा रहा। जब वह सिगरेट सुलगा रहा था, तो उसके हाथ काँप रहे थे, इधर-उधर देखकर उसने धीमे लहजे में कहा, "यार, पता नहीं, क्या हो गया है ? हर वक़्त डर सा लगता है। तुम सुनकर हँसोगे कि तुम...तुमसे भी..."

"मुझसे भी..." अब निसार ने सिर झुका लिया।

"ऐसा लगता है, जैसे सब मुझ पर शुबहा करते हैं, जैसे मैं एक मुजरिम हूँ," निसार का झुका हुआ सिर नहीं उठा...विनेक्टेश की उँगलियों में फँसा सिगरेट राख बनता गया...

बड़ी देर के बाद निसार ने तिपाई पर रखी हुई दवा का पैकेट उठाकर विनेक्टेश की तरफ़ बढ़ाया।

"डॉक्टर सिंह ने तुम्हें यही दवा दी है क्या ?"

"हाँ...यही...क्या तुम्हें भी...?"

अब दोनों ने सिर झुका लिए...

एक दिन लेबर-रूम में

"नेक्स्ट !"

"क्या हुआ है तुम्हें ?"

वह मर्द की तरफ़ देखती है।

मैं समझ गई। अपने दिल की बात कहने का अख़्तियार वह हमेशा किसी और को देती है।

औरत का गोश्त काटनेवाला चाक़ू, रगें चीरनेवाली क़ैंची और बेहोश करनेवाली दवाएँ थामे, मैं दिन-भर लेबर-रूम में खड़ी रहती हूँ।

डॉक्टर रेड्डी का काम है कि वह मरीज़ औरत की इब्तदाई (आरम्भिक) रिपोर्ट तैयार करें।

मगर इन रोती-चिल्लाती हुई औरतों से बोर होकर वह मुझे घूरते रहते हैं। उनकी मक्खी की तरह भिनभिनाती हुई नज़रों को झटककर मैं फिर औरत की तरफ़ मुड़ जाती हूँ।

"डॉक्टर ! इसे बच्चा नहीं चाहिए। चार महीने चढ़ गए हैं," उसका साथी मर्द कहता है।

"इसे क्या चाहिए ?..." वह कुछ नहीं कहती !

"शादी को कितने दिन हुए हैं...?" मैं रजिस्टर खोलकर औरत से पूछती हूँ, जो इस सवाल का जवाब मर्द से चाहती है।

उन दोनों की घबराहट देखकर मैं अपना रजिस्टर बन्द कर देती हूँ।

"बहुत देर हो गई है। अब रहने दो।"

"हाँ, यह ठीक है। अब रहने दो," औरत ख़ुश होकर मर्द की तरफ़ देखती है।

"नहीं-नहीं, डॉक्टर !" मर्द घबरा जाता है, "यह बहुत कमज़ोर है। इसलिए मैं चाहता हूँ...यह चाहती है कि...कि..."

हाँ, यह बहुत कमज़ोर है। मैं फिर औरत की तरफ़ देखती हूँ, और मुझे निकाहनामा की वह शराइत (शर्तें) याद आ जाती हैं, जिन पर ज़मीन, कार और औरत ख़रीदते वक़्त दस्तख़त किए जाते हैं...इतनी रक़म सिक्का-ए-राइज-उल-वक़्त...इतने गवाहों की मौजूदगी में इक़रार करती हूँ कि बिल जब्र व इक़राह...

और फिर...

ख़ुदा तुम्हें शौहर की इताअत (अधीनता) और ख़िदमत करने की सआदत (सौभाग्य) नसीब करे। तुम्हारी जो औलाद होगी, उसके होने, न होने का अख़्तियार तुम्हारे शौहर को होगा...

"सिस्टर, इसे ऑपरेशन-थिएटर में ले जाओ !" डॉक्टर रेड्डी सिस्टर से कहता है।

"आप यहाँ दस्तख़त कर दीजिए !"

डॉक्टर रेड्डी एक मर्द है, और ऐसे मौक़े पर वह एक मर्द की ज़ेहनी अज़ीयत (मानसिक यातना) को समझता है।

औरत को ज़बर्दस्ती ऑपरेशन-थिएटर की तरफ़ ढकेल देते हैं।

मैं ऑपरेशन-थिएटर में आई, तो बेहोश पड़ी थी। ख़ुद-सुपुर्दगी (आत्म-समर्पण) के तमाम अन्दाज़ लिये...

औरत का यह रूप मैं दिन में कई बार देखती हूँ। अपने बदन से दस्त-बरदार (परित्याग) हो जाने की मजबूरी...जैसे चाहो, खेलो...झँझोड़ो...रौंद डालो...चीर के फेंक दो...

अब वह ऑपरेशन के बाद होश में आएगी, तब भी सोई-सोई-सी लगेगी।

दुनिया को एक बार फिर पहचानने की कोशिश करेगी, जो उसकी समझ में कभी नहीं आती।

हर तरफ़ एक फीकापन लगेगा, जैसे सतरंगे ख़्वाबों का कच्चा रंग आँसुओं की धार में बह गया हो। हर चीज़ ख़ाली लगेगी। अपनी कोख से लेकर सारी दुनिया पर छाए हुए आसमान तक...अब वह पल-पल मरती रहेगी...उसी अधूरे बच्चे को ख़्वाबों में बड़ा करने, उसे एक बा-अख़्तियार हुकम चलानेवाला मर्द बनाने से दुख सहती रहेगी...

"इसके साथ आनेवाला मर्द इसका पति नहीं है !"

ऑपरेशन करते वक़्त सिस्टर कह रही है। शायद वह सिस्टर को उस मर्द से अपना वह रिश्ता नहीं समझा सकी, जो उन्हें एक ज़माने तक एक दूसरे से लिपटाते, चिमटाते रहा। वह रिश्ता, जिसे औरत अपना प्यार, अपना बदन देकर भी कोई नाम नहीं दे सकती। अब उनके दरम्यान एक शर्मनाक रिश्ता है, जिसे तोड़ने के लिए उस औरत को ऑरपेशन-थिएटर में बेहोश कर दिया गया है।

मैं सिस्टर की बात का जवाब नहीं देती। मैं अपने हाथ में वह नश्तर थामे खड़ी हूँ, जो औरत की रग-रग को काट देता है। मुझे औरत के अन्दर छुपी साइंस की उस लेब को नाकारा कर देना है, जिसमें इंसान को ढालने का अमल मुख़्तलिफ़ डिपार्टमेंट्स से गुज़र के एक इंसान की तकमील (पूर्णता) करता है।

मैंने औरत के सारे परत खोल डाले। जब दिमाग़ तक पहुँची, डिस-एक्शन हाल के डॉक्टर ने हँसकर कहा था, "औरत का दिमाग़ खोलकर क्या करोगी ? वहाँ उसका अपना कुछ नहीं होता !"

और मेरे साथी स्टूडेंट्स हँसने लगे थे।

"इसे लेबार्टरी भेजो। एबनार्मल केस है !" मैं ख़ून में लुथड़ा हुआ अधूरा बच्चा ट्रे में डाल देती हूँ, आगे बढ़कर डॉक्टर रेड्डी उसे अपने क़ब्ज़े में ले लेता है। अब यह बच्चा साइंस के तजुर्बों का शिकार होता रहेगा। साइकाटरिस्ट ज्ञानाकोलोजिस्ट, इस अधूरे बच्चे को घेर लेंगे...यहाँ से काटो, यहाँ से जोड़ो।

मर्द की तख़्लीक़ी (सृजन) क़ुव्वत (शक्ति) को ख़त्म कर दो। औरत की कोख में पहले झाँक लो। वह कभी अपनी जैसी किसी औरत को तो जन्म नहीं देगी !

अपने ख़ून-आलूदा (ख़ून-भरे) हाथ धोकर मैं सिस्टर से कहती हूँ, "नेक्स्ट !"

एक पीले चेहरेवाली निढाल सी औरत बड़ा सा पेट लिये अन्दर आती है।

उसके चेहरे का कर्ब (तकलीफ़) देखकर मैं समझ जाती हूँ कि वह थोड़ी देर में सातवें या आठवें बच्चे को जन्म देनेवाली है।

"यहाँ रजिस्टर में अपना नाम लिखिए," डॉक्टर रेड्डी रजिस्टर उसके शौहर की तरफ़ बढ़ाता है।

वह एक ऊँचा पूरा सेहतमन्द आदमी है। बहुत नफ़ीस सफ़ारी सूट पहने किसी ऊँची कुर्सी पर बैठनेवाला !...

औरत को थामनेवाली यक़ीनन उसकी ननद है। एक अधेड़ उम्र की तेज़-तर्रार औरत। वह मुसलसल (लगातार) बोले जा रही है।

"बिस्मिल्लाह करके अन्दर जाओ, भाभी ! अल्लाह ने चाहा, इस बार लड़का ही होगा ! तुम्हारे घर में उजाला हो जाएगा," फिर वह मेरी तरफ़ देखकर बड़े अफ़सोस के साथ कहती है, "बेचारी के पाँच लड़कियाँ हो चुकी हैं। घर में अल्लाह का दिया सब कुछ है, मगर मेरे भाई के नसीब खोटे हैं। हम आपके पास बड़ी आस लेकर आए हैं, डॉक्टर..."

यह सुनकर औरत चकराके गिरने लगती है।

"जल्दी स्ट्रेचर लाओ..." मैं जल्दी से झुककर माँ और बच्चे के दिल की धड़कन सुनती हूँ।

"अरे...इसकी हालत तो ठीक नहीं," मैं घबरा जाती हूँ।

"नहीं-नहीं, डॉक्टर...मेरे बच्चे को बचा लीजिए..." मर्द भी घबरा जाता है।

लेकिन बच्चे की डूबती नब्ज़ बता रही है कि वह बाप की क़हर-भरी नज़रों का सामना करने से पहले ही अपनी साँस रोक चुका है।

मरने से पहले बेटा पैदा करने को शदीद ख़्वाहिश औरत को बेचैन किए हुए है।

वह जाने क्या कह रही है...बहुत सी औरतों के होंठ हिलते हैं, मगर आवाज़ उनकी अपनी नहीं होती।

"नेक्स्ट !"

रेड्डी की नज़रोंवाली मक्खियों को मैं दोनों हाथों से दूर भगाती हूँ।

तीन लड़कियाँ एक साथ अन्दर आईं। तेरह-चौदह बरस की। एक ही स्कूल के

यूनिफ़ार्म पहने, बाल बिखरे, चेहरे पर हवाइयाँ उड़ाती। ख़ौफ़ और घबराहट के मारे वे एक दूसरी में छुपी जा रही थीं।

तीन कमसिन लड़कियों को देखकर शहद की मक्खियों ने अपना रुख़ बदल दिया।

"डॉक्टर रेड्डी ! प्लीज़ चन्द मिनट के लिए बाहर चले जाइए !"

इस उम्र की लड़कियों को आम तौर पर कमर में दर्द और नामानूस (अपरिचित) अजनबियों का ख़ौफ़ बीमार कर देता है। वे लड़कियाँ एक दूसरी को ढकेल रही हैं। कोई आगे नहीं बढ़ती। उनमें सबसे छोटी ख़ूबसूरत सी लड़की दीवार की तरफ़ मुँह करके रोने लगी।

"ए छोकरी ! जल्दी आओ। टाइम जा रहा है," सिस्टर उन्हें डाँट रही है।

उनकी घबराहट देखकर मैं रोनेवाली लड़की के पास आई।

"कुछ गड़बड़ हो गई है क्या ?...कितने दिन हुए हैं ?"

वह घबराकर मुझे देखती है और दोनों हाथों में मुँह छुपाकर रोने लगती है। फिर उसकी सहेली मुझसे कहती है, "डॉक्टर, हनी ने कुछ नहीं किया। वह जो टीचर शाम को स्कूल में स्पेशल क्लास लेता है न...वह...वह..."

"फिर तुमने अपनी मम्मी को नहीं बताया, डैडी से शिकायत नहीं की ?" हनी सिर झुकाए खड़ी है।

"वह टीचर कहता है। किसी से कहा, तो बदनाम हो जाओगी। फिर तुमसे कोई शादी नहीं करेगा। हम तीनों सबसे छुपकर यहाँ आई हैं !"

दूसरी लड़की ने कहा, "हमारे पास पैसे भी नहीं है, डॉक्टर !"

"इधर आओ..."

मगर वह लड़की आगे नहीं बढ़ती। उसकी सहेली कहती है, "हनी ऐसा बोलती कि अब मैं मर जाऊँगी।"

मैं बड़े ग़ौर से हनी को देखती हूँ। बारह बरस की एक बच्ची, जो अभी मर्द की मुहब्बत और ममता की लज़्ज़त नहीं जानती, लेकिन मौत का रास्ता ढूँढ़ चुकी है।

"तुम मरना क्यों चाहती हो ?" ऑपरेशन-थिएटर में उसे बेहोश करने से पहले मैंने पूछा।

"मैं इस दुनिया में नहीं रहूँगी, जहाँ मर्द हैं," वह ख़ौफ़-भरे लहजे में कहती है।

"पगली..." मैंने बड़ी मुहब्बत से उसके सिर पर हाथ रखा।

"दुनिया में सब मर्द वहशी नहीं होते ! तुम जब बड़ी हो जाओगी, तुम्हें मर्द का प्यार और एतबार भी मिलेगा !"

"आख थू..." उसने टेबल पर क़ै कर दी।

नफ़रत और दहशत से काँपती हुई हनी को चीरके मैंने उस अधूरे बच्चे को ट्रे में डाला, जो एक क्वाँरी के पेट से निकाला गया है। अब ख़ुदा का क़हर, समाज की थू-थू-थू और क़ानून की गिरफ़्त उसे चारों तरफ़ से घेर चुके हैं।

"क्या हनी एक इस्मत-बाख़्ता (वेश्या) लड़की है..."

यह सवाल मज़हब भी करेगा और दुनिया भी...

अदालत में और अदालत के बाहर तमाम वकील, जज, तमाशबीन, इस लड़की की एक झलक देखने को बेक़रार हो जाएँगे, जिसने सिर्फ़ तेरह बरस की उम्र में...

"क्या नाम है...? कहाँ रहती है ?..."

हनी के ख़ून में डूबे हुए हाथ धोकर मैं चिल्लाती हूँ, "नेक्स्ट !"

स्ट्रेचर पर एक ख़ून में डूबी हुई औरत अन्दर लाई जाती है। उसके साथ एक हवास-बाख़्ता (परेशान) मर्द है। एक बूढ़ी सास, एक ख़ौफ़ से काँपता बुड्ढा...

"यह ज़ीने से गिर पड़ी थी, इसके ऊपर पत्थर आन गिरा...नहाते में पाँव फिसल गया..."

"क्या पेट में बच्चा अभी ज़िन्दा है ? लड़का है या लड़की ?" मर्द बार-बार पूछ रहा है।

"डॉक्टर इसे किसी तरह होश में लाओ ! इसका बयान नोट करना है," एक ख़ातून इंस्पेक्टर अपनी डायरी थामे अन्दर आती है।

औरत के साथी इंस्पेक्टर को देखकर बाहर जाना चाहते हैं, मगर दरवाज़ा बन्द है।

मैंने औरत की छाती पर स्टेथेस्कोप रखा।

"इसे पोस्टमार्टम के लिए ले जाओ। लेबर-रूम में लाश क्यों लाए हो ?"

"अरे ! कौन सी औरत मर रही है ? कौन ज़िन्दा है ? हमें क्या पहचान जी !" स्ट्रेचर ढकेलनेवाला मेल-नर्स ग़ुस्से में कहता है।

"जब ठंडी हो ज़ाती है, तो साले हमारे तरफ़ ढकेल देते हैं !"

वार्ड के बाहर ज़ख़्मी औरत का तमाशा देखने के लिए हुजूम इकट्ठा हो गया है।

"गर गई..." वे सब एक-दूसरे की तरफ़ इत्मीनान-भरी नज़रों से देखते हैं, और उसका मर्द जल्दी से एक चादर लेकर उसकी तरफ़ बढ़ता है। ड्रामे का आख़िरी पर्दा उसी को गिराना है, मगर औरत की घूरती हुई आँखों को देखकर पीछे हट जाता है।

पुलिस-इंस्पेक्टर, डॉक्टर रेड्डी, मर्द के रिश्तेदार, जो भी उसके क़रीब जाते हैं, वह उन्हें घूरने लगती है।

"अब इसका पोस्टमार्टम भी कैसे होगा ? बदन का कोई हिस्सा भी टूटने से नहीं बचा है !"

सिस्टर बेज़ार होकर कहती है, "सिर बच गया है। शायद डॉक्टर इसी को खोलकर देखें !"

"नहीं जी..." डॉक्टर रेड्डी मुस्कुराके मेरी तरफ़ देखते हैं।

"औरत के दिमाग़ का पोस्टमार्टम नहीं करते हैं।"

"नेक्स्ट...नेक्स्ट...।"

मगर अब शहद की मक्खियाँ मेरे पूरे बदन को डस रही हैं।

औरत की रगें काटनेवाली क़ैंची, मेरे हाथ से छूट गिरी है...बेहोश कर देनेवाला इंजेक्शन मेरी रगों में घुल रहा है और मैं दोनों हाथों से शहद की मक्खियों को ढकेलते हुए चिल्ला रही हूँ :

"नेक्स्ट...नेक्स्ट !!"

स्कूटरवाला

अकेले घर में हर तरफ़ आबिदा को पुर-असरार (रहस्यपूर्ण) सरगोशियाँ सुनाई देतीं।

मुन्ने को कन्धे से लगाए, टहलते में न जाने क्या सोचा करती थी। कभी उसका जी चाहता है कि वह सामने दीवार पर बैठी हुई चिड़िया बन जाए, और देखे कि दूसरे घर में वाइलिन पर कौन गीत गा रहा है ? कभी उसे ख़याल आता कि वह मुन्ने की तरह एक साल की बच्ची बनकर फिर से ज़िन्दगी शुरू करे, तो क्या बनेगी ? अब वह ससुराल का भरा हुआ घर छोड़कर पहली बार अलग हुई, तो तनहाई उसे काटने को दौड़ती, मगर अपने मियाँ और बच्चे के साथ अपना घर बसाने का जो चाव था, वह पूरा हुआ। फिर न जाने क्यों उसे यह डर भी लगता था कि उसकी जेठानी जलन में मुन्ने को ज़हर ही न दे दे...

नए घर में अभी तक कोई नौकर न मिला था और फिर मुन्ना भी इतना छोटा था कि वह घर का कामकाज बिल्कुल नहीं कर सकती थी।

यही बातें सोचते-सोचते उसने मुन्ने को सुला दिया।

आज वह बहुत थक गई थी। तवील (लम्बी) बुख़ार और खाँसी की वजह से मुन्ना न दिन को चैन से सोता था, न रात को। मोहसिन को ऑफ़िस जाने से पहले मुन्ने को सँभालना पड़ता था, जब तक आबिदा नाश्ता तैयार कर लेती थी। मुन्ने को सुलाने के बाद आबिदा की समझ में न आता कि इतने सारे कामों से कैसे निपटा जाए ! खाना बनाना, मुन्ने के कपड़े धोने थे। घर की सफ़ाई और...और भी न जाने क्या करना था। बाथरूम में जाकर उसने भीगे कपड़ों का बेसन उठाया था कि खिड़की के नीचे से कोई स्कूटरवाला शोर मचाता तेज़ी से गुज़र गया और मुन्ना फिर आँखें खोलकर रोने लगा।

"ऊँह !...न जाने कौन मनहूस था...सोते बच्चे को जगा गया !"

वह फिर बच्चे को कन्धे पर लगाकर टहलने लगी। उसकी सास ठीक ही तो कहती थी कि इतने छोटे बच्चे के साथ अकेले घर में रहना बड़ा मुश्किल होगा।

थोड़ी देर बाद मुन्ने को सुलाकर वह किचन में भागी कि पहले खाना तैयार करे।

एक बजे तक बहुत से काम हो चुके थे। सिर्फ़ आबिदा को खाना खाना था कि फिर एक स्कूटर शोर मचाता हुआ आया। मुन्ना उठ चुका था, और कच्ची नींद से जगाए जाने पर एहतिजाज (रोष) कर रहा था। आबिदा का दिल चाहता था, कहीं से उसे भी एक स्कूटर मिल जाए, तो वह उस स्कूटर का तआक़ुब (पीछा) करके ख़ूब

लड़े–बिल्कुल फ़िल्मी हीरो वाली लड़ाई। पूरी सड़क छोड़के कमबख़्त उस खिड़की के नीचे से क्यों गुज़रते हैं। अजीब फ़िज़ूल मुहल्ला है। उसकी ससुरालवाला घर बड़े सुकूनवाले मुहल्ले में है। मुन्ना वहीं पैदा हुआ था। इसीलिए ज़रा-सा भी शोर बर्दाश्त नहीं कर सकता था।

मगर उसके घर के हर कमरे की खिड़की सड़क पर खुलती थी और सड़क भी इतनी पतली थी कि सारे फेरीवाले आबिदा की खिड़कियों में मुँह अड़ाकर सदा (आवाज़) लगाते थे।

दो दिन में ही आबिदा उस मुहल्ले से बख़ूबी वाक़िफ़ हो चुकी थी। ठीक दस बजते ही फेरीवाले आना शुरू हो जाते हैं। सब्ज़ीवाला एक बजे आता है। चार फ़क़ीर नौ से ग्यारह बजे तक आते हैं...लेकिन एक निहायत चीख़ती हुई आवाज़वाला फ़क़ीर रात को ठीक उस वक़्त आता है, जब मुन्ना हज़ार नख़रों के बाद सो जाता।

इधर स्कूटरवाले ने अलग जान खा ली थी। सुबह दस बजे जब मुन्ना सोता था, वह जगा के चला जाता। दोपहर में एक बजे जब आबिदा मुन्ने को दूध पिलाके ख़ुद भी सोने की कोशिश करती थी, वही स्कूटरवाला फिर दनदनाता हुआ आ जाता था। स्कूटर चलने और रुकने की आवाज़ से आबिदा ने अन्दाज़ा लगा लिया था कि वह उसके घर से दो-तीन मकान आगे जाकर रुक जाता है, यानी, वह आबिदा का कोई पड़ोसी है, जो बड़ी पाबन्दी से उसे सताने पर तुला हुआ है। मुन्ने को दोबारा सुलाने में ख़्वाहमख़्वाह स्कूटरवाला आबिदा के दिमाग़ पर सवार हो जाता था। बेचारा अपने आपको हीरो समझता होगा, जो यूँ चीख़ता-चिल्लाता हुआ आता है, मगर है बड़ा नदीदा (भूखा) एक बजते ही ऑफ़िस छोड़कर खाने के लिए भागा हुआ आता है। न जाने कौन सा ऑफ़िस है, जो घर जाने की छुट्टी मिल जाती है। यहाँ तो मुन्ना चाहे कितना ही बीमार हो, मगर मोहसिन वक़्त से पहले कभी घर नहीं आ सकते और वह स्कूटरवाले नवाब साहब वापस होते हैं, कभी दो बजे, कभी ढाई बजे। मुमकिन है, खाने के बाद कैलूला (भोजनोपरान्त विश्राम) करते हों...शायद नई-नई शादी हुई है, जभी बीवी के दीदार के लिए यूँ तूफ़ानी स्पीड से भागे हुए आते हैं।

शादी के बाद शुरू दिनों में मोहसिन भी तो पाँच के बजाय चार बजे ही आ जाते थे, लेकिन मुन्ना। क्या हुआ कि सारा रोमांस ही ख़त्म हो गया। अब दिन निकले, तो वे दोनों मुन्ने की शरारतों में खो जाते। रात होती, तो मुन्ने को सुलाने-जगाने की मसरूफ़ियत होती। सुबह ऑफ़िस जाने से पहले मोहसिन की तैयारी में किसी बात की फ़ुर्सत ही न थी। इसलिए आबिदा की तरफ़ तवज्जो (ध्यान) देने का वक़्त ही नहीं मिलता था और वह मुन्ने को टाटा करके घर से निकल जाता था, मगर स्कूटरवाले की बीवी उसे बार-बार रोकती होगी कि अभी तो दो बजे हैं। अभी से ऑफ़िस जाके क्या करोगे, अलबत्ता छुट्टी के दिन बड़ा अमन रहता था। वह कमबख़्त स्कूटरवाला नई-नवेली दुल्हन को छोड़कर क्यों निकलेगा छुट्टी के दिन ? अल्लाह करे, कमबख़्त के छह-सात बच्चे हो जाएँ, तब पता चले–स्कूटर चलाकर शोर मचाने का !

न जाने क्यों वह स्कूटरवाला आबिदा के ज़ेहन पर सवार रहने लगा था। स्कूटरवाले की शोख़ व शंग (नटखट व चंचल) दुल्हन आबिदा की नज़रों में बस गई थी। गहरा-गहरा मेकअप किए, झिलमिलाते हुए कपड़े पहने, सुर्ख़ मच्छरदानी के अन्दर मसहरी में लेटी रहती होगी। मुमकिन है, अब उसने खाना मेज़ पर लगा दिया होगा। उसका दूल्हा वक़्त का पाबन्द जो ठहरा...दोपहर होती, तो आबिदा को न तो अब शाम का इन्तज़ार था, जब मोहसिन ऑफ़िस से आता था, न खाने पकाने के होश रहते। उसकी नज़रें बार-बार घड़ी पर जाती थीं। कब एक बजे और स्कूटरवाले को फटफट सुनाई दे। जब तक वह गुज़र न जाता था, सख़्त मुज़्तरिब (बेचैन) सी रहती, जैसे बार-बार छींक आते-आते रुक जाए, या कोई ज़ोरदार धमाका होनेवाला है और हो नहीं पाता। कितनी बार उसने इरादा किया कि स्कूटरवाले को देखे। आख़िर वह कौन छैल-छबीला है, मगर उसकी खिड़कियाँ इतनी ऊँची थीं कि जब तक पर्दा हटाके न देखो, सड़क की कोई चीज़ नज़र न आती थी।

अब एक ग़ैर-मर्द को देखने के लिए वह खिड़की कैसे खोल सकती थी ? एकाध बार उसने मोहसिन से शिकायत की, "इस मुहल्ले में स्कूटरवाले ने मुझे बहुत परेशान किया है। जहाँ मुन्ना सोया, वह कमबख़्त जगा गया !"

"कहीं बैठा देखता होगा कि तुम मुन्ना को कब सुलाती हो," मोहसिन उसकी किसी परेशानी को संजीदगी से न सुनता था।

"आप मज़ाक़ समझ रहे हैं। वह सचमुच रोज़ाना ठीक दस बजे जाता है, और फिर एक बजे खाना खाने के लिए आता है। फिर वह ढाई बजे जब मुन्ना सो जाता है, तो जाता है, और फिर रात में...."

"वाह भई ! स्कूटरवाले की मसरूफ़ियत के औक़ात तो तुम्हें ख़ूब याद हो गए हैं। अब यह करो कि उसकी प्राइवेट सेक्रेटरी बन जाओ !"

मोहसिन अपने जूते पर पॉलिश करते में ख़ूब हँसने लगा। फिर अचानक आबिदा को भी अहसास हुआ कि एक अनदेखे अजनबी के बारे में उसने इतनी तफ़सील (विवरण) क्यों याद कर रखी है !

"आपको क्या मालूम, उस कमबख़्त ने मेरी मुसीबत में जान कर दी है ! मेरे बच्चे की नींद का दुश्मन हो गया है !"

"तो क्या पुलिस में रिपोर्ट लिखवाऊँ कि एक स्कूटरवाले से उसका स्कूटर छीन लिया जाए, क्योंकि वह हमारे मुन्ने को जगा देता है।"

"ख़ैर, आप मज़ाक़ करते रहिए ! मैं ख़ुद इसका कोई बन्दोबस्त करूँगी," आबिदा ने झल्लाकर कहा।

यह मुहल्ला बड़े घटिया लोगों का था। मर्दों के बाहर जाते ही औरतें अपने-अपने दरवाज़ों पर खड़ी होकर पड़ोसिनों से लड़ना शुरू कर देती थीं। ऐसे-ऐसे कोसनों और गालियों का आपस में तबादला होता था, जो आबिदा ने कभी न सुनी थी।

उस दिन भी किसी काम से कमरे में आई, तो उसकी पड़ोसिन किसी से कह रही

थी, "हाँ-हाँ, तूने ही मेरे मुन्नू की टाँग तोड़ी है। कल तूने कोसने दिए थे कि मेरी छत पर चढ़नेवाले की टाँग टूटेगी और आज मुन्नू की टाँग टूट गई। अब मैं तुझे सूली पर चढ़ा दूँगी !"

"सुअर की बच्ची !"

आबिदा को कोसनों पर बिल्कुल यक़ीन न आता था, मगर आज उस औरत की बात सुनकर सख़्त ताज़्जुब हुआ, कि वाक़ई कोसने इतने ख़तरनाक होते हैं ? जब ही लोग बद-दुआओं से इतना डरते हैं। फिर उसका जी चाहा, कि वह भी अपने दुश्मन को कोसने देकर देखे। अपने दुश्मनों की लिस्ट पर आबिदा ने नज़र डाली, तो सरे-फ़ेहरिस्त (सूची के ऊपर) उसकी जेठानी थी—आफ़त की पुड़िया...सुर्ख़ मिर्च...उसकी वजह से आबिदा को अलग घर लेना पड़ा था और कॉलेज में एक लड़की शमीम उसकी जानी दुश्मन बन गई थी, मगर इन दोनों को कोसते हुए आबिदा का जी दुखा। जेठानी के छोटे-छोटे बच्चे हैं। कमबख़्त माँ के बग़ैर सिसक-सिसककर मर जाएँगे, और सुना है, शमीम का हश्र (दुर्दशा) तो बुरा हुआ। शौहर आवारा हो गया। बच्चे पैदा होते ही मर जाते हैं। ऐसे मरते हुओं को मारने से क्या फ़ायदा ?

दूसरे दिन मोहसिन ने अपने दोस्तों को रात के खाने पर बुलाया था। नए घर में आने की ख़ुशी में वे दावत खाने को बेचैन थे। आबिदा भी अपने पकाने के आर्ट से उन सबको मुतआस्सिर (प्रभावित) करना चाहती थी। इसलिए उसने सुबह ही मुन्ने को दूध पिलाकर सुला दिया और किचन का बारह बजते-बजते आधा काम निपट चुका था, मगर अभी शाम के लिए कुछ भी न पका था। अब थोड़ी देर में स्कूटरवाला आएगा और मुन्ने को जगा जाएगा। फिर शाम तक वह कुछ न कर सकेगी। इसलिए वह ड्राइंग-रूम की सफ़ाई करने पहुँची। अभी झाड़न हाथ में ली थी कि दूर कहीं से स्कूटर की घड़घड़ाहट सुनाई दी और न जाने क्यों वह ख़ुशी के मारे उछल पड़ी। जल्दी से मुन्ने के कमरे की तरफ़ दौड़ी, मगर वह कोई और ही था। इधर आने के बजाय कहीं और चला गया।

अब तो एक बज रहा था...आज क्या बात हुई ? अब उससे कोई काम नहीं हो रहा था। वह बेचैनी से सारे घर में दौड़ती फिर रही थी। मुन्ना बड़े मज़े में दोनों हाथ गालों पर रखे सो रहा था। आबिदा टहलती हुई वराँडे तक ही आई थी कि स्कूटर की आवाज़ गूँज उठी और मुन्ना कसमसाके रोने लगा।

"अल्लाह करे, मर जाए, यह स्कूटरवाला ! किसी बस से उसका एक्सीडेंट हो जाए ! स्कूटर के पुरज़े बिखर जाएँ..." न जाने कैसे आज आबिदा की जुबान पर कोसने आ गए और वह मुन्ने को लेकर टहलने लगी।

शाम को मोहसिन के दोस्त आ गए। शोर मचाते, क़हक़हे लगाते हुए। आठ बजे तक गपबाज़ी होती रही। फिर खाने के तक़ाज़े हुए। इतनी देर में श्याम किचन में जाकर हर डिश का मज़ा चख आया था और अब खाने के लिए सख़्त बेक़रार था, लेकिन आबिदा चाहती थी कि मुन्ना सो जाए, तो खाना मेज़ पर लगाए।

मुन्ना सो गया, तो दोनों मियाँ-बीवी जल्दी-जल्दी मेज़ ठीक करने में लग गए। आबिदा काम में मसरूफ़ थी, मगर उसके कान स्कूटरवाले की आवाज़ पर लगे हुए थे।

खाने के दरम्यान, श्याम, क़ैसर और सादिक़ ने ख़ूब शोर मचाया। आबिदा भी बला की हाज़िर-जवाब थी, मगर उसे यही ख़याल सताए जा रहा था कि स्कूटर का वक़्त हो गया है।

थोड़ी देर बाद वह मेज़ से उठी, "मैं अभी ज़रा मुन्ने को देख आऊँ !"

कमरे में आकर वह सख़्त बेचैनी से टहलने लगी। बस अब फटफट का शोर होनेवाला है। अब मुन्ना उठ बैठेगा।

खाना ख़त्म हुआ...कॉफ़ी का दौर भी फीका पड़ गया। हँसते-हँसते सब थक चुके थे, मगर किसी का दिल उठने को नहीं चाह रहा था।

आज शायद घड़ी कुछ आगे थी। दस बज चुके थे। फिर स्कूटरवाला क्यों नहीं आया ? आबिदा बार-बार सोच रही थी।

"आज भाभी का मूड ऑफ़ है," श्याम ने फिर छेड़खानी की।

"नहीं तो...!" वह हँस पड़ी, और फिर दिल-ही-दिल में सोचने लगी कि वाक़ई क्या मुझे कोई परेशानी है। बाज़ वक़्त दिल में ऐसे अन्देशे भर जाते हैं कि अपनी परेशानी की वजह ख़ुद-ब-ख़ुद समझ में नहीं आती। बार-बार सोचना पड़ता है कि दिल क्यों डूबा जा रहा है। आज मैंने स्कूटरवाले को कोसने दिए थे। उसने धड़कते दिल से याद किया, और आगे सोचने के बजाय घड़ी देखी। साढ़े दस हो चुके थे।

"भाभी, बार-बार घड़ी देख रही है कि अब ख़ुदा हाफ़िज़ !" क़ैसर ने श्याम से कहा।

"मगर जब तक मुर्ग़ हज़्म होने की रसीद न भेज दे, मैं तो उठने के मौक़िफ़ (मुद्रा) में नहीं हूँ," श्याम आराम से सोफ़े पर लेट गया।

अल्लाह तौबा !...मेरे बार-बार घड़ी देखने से ये लोग न जाने क्या समझ रहे हैं। आबिदा ने शर्मिन्दा होकर सोचा और पूरी दिल-जमाई (निश्चिन्तता) से उनकी हँसी-मज़ाक़ में शरीक हो गई।

अचानक कहीं से किसी औरत के रोने की आवाज़ आई और आबिदा ख़ौफ़ के मारे उछल पड़ी।

"क्या हुआ...? क्या बात है ?" श्याम और सादिक़ के अलावा मोहसिन ने भी आबिदा के डरने पर एक साथ पूछा।

"शायद मुहल्ले में कोई मर गया है। उसकी बीवी रो रही है," आबिदा ने सहमे-सहमे हुए लहजे में कहा।

"जी नहीं," मोहसिन ने खिड़की के पास जाकर ग़ौर से आवाज़ें सुनकर कहा, "कोई औरत बच्चे को मार रही है। बड़े फ़िज़ूल क़िस्म के लोगों का मुहल्ला है यह !"

"फ़िज़ूल क़िस्म के लोगों से आपका मतलब उन ख़्वातीन (महिलाओं) से है, जो बच्चों को मारा करती हैं !"

श्याम ने मोहसिन से पूछा और शरारत-भरी नज़रों से आबिदा को देखकर बोला, "हमने सुना है कि भाभी भी मुन्ने को मारा करती हैं !"

"बल्कि मुन्ने को, बाप को भी," सादिक़ ने कहा और फिर सब हँसने लगे।

मगर आबिदा बेहद परेशान सी खिड़की में जाकर खड़ी हुई।

"क्या वाक़ई नहीं मरा...? ए हे, मैं तो इतनी घबरा गई कि मेरा तो दम ही निकल गया था !"

"मगर यह तो बताइए, भाभी, कि आप इस मुहल्ले में किसके मरने का इन्तज़ार कर रही हैं ?" सादिक़ ने पूछा, तो फिर क़हक़हे बुलन्द हो गए।

मगर आबिदा ने हँसने के बजाय सिर झुका लिया, जैसे स्कूटरवाले के मरने की पूरी ज़िम्मेदारी उसी पर हो।

अस्पतालवालों ने लावारिस लाश समझकर उसे मुरदाघर में डाल दिया होगा। स्कूटर के टुकड़े सड़क पर बिखरे होंगे और उसकी बीवी बालों में फूलों के हार सजाए, सोलह सिंगार किए, खाना मेज़ पर रखे बैठी होगी। सोच रही होगी कि आज न जाने किस चुड़ैल ने उसके शौहर का रास्ता रोक लिया है। अगर उसे मालूम हो जाए कि... कि...आबिदा...फ़िज़ा में यूँ गुमसुम देखकर मोहसिन के दोस्त उठ खड़े हुए।

दस-पन्द्रह मिनट के बाद लाइट ऑफ़ करके मोहसिन कमरे में आया, तो आबिदा तकिए पर सिर रखे रो रही थी।

"अबो...आबिदा जान, क्या हुआ ?" वह सख़्त परेशान हो गया।

कुछ समझ में न आया कि आबिदा को अचानक क्या तकलीफ़ हो गई ? आख़िर बड़ी देर के बाद वह सिसकियों को रोककर बोली, "मोहसिन, मुझसे एक ग़लती हो गई है। यूँ लगता है, जैसे मैंने किसी की जान ली है !"

"क्या ?" मोहसिन उछल पड़ा। अचानक उसे सारा कमरा घूमता नज़र आया।

"तुमने किसकी जान ली है ? क्या हुआ...मुझे पूरी बात जल्दी बताओ न ?"

"वह जो स्कूटरवाला रोज़ खिड़की के नीचे से जाता था न, मैंने आज उसे ख़ूब कोसने दिए थे, और आज अभी तक वह घर नहीं लौटा...ज़रूर उसकी किसी बस से टक्कर हो गई है। वह मर गया है। जभी तो उसकी बीवी रो रही थी !"

"बस यही बात थी !" मोहसिन ने उसे तश्वीशनाक (चिन्ताजनक) नज़रों से देखा और ज़बर्दस्ती उसे लिपटाकर थपकने लगा, "बेवक़ूफ़, अहमक़ कहीं की...तुम्हारे कोसने न हुए, बन्दूक़ की गोली हो गए। चलो, अब हिमाक़त छोड़ो। सो जाओ...हर वक़्त स्कूटरवाला...स्कूटरवाला..."

मगर आबिदा सारी रात दहशतनाक ख़्वाब देखती रही। कहते हैं, क़ातिलों को कभी ज़ेहनी सुकून (मानसिक शान्ति) नहीं मिलता। वह बार-बार ख़्वाब में देखती कि किसी का गला घोंट रही है। फिर ख़ौफ़ के मारे ख़ुद ही चिल्लाने लगती।

सुबह उसकी आँख खुली, तो जैसे महीना-भर की बीमार हो। तेज़ बुख़ार में उसका बदन तप रहा था। मोहसिन समझ गया कि शायद इसी तेज़ बुख़ार की आमद (आगमन)

थी, जो रात आबिदा न जाने क्या ऊल-जलूल बक रही थी। आज मोहसिन को ख़ुद सारे काम निपटाने पड़े और ऑफ़िस जाने से पहले अपनी अम्मी के यहाँ जाकर फ़ौरी मुलाज़िम का बन्दोबस्त करने को भी कह आना पड़ा।

मोहसिन ऑफ़िस चला गया, तो आबिदा भी मुन्ने को लेकर सो गई, मगर अचानक पड़ोस में कहीं रोने-पीटने का शोर बुलन्द हुआ। मुख़्तलिफ़ (विभिन्न) दर्दनाक आवाज़ों से आबिदा ने फ़ौरन अन्दाज़ा लगा लिया कि कोई मर गया है। वह उठ बैठी। मारे ख़ौफ़ के काँपने लगी, और फिर रो पड़ी। मुन्ने को वहीं छोड़कर उसने जल्दी-जल्दी सारे घर की खिड़कियाँ और दरवाज़े बन्द किए। फिर बाथरूम में जाकर अन्दर से दरवाज़ा यूँ बन्द किया, जैसे उसे कोई पकड़ने आ रहा है। तेज़ बुख़ार और डर की वजह से वह काँप रही थी। उसे यक़ीन हो गया कि अब पुलिस उसके दरवाज़े पर आएगी। क़ातिल यह है...क़ातिल...क़ातिल...उसकी नज़रों में फ़िल्मों और नॉवलों के हज़ारों क़ातिलों का चेहरा घूम गया और वह ज़ोर-ज़ोर से चिल्लाने लगी...नहीं...नहीं...मैं क़ातिल नहीं हूँ...मैंने किसी का क़त्ल नहीं किया है। जब वह चीख़ते-चीख़ते थक गई, तो बाथरूम खोलकर फिर अपने कमरे में आई और मुन्ने से लिपट गई।

लोग कितने ज़ोर-ज़ोर से रो रहे थे। औरतों की आवाज़ें कैसी दर्दनाक थीं। हाय ...अल्लाह...उसकी बीवी का न जाने क्या हाल होगा ? उसके जूड़े के फूल...मेहँदी लगे हाथ...सुर्ख़ बिछौना...और फिर कहीं से उसके दिमाग़ ने यह भी सोचा कि अब वह स्कूटर की आवाज़ के बग़ैर कैसे दिन काटेगी ?

वह फिर रोने लगी और उठकर टहलने लगी।

भाग जाओ...टहलते में उसे ख़याल आया।

ऐसे मौक़े पर सब मुजरिम यही किया करते हैं, मगर लोग कहते हैं कि ख़ून नहीं छुपता...मरनेवाले की रूह हमेशा क़ातिल का पीछा करती है, तो क्या वह स्कूटरवाला अब भी मेरा पीछा नहीं छोड़ेगा ? मोहसिन अब उससे कितनी नफ़रत करेगा !

ससुरालवाले क्या कहेंगे और...? और मुन्ना एक क़ातिल माँ का बेटा कहलाएगा...और वह...वह अब अदालत में खिंची फिरेगी...हवालात में बन्द होगी और फिर...फाँसी का तख़्ता...उसने लरज़ (काँप) के सोचा, और फिर पलंग पर गिर पड़ी। रोने-पीटने का हंगामा बढ़ता जा रहा था। ग़ालिबन (सम्भवतः) मौत की ख़बर चारों तरफ़ फैल गई थी...लोग आ रहे थे। वे सब पूछ रहे होंगे कि कैसे मर गया...? क्या हुआ था ? मगर किसी को भी मालूम नहीं हो सकता कि एक्सीडेंट की असल वजह क्या थी ? सबने बसवाले को पकड़ा होगा। फिर वह क्यों डर के मारे मरी जा रही है ? अचानक यूँ लगा, जैसे उसकी फाँसी की सज़ा मुआफ़ हो चुकी हो। शायद बुख़ार अब कम हो चुका था और वह पसीने में नहा रही थी।

फिर अचानक दरवाज़े की बेल बज उठी और आबिदा उछल पड़ी...डर के मारे सारे घर में दौड़ने लगी।

"दरवाज़ा खोलिए !" कोई चिल्ला रहा था।

यक़ीनन पुलिस होगी ! अब इक़रार करना ही पड़ेगा...हाँ, मैं क़ातिल हूँ, कहते हैं, क़त्ल का इक़रार करने से सज़ा कम हो जाती है। दरवाज़ा खोलते ही उसके हाथ-पाँव काँप रहे थे और उसका चेहरा आँसुओं से भीगा हुआ था। बाहर एक नौजवान मर्द खड़ा था। एक छोटे से बच्चे को गोद में लिये हुए...

''मुआफ कीजिए मोहतरमा (महोदया) ! आपको बेवक़्त ज़हमत दी है। मैं आपका पड़ोसी हूँ। सुबह मेरे खुसर (ससुर) साहब का इन्तक़ाल हो गया है...मेरी बीवी बेहोश है। क्या आप दो-तीन घंटे के लिए मेरे बच्चे को सँभाल सकेंगी ? इसे थोड़ा सा दूध भी पिला दीजिए...शुक्रिया !''

आबिदा की समझ में कुछ न आया कि वह क्या कह रहा है, मगर उसने हाथ बढ़ाकर बच्चे को गोद में ले लिया।

''मगर आपको क्या हुआ ? क्या आपके यहाँ भी कोई...?'' उस आदमी ने आबिदा के बिखरे हुए बाल, आँसुओं में डूबा चेहरा, सुर्ख़ आँखों को देखकर ताज्जुब से पूछा, मगर आबिदा ने जवाब देने के बजाय किवाड़ बन्द किए। फिर वह अचानक उछल पड़ी, क्योंकि बाहर वही मानूस (परिचित) फटफट सुनाई दी और वह ख़ुशी के मारे अजनबी बच्चे से लिपटकर चिल्लाने लगी, ''नहीं, मेरा कोई नहीं मरा...मेरा कोई नहीं मरा...''

आगही*

खिलाड़ी तेज़ी से गेंद की तरफ़ झपटा। एक मिनट के हज़ारवें हिस्से में गेंद उसके हाथ से फिसल गई।

"कैसे ?...कैसे ?...यह सब कैसे हुआ ?"

कैमरा थम गया। तेज़ी से दौड़नेवाला खिलाड़ी जैसे हवा में उड़ता हुआ गेंद की तरफ़ बढ़ा और उसके हाथों को छूती हुई गेंद दूर जा पड़ी, एक बार...दो बार...दस बार...सितारा एक गेंद बनती...खिलाड़ी की मज़बूत गिरफ़्त से भाग निकलती, भागती ...लुढ़कती...किसी पनाह की तलाश में...मगर तमाशाइयों को तो सिर्फ़ खिलाड़ी से दिलचस्पी है, बच निकलनेवाली गेंद की हैअत (हालत) पर कौन दाद है ?

नहीं...नहीं...बची नहीं...खिलाड़ी के पंजे में है...और सितारा फिर दुहराती...

मैं ऑफ़िस के टाइलेट में गई। दरवाज़ा बन्द कर चुकी, तो मैंने देखा, वह अन्दर छुपा खड़ा है। मुझे अपनी तरफ़...मेरी साड़ी टाइलेट के गन्दे पानी में...

ऐसा लगता है, जैसे हज़ारों-लाखों आँखें टी.वी. के स्क्रीन पर इस मंज़र को देख रही हैं। लोग बार-बार मशीन बन्द करके फिर इस मंज़र को देखना चाहते हैं। खिलाड़ी के गेंद पर झपटने का मंज़र...टाइलेट के गन्दे पानी में साड़ी का पल्लू बह गया। अन्दर से चीख़ों की आवाज़ पर लोग दौड़े हुए आए...यह देखो...कलाई पर टूटी चूड़ी का घाव...उस दिन सितारा यूँ घर आई, जैसे रावण को जलाकर आई हो।

थरथर काँपती वह ख़ालिद से लिपट गई, "जानते हो, आज ऑफ़िस में क्या हुआ ? आज..." वह हाँफ रही थी। बाल खुले। चेहरा लाल भभूका। आँखें आँसुओं से भरी !

एक सेकेंड के हज़ारवें हिस्से में उसने देखा कि उसे देखकर ख़ालिद ने जो ख़त जेब में रखा है, उस पर कनाडा की मोहर थी। जब वह ख़ालिद से लिपटी, तो रिज़वाना का मुहब्बत-भरा ख़त जैसे उन दोनों के बीच में आ गया था।

"क्या हुआ ?" ख़ालिद ने इतने इत्मीनान से पूछा, जैसे वह सितारा से बहुत दूर रिज़वाना के साथ कनाडा में बैठा हो !

"ख़ालिद...ख़ालिद..." वह ख़ालिद की बाँहों में यूँ छुप जाना चाहती थी, जैसे लोग लाठियाँ लिये उसके सिर पर खड़े हों।

---

* जानकारी

"बताओ, तो आख़िर हुआ क्या ?"

एक्शन रि-प्ले...

"वह जो ऑफ़िस में आदिल है न..."

"आदिल...? कौन आदिल ?"

"है एक कुत्ता...सुअर का बच्चा...उसने आज मुझ पर...मुझे..."

सितारा रो रही थी, हाँफ रही थी, जैसे मीलों भागी हो। आज उसने ज़िन्दगी के एक नए तजुर्बे का सफ़र किया था। मर्द का सबसे ख़ौफ़नाक रूप देखा था।

ख़ालिद ने घबराकर अपने कन्धे से उसका सिर झटक दिया। एक दहशतनाक ख़याल ने उसे लरज़ा (कँपा) दिया।

"मैं ऑफ़िस के टाइलेट में गई, तो...तो..."

"अरे, तो क्या हुआ...बताती क्यों नहीं ?" ख़ालिद चिल्लाने लगा। एक शौहर के लिए यह कितना सब्र-आज़मा लम्हा था। सितारा क्या जाने ? वह तो एक लम्हे में दहकते आग के शोलों में घिर गया था, और सितारा को यूँ लग रहा था, जैसे अपने ऊपर एतिमाद (विश्वास) की जो चादर उसने ओढ़ रखी थी, वह आदिल ने आज छीन ली। अब वह सिर्फ़ एक औरत का बदन थी।

"उसने अन्दर से बोलट लगा दिया और मेरे साथ बदतमीज़ी..."

"तुम्हारे साथ...क्या किया उसने ?"

ख़ालिद की आँखें खुलकर ख़ुर्दबीन जैसी बड़ी हो गई थीं और वह सितारा के चेहरे पर दिखनेवाले ख़ौफ़ व हवास (भय व दहशत) के रंग देखने लगा।

"वह मुझे अपनी तरफ़ खींचने लगा। मैं भला उसे हाथ लगाने देती ! मैंने उसे बहुत मारा...लातों से...घूँसों से...फिर मेरी आवाज़ पर सब लोग इकट्ठे हो गए। अल्लाह ने मुझे बचा लिया। हमारे बॉस भी आ गए...वह इस मंज़र को याद करके फिर काँपने लगी और ख़ालिद से यूँ चिमट गई, जैसे अब सारे ख़तरों से दूर हो चुकी हो...

"इतनी हिम्मत उस कमीने की। फाँसी पर चढ़ा दूँगा उसे," ख़ालिद ने सितारा को एक तरफ़ धकेल दिया, और चारों तरफ़ वह तलवार ढूँढ़ने लगा, जिसे उठाकर उसके आबाद-अजदाद (बाप-दादा) दुश्मन पर वार करते थे।

"देखो...वह देखो..." सितारा ने अपनी ज़ख़्मी कलाई दिखाई, जहाँ चूड़ी टूटने से एक गहरा ज़ख़्म हो गया था।

मगर ख़ालिद ने वह नहीं देखा, वह तो ज़मीन पर घूर रहा था, जहाँ टाइलेट की गन्दगी में साड़ी का आँचल डूब गया था। फिर उसने जल्दी से रिज़वाना का वह ख़त उठाकर जेब में रखा, जो सितारा के बार-बार लिपटने से नीचे गिर पड़ा था।

"ख़त्म कर डालूँगा उस उल्लू के पट्ठे को..." ख़ालिद का ग़ुस्सा उसके जलते हुए दिल पर बर्फ़ की डलियाँ रख रहा था।

"तुमने मुझे उसी वक़्त फ़ोन क्यों नहीं किया ?"

"मुझे डर लग रहा था कि कहीं तुम उसे मार न डालो !"

"तुम क्या समझती हो ! मैं उसे छोड़ दूँगा। जान से ख़त्म कर डालूँगा हरामज़ादे को," वह खूँख्वार भेड़िए की तरह चिल्ला रहा था।

फिर ख़ालिद के दोस्त-रिश्तेदार आए। मुहल्ले की औरतें, उसकी सास की सहेलियाँ इकट्ठी हो गईं।

"जाने दो, यार! समझदारी से काम लो। ऐसी बातों को कोर्ट तक नहीं ले जाते।"

ख़ालिद के दोस्त यूँ दबी आवाज़ में समझा रहे थे, जैसे किसी और को नहीं सुनाना है।

"आंटी ! अचानक उसने मेरा हाथ पकड़ लिया और..."

"हुँह..." उसकी सास ने गला साफ़ करने के बहाने उसे आगे कहने से रोक दिया, मगर सितारा के अन्दर तो ग़म और ग़ुस्से का एक सैलाब उमड़ रहा था। वह तो सारी दुनिया को पुकार-पुकार कर यह बात सुनाना चाहती थी कि आज उसने कितनी बहादुरी से अपनी इज़्ज़त बचाई है। अब मसलहत (सुलह) और समझौते के कोई बाँध उसे नहीं रोक सकते। "मैं तो उस कुत्ते को मौत की सज़ा दिलवाऊँगी। भला कोई हद है। यह दो कौड़ी के मर्द क्या समझते हैं कि जब चाहें किसी औरत की इज़्ज़त पर हमला कर दो। अब उसे मालूम होगा कि मज़ाक़ नहीं है, मेरी इस तरह तौहीन करना !"

"अरे, मैंने बहुत सिर पीटा था कि गोरी-चिट्टी बीवी को नौकरी मत करवाओ, मगर दो हज़ार तनख़्वाह की लालच में आ गया मेरा बेटा ! लो, अब चाटो रुपए ! मुँह पर कालिक (कालिख) लग गई !"

दूसरे कमरे में उसकी सास चिल्ला रही थी।

"हाँ, हाँ, लगने दो उसके मुँह पर कालिक," सितारा ग़ुस्से में यूँ हाँफ रही थी, जैसे खौलते तेल में पूरी नाचती है, "मैं तो उसे फाँसी के तख़्ते पर चढ़वा दूँगी !"

"बैठ जाओ, भाभी ! पानी पी लो," उसकी ननद ने कन्धा पकड़कर बिठा दिया।

"डैडी ! ऑफ़िस में काम करनेवाली औरतें कहती थीं कि यह कमीना आदमी है, तो मुझे यक़ीन नहीं आता था।"

"मगर आज...वह..." वह अपने खुसर (ससुर) के सामने रो-रोकर कह रही थी।

"बस, बस...चुप रहो," उसके खुसर ने डाँटकर यूँ मुँह फेर लिया, जैसे सितारा के गन्दे पल्लू की बदबू नाक़ाबिले-बर्दाश्त हो। फिर उन्होंने सरगोशी जैसी आवाज़ में ख़ालिद से पूछा, "तुम ऑफ़िस गए थे ?"

"हाँ, उसे अरेस्ट कर लिया है। ऑफ़िसवालों ने सारा केस पुलिस के हवाले कर दिया है।"

"यह ठीक नहीं हुआ," उसके खुसर ने ख़ला (शून्य) में देखते हुए दुख-भरी आवाज़ में कहा।

"बदक़िस्मती से ऐसी बात हो जाए, तो उसे वहीं ख़त्म कर देना चाहिए। अब सारे शहर में बदनामी होगी !"

"होने दीजिए, डैडी !" वह ग़ुस्से में कुछ सोचने-समझने से क़ासिर (असमर्थ) थी।

"हमारी बला से उसे चौराहे पर खड़ा करके कोड़े मारे जाएँ। उसे पता चलेगा अब कि मेरे साथ बदतमीज़ी करना आसान बात नहीं है।"

"सितारा, इतना चिल्ला क्यों रही हो ?" पहली बार उसने उसे डाँट दिया। वह घबरा गई। चारों तरफ़ देखा। सब उससे इतनी दूर-दूर क्यों खड़े हैं ? ऐसे वक़्त जब वह अपनी तौहीन के दुख में जल रही है, कोई उसे थाम क्यों नहीं लेता ? उसे बार-बार यूँ लग रहा था, जैसे आदिल फिर किसी कोने से निकलकर उस पर झपटनेवाला हो।

"अब्बा...अब्बा !" वह अपने माँ-बाप को देखकर दुख के मारे रो पड़ी।

"मम्मी, आज अल्लाह ने मेरी आबरू बचा ली ! आज आपकी बेटी ने कैसी बहादुरी दिखाई है। मालूम है," वह मम्मी के गले लगकर कई बाँस ऊँची हो गई थी। उसकी हिम्मत की दाद तो सिर्फ़ मम्मी से ही मिलेगी। उसने ज़िन्दगी के हर मोड़ पर हमेशा बड़ी जुर्रत से काम लिया है...

"मेरी बच्ची..." उसकी माँ गले लगाकर रो पड़ी, "या अल्लाह ! हमने कौन सा गुनाह किया था, जिसकी यह सज़ा मिली है ?"

"अरे, अम्मी, आप तो ख़ुदा का शुक्र अदा कीजिए कि मुझे कुछ नहीं हुआ। भला मैं किसी ग़ैर-मर्द को हाथ लगाने देती। अगर लोग थोड़ी देर और न आते, तो मैं दीवार से सिर टकराकर मर जाती।"

उस ख़ौफ़नाक मंज़र को याद करके वह फिर लरज़ (काँप) उठी। आँसुओं में डूब गई।

"मेरा ख़याल है, हमें इस केस को पुलिस से वापस ले लेना चाहिए," सितारा के अब्बा ने बहुत आहिस्ता से कहा।

"क्यों वापस ले लें ?" ख़ालिद बेहद ग़ुस्से में था, "अब यह मामला कोर्ट तक जाएगा, और बड़ी सख़्त सज़ा होगी उस बदमाश को। नौकरी भी जाएगी !"

"ज़रा ठंडे दिल से काम लो, बेटे !" अब्बा ने ख़ालिद के कन्धे पर हाथ रखकर कहा, "ऐसी बातों को ज़्यादा उछालने से क्या फ़ायदा ?"

"उफ़्फ़ोह ! अब्बा, आप कैसी बातें कर रहे हैं। उसने मेरी इज़्ज़त पर हमला किया तो उसकी सज़ा नहीं मिलनी चाहिए उसे ?"

"उसे कोई सज़ा नहीं मिलेगी, बेटी !" उसके अब्बा ने सिर झुकाकर जैसे ख़ुद कोई सज़ा क़बूल कर ली।

"इस समाज में मर्द के लिए यह एक मज़ाक़ है। हज़ारों झूठे सुबूत मिल जाएँगे उसे अपनी बेगुनाही के..."

"नहीं...नहीं..." सितारा को यूँ लगा जैसे टाइलेट में बचाव की कोई सूरत न हो। अब दीवारों से सिर टकराना है।

डॉक्टर आया। उसने सुकून की दवा दी। उसकी माँ ने गर्म दूध पिलाकर लिटा दिया।

"वह बहुत घबरा गई है। कहीं दिमाग़ पर असर न हो जाए !"

"मैं क्यों घबराऊँ ?" जहाँ कहीं शुजाअत (बहादुरी) और ख़ुद्दारी का ज़िक्र होता, वह अपने आपको वहाँ खड़ा देखती।

शादी हुई, तो छोटा सा, ज़िन्दगी की तमाम आसाइशों (सुख-सुविधाओं) से ख़ाली घर उसे ज़रा अच्छा न लगा।

फिर जब ख़ालिद रिज़वाना से अपने इश्क़ की कहानी सुनाता, तो ख़ालिद की उदासी देखकर वह रो पड़ती। बेचारा ! एक औरत की बेवफ़ाई से टूटा हुआ मर्द उसकी शरण में था। बात-बात पर ग़ुस्सा...शक-शुबहा...अपनी बद-क़िस्मती पर रोना...किसी बात में दिलचस्पी न लेना...सितारा को फिर से उँगली पकड़के ख़ालिद को चलना सिखाना पड़ा। ख़ालिद उसके लिए काँटों में घिरा गुलाब था। पास आओ, तो चुभ जाए ! तोड़ डालो, तो मन दुखे।

फिर उसने बच्ची को गोद में लेकर टहल-टहलकर बी.ए. की स्टडी की। रिज़ल्ट आया, तो दफ़्तरों के चक्कर लगाने लगी। सास तड़पती रही कि ख़ानदान में किसी औरत ने नौकरी नहीं की थी, मगर ख़ालिद चुप रहा। घर में दो हज़ार रुपए की आमदनी बढ़ गई। चलो, दहेज़ कम लाने का दुख कुछ तो कम हुआ...नौकरी मिलते ही वह फल से बोझिल शाख़ की तरह झुकती गई। मुँह-अँधेरे घर का काम निबटाना। सास की ख़ुशामद। ख़ालिद की चीख़-पुकार को हँसकर टाल देना ! शाम को घर आती, तो फलों और सब्ज़ियों से बास्कट भरी हुई।

वह ऑफ़िस का सब काम बेहद ज़िम्मेदारी से करती थी। उसका बॉस एक सख़्त मिज़ाज आदमी था, मगर सितारा के काम से वह ख़ुश था।

अब वह भूल चुकी थी कि कनाडा में बैठी रिज़वाना ख़ालिद के ख़्वाब देखती है। वह तो ख़ालिद के सारे रंगों को अपने आप में घोल चुकी थी। धीरे-धीरे उसके मन में शहद के क़तरे से टपकते थे और वह एक अनोखी मिठास में डूब गई थी। हर वक़्त गाती-गुनगुनाती। ख़ुश-रंग साड़ियाँ। सलीके से किया हुआ मेकअप और ख़ुद-इतिमादी (आत्मविश्वास) से चमकता हुआ चेहरा ! सब उसे मुड़-मुड़कर देखा करते थे।

वह सारी काइनात (सृष्टि) की मालिक बन बैठी थी। फिर उसने बेबी को कलेजे से लगा लिया।

"मम्मी ! आज आपको किसने मारा है ?" उसके पास लेटकर बेबी ने तश्वीश (चिन्ता) भरे लहजे में पूछा।

"एक गुंडे ने मेरी...मेरे..."

"अपना हाथ दिखाओ। क्या बहुत ख़ून था !" बेबी तो उसकी कलाई का ज़ख़्म भरने लगी।

जला-भुना ख़ालिद कमरे में आया।

"बच्ची को अपनी बिपता (विपत्ति) क्यों सुना रही हो ?"

अब इसी को सुनाना है। उसे तो ज़रूर बताना है कि हर-हर क़दम पर कितने आदिल उसका रास्ता रोकेंगे, मगर यह बात उसने ख़ालिद से नहीं कही। सारा दिन

ऑफ़िस और पुलिस-स्टेशन के चक्करों में गुज़र गया।

ख़ालिद बिस्तर पर आया, तो सितारा उससे चिमट गई, जैसे वह सारे ख़तरों और दुखों से बचना चाहती हो। ख़ालिद ने उसकी बाँहों को हटाकर कहा, ''ऑफ़िस में जब औरतें कहती थीं कि वह कमीना आदमी है, तो तुम्हें क्यों नहीं यक़ीन आया ?'' ख़ालिद ने उसकी फैली हुई बाँहें हटाईं। सितारा को समझ में न आया कि वह अपने हाथों को अब कहाँ रखे।

''बड़ी शराफ़त से मिलता था न वह...कई बार मेरा ओवर-टाइम दिया मेरे प्रोमोशन की फ़ाइल तैयार कर दो...''

''अच्छा...?'' ख़ालिद ने चिल्लाकर कहा, ''तो यह सिलसिला कब से चल रहा था ?''

''सिलसिला...? कौन सा सिलसिला ?'' उसने घबराकर पूछा।

एक्शन-रिप्ले...

''बचाओ...बचाओ...'' टाइलेट के गन्दे पानी में साड़ी का पल्लू...एक शैतान उस पर फिर झपट पड़ा। यह सिलसिला दोबारा शुरू हुआ। आज सुबह उसने ख़ालिद की जेब में रिज़वाना का ख़त देखकर पूछा था, तो ख़ालिद ने हँसकर ख़त छुपाते हुए कहा, ''कनाडा से दो-तीन ख़त आ चुके हैं, अब हमारी याद ने बेक़रार कर दिया है मोहतरमा को !''

वह चुप हो गई। और क्या पूछती ? ख़ालिद ने उससे कह दिया था कि ''मैं जैसा हूँ, तुम्हें मालूम है। मैं कोई बात नहीं छुपाऊँगा।''

''मैं भी कोई बात नहीं छुपाऊँगी !''

''तुम्हारी तवज्जो (ध्यान) ने उसका हौसला बढ़ाया होगा। पता नहीं, वह पुलिस को क्या बयान देगा ?'' ख़ालिद तकिए पर सिर पटकने लगा।

सितारा को यूँ लगा, जैसे घुप अँधियारी में पागल कुत्तों ने उसे घेर लिया है। फिर वह एक ऊँचे बाँस पर जा खड़ी हुई। सारी ख़लक़त उसे ताज्जुब से देख रही थी—अनोखे करतब दिखानेवाली औरत को।

अब ख़ालिद करवट बदलकर सो गया था।

जैसे कमरे में दूसरा कोई वजूद ही न हो। प्यार देने की जज़ा (प्रत्युपकार) और न देने की सज़ा में बिल्कुल भगवान जैसा था उसका पतिदेव ! ख़ुश हो, तो भरा बादल ! रूठ जाए, तो प्यासी नदी से कोई सरोकार ही न था। उसका बदन ही तो एक ग़र्ज़ था ख़ालिद के लिए। वह अपने बदन के सिवा और कुछ न थी।

''तुम सितारा हो ?'' कहनेवाला आदिल था। दो कौड़ी का आदमी, मगर वह एक मर्द है। एक मर्द जो ख़ुद्दारी के पहाड़ पर खड़ी औरत पर एक नज़र डालकर टाइलेट के गन्दे पानी में डुबो सकता है। एक मर्द, जो ख़ालिद की तरह मुँह फेरकर सो जाए, तो दुनिया अँधेर हो जाती है। कोई उसका गला दबा रहा है। सारे घर पर कैसा सन्नाटा छा रहा है। आज सबकी गर्दनें झुक गई हैं।

''तुम्हारा शौहर बड़ा अच्छा आदमी है,'' ऑफ़िस में उसकी साथी क्लर्क नरगिस ने कहा।

"अगर मेरे साथ ऐसी बात होती, तो मेरा मियाँ तो तलाक़ ही दे देता बड़ी ऊँची नाकवाला है वह !"

सितारा सिर झुकाए सफ़ेद काग़ज़ पर स्याह लकीरें खींचती रही।

"ऐसी बातें हो जाएँ, तो पति के कान में क्यों डालो," टाइपिस्ट मेरी ने हँसकर कहा।

"मेरा ख़याल है, तुम्हें आदिल बेचारे को एक चांस देना चाहिए था !"

"सुना है, आदिल की बीवी लोगों से कहती फिर रही है कि यह सिलसिला न जाने कब से चल रहा था। उस दिन किसी ने रँगे हाथों दोनों को देख लिया, तो बेचारे आदिल फँस गए !"

"अब केस अदालत में जानेवाला है। क्यों न हम केस वापस ले लें !"

रात के खाने की मेज़ पर सब आए, तो ख़ालिद के अब्बा ने आहिस्ता से कहा।

"मैं उसे फाँसी के तख़्ते पर चढ़ाऊँगी। उसे मुआफ़ नहीं करूँगी। उसने मुझसे हर चीज़ छीन ली है। मेरे पास कुछ नहीं रहा," वह मेज़ से सिर टकरा-टकराकर चिल्लाने लगी। उसका चेहरा ख़ून में डूब गया। सब घबरा गए। उसके देवर ने ज़बर्दस्ती रोका।

उसे पलंग पर लिटा दिया, मगर ख़ालिद नहीं उठा। वह दोनों हाथों में सिर थामे अभी तक मेज़ पर झुका बैठा था।

सारे घर में सन्नाटा छा गया।

रात को ख़ालिद बिस्तर पर आया, तो उसने सितारा के ज़ख़्मी चेहरे पर हाथ रखा, "यह आज तुम्हें क्या हो गया था? तुमने तो मुझसे कहा था कि आदिल ने सिर्फ़ तुम्हारा हाथ पकड़ा था, मगर आज सबके सामने कह रही थी कि उसने तुम्हारी हर चीज़ छीन ली..."

हमेशा की तरह उस वक़्त ख़ालिद के सवालों पर न वह काँपी, न घबराई, गूँगे-बहरों की तरह छत को ताके जा रही थी।

एक्शन-रिप्ले...अचानक उस पर वह लम्हा फिर नाज़िल (प्रकट) हुआ, जो उसे ज़हर ही ज़हर पिला देता था, मगर अब सारे वजूद में एक मिठास घोल रहा था।

वह ख़ौफ़नाक लम्हा, जब आदिल के सख़्त हाथ में उसकी कलाई थी और उसकी साड़ी का आँचल टाइलेट के गन्दे पानी में, वह लम्हा एक चमकती सच्चाई की तरह उस पर नाज़िल हुआ और जैसे किसी कोहे-तूर से टकराकर उस पर दुनिया के सारे असरार (रहस्य) खोल गया।

वह अन्धी-बावली की तरह उठी। रिवायतों के बन्द किवाड़ खोले और आदिल के घर की तरफ़ दौड़ने लगी।

आदिल ने उसे देखकर ख़ौफ़ के मारे काँपने लगा।

"आप...यहाँ ?"

"हाँ...मैं आपका शुक्रिया अदा करने आई हूँ कि आपकी बदौलत मैं सारी दुनिया को जान सकी..."

दश्ते-कर्बला से दूर

"डॉक्टर अकबर का क़त्ल हो गया...आपके धोखे में किसी ने अकबर को मार डाला।"

यह ख़बर मुझे दहला गई...मेरे धोखे में...? किसी ने चाकू मेरे सीने में घोंप दिया। अगर सुन्दरलालजी न थाम लेते, तो मैं नीचे गिर जाता।

"भगवान ने आपको बचा लिया, जी !"

"मौत आपके सिर से गुज़र गई !"

"हाँ, अगर अकबर वहाँ जाने का फ़ैसला न कर लेता, तो मेरी लाश पड़ी होती !"

किसी को मौत इतनी ख़ुशी दे सकती है, इस बात की नदामत (पछतावा) मेरा सिर झुकाए दे रही थी। मैं ख़ौफ़ के मारे काँपने लगा। सेमिनार में बैठे हुए लोग उठ खड़े हुए। कुछ लोग मेरे बच जाने पर ख़ुश थे, कुछ अकबर के मारे जाने पर ख़ौफ़ज़दह (भयभीत) थे।

अभी...कुछ देर पहले वह यहाँ डाइस पर खड़ा था। हँसमुख...ज़हीन,...तेज़ रफ़्तार और जीनियस नौजवान...उसकी साफ़गोई और ईमानदारी उसे किसी अस्पताल में टिकने नहीं देती थी। वह अपनी इन ख़ूबियों की वजह से किसी दूसरे अस्पताल में ढकेल दिया जाता था, और मुझे इसीलिए वह बहुत अज़ीज़ था। वह मेरा स्टूडेंट रहा था। बहुत अच्छा डॉक्टर था। मैंने उसे अपने स्टाफ़ में भी रखा था और हर सेमिनार में, हर मीटिंग में उसे अपने साथ रखता था।

उस सेमिनार में जब डॉक्टर आफ़्ताब हसन अपना पेपर पढ़ रहे थे और सामिईन (श्रोतागण) गहरे ख़र्राटे ले रहे थे, तो बैरे ने मेरे पास आकर चौंका दिया, "सर... डी.एस.पी. साहब का फ़ोन है आपके लिए। वह रिलीफ़ वेन भेज रहे हैं। आपको हास्पिटल बुलाया है !"

"मगर इस वक़्त तो सड़कों पर इतने दंगे हो रहे हैं...मैं कैसे जाऊँगा ? डी.एस.पी. से कह दो...मैं यहाँ सेमिनार में पेपर पढ़ रहा हूँ।"

अब तो सारे शहर में बार-बार दंगों की आग भड़क उठती है। इसलिए शहर के अहम दानिशवरों (विद्वानों) ने यह सेमिनार किया था। हर शहर के डॉक्टर, प्रोफ़ेसर, आर्टिस्ट और समाजी (सामाजिक) वर्कर्ज़ आए थे। डॉक्टर अकबर ने कम्यूनल हार्मनी से मुतअल्लिक़ (सम्बन्ध में) होनेवाले इस सेमिनार के लिए बड़ी मेहनत की थी। सारा इन्तज़ाम उसी का था। स्टेट गवर्नमेंट ने हमारा साथ दिया। हर शहर की अमन कमेटियों

ने अपने डेलीगेट्स भेजे थे और फिर शिमला रिसर्च इंस्टीट्यूट की मिसेज़ मेहता भी आ गई थीं। मिसेज़ मेहता जिस सेमिनार में शरीक होतीं, तो फिर लोग सेमिनार का मौज़ूअ (विषय) भूल जाते, क्योंकि उनके चेहरे का हर नक़्श एक अलग मौज़ू-ए-बहस (बहस का विषय) था।

जब किसी सेमिनार में इतने इंटेलेक्चुअल लोग इकट्ठे हो जाएँ, तो ज़ाहिर है कि तू-तू मैं-मैं, इल्ज़ाम-तराशी और तंज़ (व्यंग्य) भरे रिमार्क्स में शिरकत करनेवाले तो भूल ही जाते कि वे यहाँ क्यों आए हैं, लेकिन कुछ जोशीले डॉक्टर अकबर जैसे नौजवान, मुकर्रिर (वक्ता) की हैसियत को नज़रअन्दाज़ करके बार-बार उनका मौज़ू (विषय) याद दिलाते थे।

आज भी अकबर ने एक मौलाना की तवील (लम्बी) बोर कर देनेवाली तक़रीर को रोक दिया था।

"यह मौलाना हर सेमिनार में अपने एक ही तवील मक़ाले (निबन्ध) को पढ़ना शुरू करते हैं चाहे वह सेमिनार किसी अदीब के सोग में हो या क़ौमी-यकजिहती (राष्ट्रीय एकता) पर..."

मौलाना ने क़हर (क्रोध) भरी नज़रों से अकबर को देखा, "मियाँ साहबज़ादे...पहली बार किसी सेमिनार में आए हो, तो थोड़ी सी तहज़ीब भी सीखकर आए होते..."

फिर उन्होंने अपनी शोला-बयानी इतने ज़ोर से जारी रखी कि माईक के बग़ैर भी उनकी आवाज़ शहर के हर कोने तक पहुँच जाए।

"हुसैन इब्न अली, जब दश्ते-कर्बला में यज़ीद की फ़ौजों से तनहा लड़ रहे थे, तो वह ख़ुदा के महबूब का चहेता नवासा, ख़लीफ़ा-ए-वक़्त के आगे चट्टान बनकर डटा हुआ था...हुसैन प्यासे शहीद हो गए, लेकिन यज़ीद रहती दुनिया तक जब्र और ज़ुल्म की अलामत (प्रतीक) बना रहेगा, और हम हुसैन के लिए रोते रहेंगे..."

"सिर्फ़ आँसू बहाने से काम नहीं चलेगा, मौलाना। क़दम आगे बढ़ाइए !" इस बार हाल में बैठे हुए हर शख़्स ने ग़ुस्से-भरी नज़रों से अकबर को देखा।

"कौन है यह बदतमीज़ लड़का...?" डॉक्टर आफ़्ताब हसन ने अपने पाइप में तम्बाकू को भरते हुए लखनऊ के पंडित नरेन्द्र शर्मा से पूछा।

"डॉक्टर अकबर है...डॉक्टर अतहर अली का चमचा...हर सेमिनार में उसे अपने साथ लिये फिरते हैं !"

"अकबर...बैठ जाओ...." मैंने उसे इशारा किया। आज इसे क्या हो गया है ? हर मुक़र्रिर को हूट करने पर तुला हुआ है। यह आजकल के लौंडे समझते हैं कि वे किसी अहम शख़्सियत पर रिमार्क करके सबको अपनी जानिब (तरफ़) मुतवज्जेह (ध्यानाकृष्ट) कर लेंगे।

फिर जब वह अपना पेपर पढ़ने डाइस पर आया, तो बड़े अदब से झुककर कहा,

"जनाबे सदर ! मुअज़िज़ सामईन (श्रोतागण) !...मैं पहली बार आप जैसे अहम दानिशवरों (विद्वानों) की महफ़िल में आया हूँ। इसलिए अपना थोड़ा सा तआरूफ़ (परिचय) करवा दूँ...सर...मैं दरअसल वह कमज़ोर इंसान हूँ जो हज़रत इमाम हुसैन के ज़माने में पैदा हुआ था, मगर उनके साथ जानेवाले जाँ-निसारों में शामिल होने की हिम्मत न कर सका, लेकिन यज़ीद और हुसैन के गुज़र जाने के बाद मैंने हमेशा यज़ीद पर लानत भेजी और हुसैन के नाम पर जान देनेवालों पर फ़ख्र करता हूँ। मैं..."

"आप अपना पेपर शुरू कीजिए, डॉक्टर साहब..." मौलाना ने हँसकर दाद-तलब नज़रों से चारों तरफ़ देखा।

"और सिर्फ़ दस मिनट में अपना पेपर ख़त्म कीजिए..." सेमिनार के सेक्रेटरी सुरेन्द्र रेड्डी ने ख़फ़ा होकर कहा।

"डॉक्टर अकबर ! पहले अपनी बात पूरी कीजिए..." मिसेज़ मेहता ने खड़े होकर कहा, तो सबको उनकी बात की ताईद (अनुमोदन) करनी पड़ी। अब मिसेज़ मेहता की आवाज़ ने सबको जगा दिया था। डॉक्टर आफ़्ताब हसन, पटना यूनिवर्सिटी के दिलीप राय को एक बड़ी रक़म ऑफ़र कर रहे थे कि वह उनकी बेटी का थीसिस ओ.के. करवा दें। रिफअत आलम प्रोफ़ेसर मुश्ताक़ अहमद को चुपके-चुपके अपनी नई नज़्म सुनाने लगे। डॉक्टर कँवर राय बैरों को डाँट रहे थे कि चाय के साथ बिस्कुट क्यों नहीं आए ?

इसलिए सिवाय हरिप्रसाद मिश्रा के कोई नहीं सुन रहा था कि मुक़र्रिर (वक्ता) क्या कह रहा है। हरिप्रसाद मिश्रा हर सेमिनार में मुक़र्रिर का एक-एक लफ्ज़ बड़े ग़ौर से सुनते हैं। अपनी नोटबुक में नोट्स लेते हैं। मुक़र्रिर के गलत हवालों पर टोक देते हैं। बाज़ वक़्त तो उनकी सवालों की बौछार से ख़ुद मुक़र्रिर भी परेशान हो जाता है, क्योंकि आम तौर पर सेमिनारों में शिरक़त से चन्द घंटे पहले जो नोट्स इधर-उधर से इकट्ठे किए जाते हैं, वे ख़ुद मुक़र्रिर की भी समझ में नहीं आते।

"शुक्रिया...मेरे लिए दस मिनट भी काफ़ी हैं।"

अकबर ने अपना पेपर खोला, तो हाल के बाहर पुलिस की सीटियों और फ़ायरिंग की अवाज़ें आने लगीं। सब घबरा गए। शायद फिर दंगा शुरू हो गया था। लोग उठ खड़े हो गए। इधर-उधर देखने लगे, मगर सेमिनार के सेक्रेटरी ने इत्मीनान दिलाया कि हाल के सब दरवाज़े बन्द हैं और गेट पर पुलिस का पहरा है। फिर भी सब परेशान थे कि अब होटल कैसे जाएँगे ?

"मेरी बीवी बार-बार मना कर रही थी कि शहर की फ़िज़ा ख़राब है। आज सेमिनार मत जाइए !"

मिसेज़ मेहता भी बहुत घबरा रही थीं।

"आप परेशान न हों। हम जो हैं यहाँ !" मौलाना हाशमी ने ऐसे जोश के साथ कहा, जैसे वह मिसेज़ मेहता के लिए जामे-शहादत नोश फ़रमाने को तैयार हों।

"मैंने तो जब सुना कि आप भी इस सेमिनार में आ रही हैं, तो आपसे मिलने

के बहाने आ गया !'' डॉक्टर दिलीप राय ने उस वक़्त मिसेज़ मेहता के बहुत क़रीब हो बैठने में कोई हर्ज न समझा। पूरे हाल में अफ़रा-तफ़री मची हुई थी। हर शख़्स घबराया हुआ था और हाल से बाहर जाने की बात सोच रहा था कि अकबर ने फिर माइक सँभाल लिया, ''जनाबे आला ! यज़ीद के सिपाही नीचे सड़कों तक आ गए हैं। ग़ौर कीजिए कि वे कितने उसूल-पसन्द जाँ-निसार हैं कि आज तक अपने मिशन की तकमील (पूर्णता) में लगे हुए हैं।''

''अकबर...मियाँ इस वक़्त अपनी बकवास बन्द करो और इस सेशन को ख़त्म करने का ऐलान कर दो !'' मैंने उसके क़रीब जाकर ज़ोर से कहा।

''सर ! क्या आप रिलीफ़-वेन के साथ जाएँगे। आपके लिए डी.एस.पी. साहब का फिर फ़ोन आया है,'' बैरे ने मेरे पास आकर कहा।

अकबर ने मेरे ग़ुस्से को नज़रअन्दाज़ करके फिर माइक सँभाल लिया।

''ख़्वातीन व हज़रात ! आज हम सब क़ौमी-यकजिहती (राष्ट्रीय एकता) के मक़सद को आगे बढ़ाने के लिए इकट्ठे हुए थे, लेकिन हाल के बाहर इस मक़सद को ख़त्म करनेवाले आ गए हैं। मेरा ख़याल है, हम सबको भी इस हाल के बाहर निकलकर उस आग को बुझाने के लिए कुछ करना चाहिए !''

अकबर की बात किसी को अच्छी न लगी।

''बेटे...! ऐसा लगता है, अभी क्वाँरे हो, मुझे तो अभी दो बेटियों की शादी करना है !'' आफ़्ताब हसन ने हँसकर अकबर से कहा।

''और अगर हम आज मारे गए, तो कितनी औरतें विधवा होंगी, इसका हिसाब केलकुलेटर पर करना पड़ेगा !'' दिलीप राय की इस बात पर सब हँस पड़े थे।

''अभी लौंडा है। कौन सी बात किस मौके पर किस तरह कहनी चाहिए, कुछ नहीं जानता,'' मैंने आहिस्ता से पंडित नरेन्द्र शर्मा से कहा।

''डॉक्टर अकबर ठीक कह रहे हैं,'' मिसेज़ मेहता ने कहा, ''हम वटेलनिस के ख़िलाफ़ लड़ाई के प्लॉन बनाते हैं, हमें एक्शन भी लेना चाहिए।''

''जी हाँ !...बेशक...'' सबका मिसेज़ मेहता से इत्तेफ़ाक़ (सहमत) करना ज़रूरी था।

''हम किसी तरह होटल तो पहुँच जाएँ !''

''डिनर के बाद एक इमरजेंसी मीटिंग रखना चाहिए !''

''ज़रा फ़िज़ा ठीक हो जाए, तो हम फ़िरक़ापरस्ती के ख़िलाफ़ एक जुलूस भी निकालेंगे !''

सुरेन्द्र की इस तजवीज़ पर सबसे ज़्यादा मौलाना हाशमी ख़ुश हुए। उन्होंने सोचा कि इस जुलूस का जो फोटो अख़बारों में छपेगा, उसमें वह मिसेज़ मेहता के क़दम-से-क़दम मिलाते चल रहे होंगे। क़ौमी इत्तिहाद की इससे अच्छी मिसाल और क्या हो सकती है ?

''लेकिन सर ! इस वक़्त तो उन ज़ख़्मियों के बारे में सोचिए, जिन्हें फ़ौरन

मेडिकल-एड नहीं मिली तो... ?" उसने फिर मेरी तरफ़ देखा।

"अकबर, मुझे क्या करना चाहिए, यह मैं ख़ुद जानता हूँ," मैंने अकबर को डाँट दिया।

यह छोकरा बहुत बकवास करने लगा है। अब इसे किसी सेमिनार में अपने साथ नहीं ले जाऊँगा।

"अच्छा...तो मैं रिलीफ़ वेन में चला जाता हूँ," वह तेज़ी से डाइस की सीढ़ियाँ उतरकर दरवाज़े की तरफ़ भागा।

हाल में खड़े हुए किसी भी शख़्स को अकबर की यह गुस्ताखी अच्छी न लगी, लेकिन मैं ख़ुश हो गया। अब डी.एस.पी. को फ़ोन कर दूँगा कि मैं सेमिनार में मसरूफ़ था, इसलिए अपने असिस्टेंट को हॉस्पिटल भेज दिया है।

लेकिन वहाँ मारनेवाले मेरी ताक़ में बैठे थे। उन्होंने डी.एस.पी. की आवाज़ बनाकर मुझे वहाँ बुलाया था। जब अकबर ज़ख़्मी को देखने झुका, तो उसने चाक़ू अकबर के दिल में उतार दिया।

बैरे ने हाल में आकर अकबर के क़त्ल की ख़बर सुनाई, तो सबने दम साध लिया। सब पर जैसे बिजली-सी गिर पड़ी।

"आपके धोखे में डॉक्टर अकबर को क़त्ल कर दिया !"

मेरे धोखे में...वह ख़ंजर मेरे दिल के पार हो गया। मैं नीचे की तरफ़ झुक गया। अगर हरिप्रसाद मिश्रा मुझे न थाम लेते, तो मैं ज़मीन पर गिर पड़ता।

'भगवान ने आपको बचा लिया, जी !"

"मौत आपके सिर से गुज़र गई, वरना डी.एस.पी. के इतने फ़ोन आने पर भी न जाते !" डॉक्टर आफ्ताब हसन ने अपने ब्रीफ़केस से निकालकर मुझे वेलियम खिला दी।

"नहीं...नहीं, यह नहीं हो सकता। यह झूठ है। अभी वह मेरे सामने खड़ा था," मिसेज़ मेहता ज़ोर-ज़ोर से रोने लगीं।

"हाँ, वह नहीं हो सकता..." हम सब भी रो रहे थे।

जब मैं उसे सेमिनार के लिए साथ लेने उसके घर गया, तो उसकी बीवी गेट तक आई थी। एक ख़ूबसूरत-सी लड़की, एक नन्हे-से बच्चे को गोद में लिये...अकबर ने कार में बैठने से पहले बच्चे को कितना प्यार किया था...उसने लव-मैरिज की थी। उसका प्रोमोशन होनेवाला था। उसे अमेरिका में रिसर्च के लिए एक स्कॉलरशिप मिली थी। ज़िन्दगी में कितनी कशिश थी उसके लिए...उस भड़कती हुई आग में कूदने का फ़ैसला उसने एक मिनट में कैसे कर लिया ? मिसेज़ मेहता रोते-रोते बेहाल हुई जा रही थीं।

"अरे मियाँ, नफ़रत की इस आग में कूदने का फ़ैसला कोई पल-भर में करता है ?"

"ज़रा सोचा तो होता कि इस वक़्त वहाँ जाने का क्या फ़ायदा है ?" फ़ायदा...यही वह लफ़्ज़ है, जो इंसान को बेशुमार फ़ैसले करने से रोक देता है। हम सब चुप थे...सारे दानिशवर (विद्वान), डॉक्टर, प्रोफ़ेसर, जो सियासत और तहज़ीब के हर उतार-चढ़ाव से वाक़िफ़ थे और सियासी बाज़ीगरों की हर चाल समझ चुके थे। हम सबकी गर्दनें झुक गई थीं, जैसे वह कल का छोकरा हम सबको नीचा दिखा गया था।

जब मैं अकबर की उम्र का था, तो मेरे सिर में भी क़ौमपरस्ती का सौदा (उन्माद) समा गया था। नेहरू की कई तक़रीरें और इक़बाल की नज़्में सुन-सुनकर जी चाहता था कि कांग्रेस का मेम्बर बन जाऊँ। गाँधीजी के आश्रम में जा बैठूँ। भगत सिंह मेरा हीरो था, मगर अब्बा ने तय कर लिया था कि मैं डॉक्टर बन जाऊँ। उन्होंने इंग्लैंड भिजवा दिया। डॉक्टर तो बन गया, मगर क़ुरआन की आयतें, गीता के श्लोक, महात्मा बुद्ध की तालीम और इक़बाल की शाइरी ने मेरा पीछा न छोड़ा। इल्म व अदब की प्यास ने मुझे कुछ औंधा-सीधा लिखना सिखा दिया। इसलिए मैं अब शहर की हर अदबी, तहज़ीबों और सियासी महफ़िल का मेहमाने-ख़सूसी (विशिष्ट अतिथि) बनाया जाता था। क़ौमी यकजिहती (राष्ट्रीय एकता) और समाजी वालंटियरी आर्गनाइज़ेशन कमेटियों का चेयरमैन था। दोनों बेटे अमेरिका दौलत कमाने चले गए थे। बेटी जद्दा में ठाठ कर रही थी। मेरी बीवी जुबली हिल्ज़ के ऊँचे मकान की बालकनी से नीचे देखती है, तो सारा शहर उसके क़दमों तले बिछा हुआ नज़र आता है।

जब इंसान इतनी ऊँची जगह जा पहुँचे, तो मसलहतें (समझौते) और अन्देशे उसे थामे रहते हैं। अब मैं एक सीढ़ी पर पाँव जमा रहा था। एक सियासी पार्टी ने मुझे इलेक्शन का टिकट दे दिया था। मेरी जीत यक़ीनी थी, और इसीलिए मुख़ालिफ़ पार्टियों ने मेरे क़त्ल का मंसूबा बनाया था।

"साथियो, इस सेमिनार में शिरकत करनेवाले डॉक्टर अकबर अली की अचानक मौत पर हमारी यह सभा अपने गहरे दुख का इज़हार करती है। अब हम अपने उस साथी के क़त्ल पर दो मिनट की ख़ामोशी मनाएँगे और भगवान से प्रार्थना करेंगे कि वह उनकी आत्मा को शान्ति दे..."

"अब हम सिर झुकाकर ख़ामोश नहीं खड़े होंगे," अचानक मिसेज़ मेहता ने चिल्लाकर कहा, "नहीं, सिर नहीं झुकाना है। हमें सिर उठाकर अकबर के क़ातिलों को ढूँढ़ने के लिए बाहर निकलना है !"

"इस वक़्त...अभी तो फ़िज़ा बहुत ख़राब है," दिलीप राय ने कहा।

"हाँ, अकबर के सीने पर चाक़ू मार दिया गुंडों ने..." डॉक्टर आफ़ताब हसन भी घबरा गए।

"आप मत घबराइए, डॉक्टर साहब..." मिसेज़ मेहता ने उन्हें इत्मीनान दिलाया। "ख़ंजर अकबर के सीने में उतर जाता है, मगर हम सब तो बुलट-प्रूफ़ जैकेट पहने

रहते हैं। हमारे दिल पर कभी कोई चोट नहीं लगेगी !"

सब चुप हो गए थे।

"डॉक्टर अकबर की लाश प्रजा शान्ति समितिवाले उठाकर ले गए," एक बैरा बाहर से ख़बर लाया।

"वे यही समझ रहे हैं कि वह लाश आपकी है !"

"मेरी लाश...?" मैं फिर सोफ़े पर बैठ गया।

"वे लोग नारे लगा रहे थे, डॉक्टर अतहर अली अमर रहें ! ख़ून का बदला लेकर रहेंगे !"

"मगर प्रजा समितिवाले लाश क्यों ले गए ? क्या उन्हें नहीं मालूम है कि डॉक्टर अतहर अली मुसलमान है ?"

"हिन्दू मरे या मुसलमान, इस बस्ती की लाशों का ठेका उन लोगों ने लिया है न !" होटल का बूढ़ा चौकीदार कह रहा था।

"क्या...? लाशों का ठेका...?"

"हटो साहब...वही लोग मारते हैं, वही लोग अब ख़ूब हंगामा करेंगे, साहब ! बहुत बड़े आदमी थे। इसलिए वे लोग कल शहर में बन्द मनाएँगे। अर्थी का जुलूस निकालेंगे। घरों को और दुकानों को आग लगाएँगे। जिन दुकानों को नहीं जलाना है, उनसे भी पैसे वसूल करते हैं।"

सब मुँह खोले ताज्जुब से चौकीदार की बात सुन रहे थे।

"जब भी दंगे होते हैं, तो सड़कों से लाशें उठाकर ये लोग ख़ूब पैसा कमाते हैं !"

"अब थोड़े दिनों के बाद आप सबको इसी हाल में बुलाकर वे अकबर साहब की याद में सेमिनार करेंगे।"

सब बैरे मिलकर हम पर हँस रहे थे।

"सर...आपसे मिलने के लिए कुछ लोग आए हैं," बैरे ने मेरे पास आकर आहिस्ता से कहा। शायद प्रेसवाले होंगे। अकबर के बारे में मुझसे कुछ पूछना चाहते हैं, मगर इस वक़्त मैं कुछ भी नहीं कह सकूँगा।

मैं हाल के बाहर गया...तीन-चार आदमी खड़े थे। प्रेसवाले नहीं, किसी मिनिस्टर के पी.ए. लग रहे थे। उन्होंने इशारे से मुझे क़रीब बुलाया और आहिस्ता से कहा, "सर...आपके धोखे में डॉक्टर अकबर मारा गया है, लेकिन हम आज न्यूज़ में आपका नाम दे रहे हैं !"

"मेरा नाम...?"

"आप एक पब्लिक फिगर हैं। इसलिए जिस पार्टी ने आपको मारा है, हम आज उससे लाखों रुपए वसूल कर लेंगे।...बाद में आप ऐलान कर देना कि यह ख़बर गलत थी...हा हा हा..." वह बड़ी ज़ोर से हँसा और मेरी तरफ़ हाथ मिलाने के लिए बढ़ा।

"क्या बकवास कर रहे हो...यह ग़लत बात होगी," मुझे ग़ुस्सा आ गया।

''अरे साहब ! यह बहुत अच्छी बात होगी। आपकी ख़ूब पब्लिसिटी हो जाएगी। मीडिया में आपका नाम आ जाएगा। वैसे भी आप हिट-लिस्ट में हैं।''

''क्या...?'' मैंने घबराकर उन सबको देखा।

''एक बात और सुनिए, डॉक्टर साहब,'' एक आदमी ने मेरे क़रीब होकर कहा। ''हम जो कुछ कमाएँगे, उसमें आपका हिस्सा भी होगा !''

''मेरा हिस्सा...?'' मैंने ताज्जुब से कहा।

''तो इसीलिए डॉक्टर अकबर को तुमने मार डाला...''

''अरे, छोड़ो साहब, उसकी बात ! रोज़ न जाने कितने अकबर सड़कों पर मरते हैं !''

मैंने बहुत दूर देखा...यज़ीद के सिपाही फ़ातिमा के लाल को घेरे खड़े थे...और दश्ते-कर्बला मुझसे बहुत दूर था...

गोश्त के ब्योपारी

आज फिर अस्पताल की सबसे ऊँची छत पर गिद्ध बैठा था। मजू ने दर्द से हाँफते हुए उधर देखा, तो ख़ौफ़ के मारे चुप हो गया। उसके दिल में यह वहम था कि यही गिद्ध उसकी बोटियाँ नोचेगा। यह गिद्ध ही लोगों को बताएगा कि मजू भिखारी मर चुका है और अब उसके तिक्के-बोटियाँ बाँट देना चाहिए।

मजू बचपन से इस अस्पताल के ऐसे खेल देख रहा था। यहाँ सर्जन, डॉक्टर, नर्सें, वार्ड-ब्वाय, जिसे देखो, मरीज़ों को लूटने की फ़िक्र में लगा रहता था। मरीज़ सेहत पाकर जाते, तब भी सबको इनाम मिलता, और मार्चरी (Mortuary) से लाश उठाना है, तो भी माँगनेवालों की क़तार लग जाती थी।

यह अस्पताल एक बहुत बड़ा मेडिकल रिसर्च सेंटर है। न जाने कहाँ-कहाँ से मरीज़ आते हैं, और फिर इन मरीज़ों की बोटियाँ नोचने के लिए गिद्धों की सूरतवाले डॉक्टर उन्हें चारों तरफ़ से घेर लेते हैं। मजू ने कई बार सोचा, डॉक्टर ऑपरेशन करते वक़्त अपना मुँह क्यों ढाप लेते हैं ? शरम से, या फिर इस ख़याल से कि मरनेवाला क़यामत के दिन उन्हें पहचान लेगा ?

मजू की सारी ज़िन्दगी इसी अस्पताल के सामने गुज़री थी...लोग कहते थे, उसकी माँ एक अन्धी भिखारिन थी। वह किसी कार तले दबकर मर गई। फिर मजू कूड़े के ढेर में से रोटी के टुकड़े और मौसम्बी के छिलके चूसकर बड़ा हो गया। सारा दिन अस्पताल के सामने भीख माँगता और रात को मार्चरी के सामने कोरीडोर में सो जाता था। मार्चरी का चौकीदार ख़ाँ उसे रोज़ रात को लातें मारकर उठाता था, हालाँकि दो रुपए रोज़ उस जगह का किराया भी मजू से लेता। दो-तीन और अपाहिज भिखारी भी यहीं रात गुज़ारते थे। बारिश और जाड़े में कहाँ पनाह मिलती।

अब मजू का सारा बदन फोड़ों से सड़ रहा था। दर्द के मारे उसे किसी कल चैन नहीं था। उसे यक़ीन था कि अब मौत आ गई है। अच्छा है, इस दर्द से नजात तो मिलेगी। अगर जन्नत में पहुँच गया, तो ख़ूब मेवा-मिठाइयाँ मिलेंगी। शहद और दूध की नहरों में नहाया करूँगा, मगर जन्नत में तो सच्चे लोग जाते हैं। ख़ैर-ख़ैरात करनेवाले, चोरी न करनेवाले। वह तो सिर्फ़ नाम का मुसलमान था। उसने मस्जिद के नमाज़ियों की जूतियाँ चुराईं। झूठ बोलकर भीख माँगी। अस्पताल के अँधेरे कोनों में बीमार भिखारियों के पास गया। उनको हर्राफ़ा (धूर्त) औरतों के चक्कर में यह बीमारी लग

गई। अब रात हो गई...

ठंड बढ़ने लगी। सारे अस्पताल में सन्नाटा छाया हुआ था। नौ बजते ही सब तरफ़ की लाइट बन्द हो गई। सिर्फ़ कोरीडोर में धीमे से बल्ब जल रहे थे। स्टाफ़-रूम में ड्यूटी वाले डॉक्टर ज़ोर-ज़ोर से हँस रहे थे। अभी उनका प्यून शराब की बोतलें और मटन लेकर अन्दर गया था।

ऊपरवाले जनरल वार्ड में किसी औरत के रोने की आवाज़ आ रही थी। कोई मरीज़ मर गया होगा...! मार्चरी के गेटकीपर ख़ाँ की नाइट ड्यूटी थी, मगर उसकी बेंच ख़ाली पड़ी थी। वह शाम होते ही शराबख़ाने को चला जाता था। कई बार लाश लेनेवाले लोग आते और उसे ढूँढ़कर चले जाते थे। मजू का दर्द और बढ़ गया। इतनी ठंड में भी बदन में आग लगी थी। प्यास के मारे हलक़ (कंठ) सूख गया था। कई बार उसने नर्सी को पुकारा। नर्सी पर फ़ालिज का हमला हुआ था, इसलिए वह गुमसुम पड़ा रहता था।

दो कारें एक साथ अन्दर आईं। एक कार्डियालोजी इनसेंटिव-केयर यूनिट की तरफ़ चली गई। दूसरी पुलिस की वैन थी। वह मार्चरी के पास आकर रुक गई।

एक पुलिस-इंस्पेक्टर उतरा और इधर-उधर देखने लगा। पुलिसवाले को देखते ही मजू को डर लगता था। पुलिसवालों ने उसे हमेशा बेक़सूर मारा था। क्या पता इस वक़्त भी यहाँ लेटने पर वे लातें मारना शुरू कर दें...

"यहाँ कोई चौकीदार नहीं है ?" पुलिस-इंस्पेक्टर बहुत घबराया हुआ था।

"ख़ाँ साब उधर होटल में होंगा, साब !" मजू ने डरते-डरते कहा। ख़ाँ ने इंस्पेक्टर को देख लिया था और दौड़ता हुआ आ रहा था। इंस्पेक्टर उसका हाथ पकड़े अँधेरे में उधर घसीटता हुआ ले आया, जहाँ मजू पड़ा था। वह बेचैनी से पाँव पटक रहा था। उसके भारी बूट किसी भी वक़्त मजू को कुचल सकते थे।

"कल रात मार्चरी में कुछ लाशें आई हैं क्या ?"

"जी हाँ, एक लारी के नीचे कुचला गया लड़का है। एक औरत को नाले में मार के डाल दिए थे, और एक छोटा बच्चा कचरे में पड़ा था..."

"बस, ठीक है..." इंस्पेक्टर ने आगे बढ़ते हुए कहा।

"वह नौजवान की डेड-बॉडी मेरे को दे दो। मैं जीप इधर लेकर आता हूँ।"

"नको साब," ख़ाँ ने घबराकर कहा, "वह डेड-बॉडी आज सुबह को आई है। कोई लेने को आ गया तो..."

"अरे, कौन आता है अब ! कोई होता, तो मरने को सड़क पर छोड़ देते !"

"नको...साहब...आर.एम.ओ. साब अब ड्यूटी पर आए होंगे," ख़ाँ ने इधर-उधर देखकर कहा।

"देखो...मेरा दिमाग़ नको चाट," इंस्पेक्टर ने अपने डंडे को अपने ही हाथ पर मारकर कहा, "वह नक्सेलाइट लीडर को हम शूट कर दिए बोलके रिपोर्ट कर दिए थे। हमारी प्रोमोशन रुकी हुई थी। अभी फ़ोन आया कि डी.एस.पी. साब डेड-बॉडी देखने को आ रहे हैं," इंस्पेक्टर ने जेब में से एक सौ का नोट निकालकर ख़ाँ की मुट्ठी में

दबा दिया।

"मगर साब, इत्ती जल्दी लाश कहाँ चली गई ? आर.एम.ओ. साब मुझसे पूछेंगे..."

"अबे, चुप..." इंस्पेक्टर ने एक फ़हश (अश्लील) गाली ख़ाँ को दी और ग़ुस्से में अपना भारी बूट मजू के ज़ख़्मी हाथ पर रख दिया। फिर एक सौ का नोट निकालकर ख़ाँ की तरफ़ बढ़ाया।

"यह उसको दे देना !"

नोट जल्दी से लेकर ख़ाँ पैंट की जेब में मार्चरी की कुंजी ढूँढ़ने लगा। मजू आए दिन यह तमाशा देखता था। पुलिसवाले अपनी कार-गुज़ारी दिखाने के लिए यहाँ से लाशें ले जाते थे। ख़ाँ को दो सौ रुपए की आमदनी हो जाती। आर.एम.ओ. भी उसमें शरीक होता, बल्कि केस बड़ा हो, तो ड्यूटी-आफ़ीसर को भी उसका हिस्सा देना पड़ता था। लाशों की गिनती होती, तो ख़ाँ गली-सड़ी लाशों के टुकड़े प्लास्टिक के थैलों में भरकर उन पर नम्बर लगा देता था। वैसे भी लाशों की गिनती करने की किसे ज़रूरत थी। दो महीने तक लाश का कोई वारिस न आए, तो उसे मेडिकल कॉलेज के डिस-एक्शन डिपार्टमेंट को भेज दिया जाता था।

ख़ाँ ने धीरे से दरवाज़ा खोला, तो अन्दर सड़नेवाली लाशों की बू चारों तरफ़ फैल गई। फिर वह प्लास्टिक के थैले में बँधी हुई लाश को उठाकर बाहर लाया, तो ठंडे पानी की बूँदें मजू पर गिरीं, और उसके ज़ख़्मों पर जैसे किसी ने मरहम रख दिया। जाते वक़्त ख़ाँ ने फिर हाथ फैलाया, तो इंस्पेक्टर ने दस रुपए का एक नोट फिर उसके हाथ पर रख दिया...अस्पताल के गेट पर जीप रुकी। चौकीदार के फैले हुए हाथ पर इंस्पेक्टर ने फिर कुछ रखा और तेज़ी से बाहर चला गया।

मार्चरी का दरवाज़ा बन्द करने के बाद ख़ाँ ने इधर-उधर देखा...स्टाफ़-रूम से अभी तक शराब में डूबे क़हक़हे उछल रहे थे...मजू को प्यास लगी थी, मगर वह दम साधे पड़ा रहा। अगर ख़ाँ को पता चल जाए कि वह जाग रहा है, तो दो-चार लातें ज़रूर मारेगा।

"साला...हरामख़ोर...पुलिसवालों को लाशें देकर रोज़ ख़ूब कमाई करता है, और हमसे दो रुपए लेकर सोने की जगह भी नहीं देता। जाते वक़्त रोज़ ठोकर मारके कहता है, बाहर जाओ..."

अब शराबख़ाने की तरफ़ जाएगा—या किसी रंडी के कोठे पर...मजू दर्द से कराहने लगा।

इमरजेंसी वार्ड की तरफ़ एक रिक्शा गई। कई लोग एक औरत को थामे बैठे थे, जो बुरी तरह चिल्ला रही थी। साले दहेज़ की लालच में औरत को जला देते हैं। फिर उसे उठाकर अस्पताल ले आते हैं।

मजू तो अन्दर आनेवाले लोगों को देखते ही समझ जाता था कि कौन सा केस है...लॉन के शार्ट-कट रास्ते को काटते हुए दो नौजवान एक दूसरे से बातें करते एक

वार्ड की तरफ़ जा रहे थे।

"रोज़ डॉक्टर कहता है कि अब दो घंटे से ज़्यादा नहीं लगेंगे। आज तीन दिन से छुट्टी लिए बैठा हूँ !"

"यार ! उसने तुमसे उसी दिन कह दिया था कि अब ऑक्सीजन निकालो और घर ले जाओ, मगर तुम्हें तो अपनी मुहब्बत का शो करना था..."

मजू दर्द और प्यास से निढाल होकर ऊँघने लगा। फिर लोगों की चीख़-पुकार से चौंक पड़ा...आर.एम.ओ. के साथ दो नौजवान लड़के मार्चरी के सामने खड़े थे और ख़ूब चिल्ला रहे थे। आर.एम.ओ. घबराया हुआ था और बार-बार ख़ुशामद-भरे लहजे में कह रहा था, "मुआफ़ कर दीजिए साहब ! चौकीदार कहीं चला गया है। आप सुबह आकर डेड-बॉडी ले जा सकते हैं !"

मजू ने देखा...ख़ाँ दूर कैंटीन के सामने खड़ा यह तमाशा देख रहा था। फिर वह अस्पताल के पिछवाड़े की तरफ़ भाग गया।

मजू का जी चाहा कि वह इन लोगों को बता दे, ख़ाँ कहाँ है ?

वे लोग ख़ूब लड़े। रोए-चिल्लाए ! सुबह सुपरिंटेंडेंट से शिकायत को धमकी दी और चले गए।

साले ने वह लाश तो इंस्पेक्टर को दे दी है। अब सुबह इन लोगों को किसकी लाश देगा...?

मजू दर्द से तड़पते हुए न जाने कब सो गया।

आँख खुली, तो घुप अँधियारी में किसी ने उसे हाथों में दबोच लिया था और न जाने कहाँ लिये जा रहा था !

"अरे, कौन है रे ? मेरे पास कुछ नहीं है। मेरे को नको मारो..." वह समझ गया, कोई भिखारी उसके पैसे छीनने के लिए आया है।

मगर उसके पैसों की थैली छन से ज़मीन पर गिर पड़ी। उसे कोई उठाकर जल्दी-जल्दी भाग रहा था। फिर अचानक ठंडी हवा आई और किसी ने उसे धप से ज़मीन पर पटक दिया।

गिरने के बाद वह बेहोश हो गया। घबराकर आँखें खोलीं। उसे पटककर जानेवाले को ज़ोर की ठोकर लगी और बदबू के मारे वह खाँसने लगा...यह ख़ाँ है। उसकी खाँसी को वह पहचानता है।

उसका दम घुटने लगा...मौत आ गई...यह जन्नत है या दोज़ख़...हुँह... ग़रीबों की जन्नत में प्यासों के लिए पानी भी नहीं, सिर्फ़ ठंड ही ठंड थी और...क़यामत का दिन आ गया...लोग ज़ोर-ज़ोर से चिल्ला रहे थे...चारों तरफ़ चीख़ो-पुकार मची थी...उसने बड़ी मुश्किल से आँखें खोली। वही कल वाले दो नौजवान उस पर झुके हुए थे।

"यह हमारा भाई नहीं है। किसी और की लाश है !"

"अरे...यह तो ज़िन्दा है ?"

"सालो...? बदमाशो...ज़िन्दा मरीज़ों को मुर्दाख़ाने में डाल देते हो ?"

"पुलिस को बुलाओ...मिनिस्टर को फ़ोन करो...डॉक्टरों को फाँसी पे चढ़ा दो। इन्हें भी मुर्दाख़ाने में डाल दो !"

हुजूम बढ़ता जा रहा है। न जाने कहाँ से अख़बारवाले भी आ गए और मजू की आँखों पर बार-बार कैमरे की रोशनी चमकने लगी...

"अरे ! यह ज़िन्दा कैसे रह सकता है ?" ख़ाँ ने झुककर बड़े ग़ौर से उसे देखा।

"जाने दीजिए...मुआफ़ कीजिए, साब ! आपके भाई की डेड-बॉडी ग़लती से कोई और ले गया है...क्या बोलता है, साब...लोग मरने के बाद अपने भाई का मुँह भी नहीं देखते...बस गाड़ देने से काम..."

आर.एम.ओ. इन लोगों की ख़ुशामद कर रहा था।

मजू ने चकराते हुए आँखें खोलकर देखा। कलवाला इंस्पेक्टर भी उसके सिरहाने खड़ा था। शायद उसे एक और लाश की ज़रूरत थी।

"हमारे भाई की लाश तुम लोगों ने ग़ायब कर दी है, और एक ज़िन्दा आदमी को मुर्दाख़ाने में डाल दिया है," एक नौजवान चीख़ रहा था।

"यह तो भिखारी है, साब !" सुपरिंटेंडेंट साहब अख़बारवालों से कह रहे थे, "न जाने कैसे मुर्दाखाने में घुस गया। बहुत परेशान करते हैं ये भिखारी !

सारे डॉक्टर भागे-भागे आ गए। सुपरिंटेंडेंट ने हुक्म दिया, "जल्दी से इस आदमी को इमरजेंसी में ले जाओ। फ़ौरन इसका इलाज शुरू करो। मैं अभी मालूम करता हूँ, इस भिखारी को कैसी मेडिकल-एड चाहिए !"

ख़ाँ भागकर स्ट्रेचर ले आया। चारों तरफ़ से डॉक्टरों और नर्सों ने उसे घेर लिया...फिर ख़ाँ मजू का स्ट्रेचर ढकेलता हुआ कोरीडोर से आगे चला गया। मजमा अभी तक अस्पताल के लॉन में खड़ा डॉक्टरों के ख़िलाफ़ नारे लगा रहा था। इमरजेंसी वार्ड गुज़र गया। ख़ाँ के साथ वही इंस्पेक्टर भी स्ट्रेचर को थामे चल रहा था। अब वे अस्पताल के पीछे की तरफ़ जा रहे थे।

"मैं क्या बोला था आपको ?... पब्लिक बहोत (बहुत) बदमाश हो गई। कितना बड़ा लफड़ा खड़ा कर दिया ?"

ख़ाँ बेहद ग़ुस्से में था और ज़्यादा ज़ोर से स्ट्रेचर को ढकेल रहा था।

"हुँह...साले बोल रहे हैं, ज़िन्दा, आदमी को मार्चरी में क्यों डाले...?"

"ठीक है...ज़िन्दा आदमी को कूड़े में तो फेंक सकते हैं न ?"

"अब आप कल आओ, साब ! इस लाश को यहाँ से उठाकर ले जाना...मगर पैसे अभी दे दो !"

फिर उसने लात मारकर स्ट्रेचर को काँटों-भरी झाड़ी में उलट दिया !

प्रॉमिस

"अम्मो, अम्मो, अभी आप बिल्कुल ठंडी पड़ गई थीं !"

"हम समझे कि...कि..." अम्मो के आसपास खड़े उनके तीनों बेटे, उनकी बीवियाँ, उनके बच्चे, सब घबरा गए, "हम समझे कि हमने उनके मरने का दुख कितनी आसानी से सह लिया..."

अम्मो सबकी तरफ़ बड़े दुख के साथ देख रही थीं।

उनके सबसे बड़े बेटे ने कितनी जल्दी सफ़ेद कपड़ा डालकर अम्मो का मुँह छुपाना चाहा था। अगर अम्मो हाथ उठाकर चादर न हटा देतीं, तो शायद वे सब दूसरे कमरे में जाकर उन्हें दफ़न करने की तैयारी शुरू कर देते।

वे सब नज़रें झुकाए खड़े थे, जैसे अम्मो ने देख लिया कि उनके मरने पर किसी की आँख से एक आँसू भी नहीं निकलेगा।

दो बरस हो गए। जब डॉक्टर ने कहा था कि कैंसर उनके सारे बदन में फैल गया है। किसी भी वक़्त उन्हें कुछ भी हो सकता है। जब से यह बात उनकी दोनों बहुओं ने सुनी थी, वे अम्मो का ज़्यादा ख़याल करने लगी थीं। हर महीने फ़ोन पर अम्मो की ख़ैरियत पूछतीं। दूसरी बहू इधर नहीं थी। वह इंडिया की गर्मी बर्दाश्त नहीं कर सकती थी। फिर भी वह हर साल आती। किसी फ़ाइव-स्टार होटल में ठहरती थी। हैदराबाद की सैर-तफ़रीह से फ़ुर्सत मिलती, तो किसी दिन अम्मो की मिज़ाज-पुरसी भी कर लेती थी। तीनों बेटे उनके इलाज के लिए बड़ी पाबन्दी के साथ डालर और रियाल भेजते थे। अम्मो के लिए बहुत अच्छा डॉक्टर...बेहतरीन इलाज...घर में हर तरह का आराम...दिन-रात ख़िदमत करनेवाली ख़्वाजा बी, जिसे दूर बैठी बहुएँ इनाम-इकराम से नवाज़ती रहती थीं।

शिकागो में एक दिन सुबह सवेरे ख़्वाजा बी का फ़ोन आया, "बेगम साहब की तबीयत ख़राब है। डॉक्टर साहब बोले, इनके बेटों को फ़ोन कर दो। सबको जल्दी आ जाओ, बोली !"

उस फ़ोन से सारे घर में हलचल मच गई। सबके प्रोग्राम डिस्टर्ब हो गए।

"ओफ़्फ़ोह...अम्मी हमेशा इसी तरह परेशान करती हैं। भला यह कोई मौसम है इंडिया जाने का। गर्मी के मारे मर जाएँगे। हम सब," उनकी बहू नसीम घबरा गई।

"हैलो...हैलो !" चारों तरफ़ से फ़ोन आने लगे।

न्यूयार्क से जमशेद कह रहा था, "भाई जान ! ख़्वाजा बी का फ़ोन आया है...कि चौबीस घंटे...लेकिन मुझे इस वक़्त लीव लेना बहुत मुश्किल है।"

"लेकिन जमशेद ! तुम्हें याद है कि हम सबने अम्मो से प्रॉमिस किया था कि हम चारों भाई मिलकर उनकी डेड-बॉडी उठाएँगे। इसलिए हमें जाना पड़ेगा," रशीद ने उसे समझाया।

फिर दुबई से तीसरे भाई ख़ुर्शीद का फ़ोन आया, "भाई जान... हम सब मिलकर अमेरिका तफ़रीह करने जा रहे थे। अब निशी को भी साथ ले जाऊँ, तो इंडिया में गर्मी बहुत होगी। आप वहाँ किसी फ़ाइव-स्टार होटल में हमारे लिए रिज़र्वेशन करवा दीजिए।"

"हाँ भई, मेरे लिए भी इस मौसम में इंडिया जाना बहुत मुश्किल है।"

"अम्मो अच्छी-भली होंगी। ज़रा दिल घबराया, तो ख़्वाजा बी से फ़ोन करवा दिया है।"

"ख़ुर्शीद ! अभी मैंने डॉक्टर आरिफ़ से बात की। वे कह रहे थे कि ज़्यादा-से-ज़्यादा चौबीस घंटे..."

"तो फिर मैं आ जाऊँगा। देहली के एक सेमिनार का इन्वीटेशन भी आया है !"

"अरे ! फिर तो हम एक हफ़्ते में वापस आ जाएँगे न डैड," पिंकी ने ख़ुश होकर कहा।

"हाँ, बेबी ! हम चारों भाइयों ने अम्मो से प्रॉमिस किया है हम उनकी डेड-बॉडी..."

"आफ़्टर डेथ...कितनी मासूम-सी ख़्वाहिश है ग्रैंड-मम की..." बेबी ने मुँह बनाकर इंग्लिश में कहा, "ग्रैंड मम ने अपने चारों बेटों के साथ ज़िन्दगी इंज्वाय करने का कोई प्रॉमिस क्यों नहीं किया ?"

उलझी साँसों के दर्द को दिल में थामे, यही बात अम्मो भी सोच रही थीं। सुनसान घर, ख़ाली कमरे, सूना आँगन, अँधेरे कमरे में अकेली लेटी वे दर्द से तड़प रही थीं। किसी दवा का कोई असर नहीं होता। बदन का कोई हिस्सा क़ाबू में न था। काँपते हाथ से पानी की बोतल उठाने की कोशिश करतीं, तो सारा बिस्तर भीग जाता।

"पानी...पानी...ख़्वाजा बी...ख़्वाजा बी, कहाँ मर गई...? किसी का फ़ोन आया है ?...दरवाज़े पर कौन आया है ?"

ख़्वाजा बी कमरा बन्द किए अपने मियाँ के साथ सोती रहती थी, "बुड्ढी को चिल्लाने की आदत हो गई है। मैं तो पागल हो जाऊँगी मियाँ...कोई दूसरी नौकरी ढूँढ़ दें जी अब..."

उनके मियाँ की वकालत बस यूँ ही चलती थी, मगर अम्मो ने जायदाद बेचकर चारों बेटों को डॉक्टर, इंजीनियर बना दिया। अच्छी डिग्रियाँ मिलते ही उन सबके पंख

निकल आए और उन्होंने अमेरिका की तरफ़ परवाज़ (उड़ने) की ठानी। अम्मो को यह बात अच्छी न लगी।

"इतनी दूर ? अल्लाह मियाँ के पिछवाड़े ? हम सब अमेरिका में जा बसेंगे ?"

"हम सब...! तुम्हें कौन ले जाएगा, अमेरिका ?" बच्चों के अब्बा ने हँसकर कहा था।

"अमेरिका में माँ-बाप नहीं रहते हैं। वह नौजवानों का मुल्क है।"

"अच्छा, तो माँ-बाप कहाँ जाएँ ?" अम्मो ने ताज्जुब से पूछा था।

"कूड़े की टोकरी में !" अब्बा ने ख़फ़ा होकर कहा था।

वीरान घर के आँगन में बैठी, कबूतरों को दाना डालते हुए, अम्मो सोचती थीं, कूड़े का ढेर ही बन गया है यह घर ! बार-बार लाइट चली जाती है। अँधेरे में माचिस नहीं मिलती। पोस्टमैन कोई ख़त फेंक जाए, तो वह किसी क्यारी के पीछे पड़ा महीनों के बाद मिलता है। वैसे भी उनके बेटे अब ख़त लिखने की पुरानी रस्म भूल चुके हैं। कभी ज़रूरत हुई, तो फ़ोन कर लेते हैं। दूधवाला दूध फाटक पर रखकर चला जाता है, तो रोज़ कुत्ता उठाकर ले जाता है। कभी आँगन में किसी बच्चे की गेंद गिर जाए, तो अन्दर आने से पहले वह अम्मो की सूरत देखकर भाग जाता है। रिश्तेदारों को फ़ुर्सत नहीं मिलती आने की।

कितनी बार वे फ़ोन पर कहती थीं, "रशीद, अब मैं तुम्हारे पास आ जाऊँगी। मुझे रोज़ बुख़ार आ जाता है। खाँसी बहुत बढ़ गई है। अकेले घर में जी घबराता है।"

"मगर अम्मो, आपकी बीमारी का इलाज यहाँ बहुत महँगा है। घर में कोई नहीं रहता। आपकी देखभाल कैसे होगी ?" रशीद अम्मो को अपनी मजबूरी सुनाता था।

"अच्छा, तो फिर हनी और तारिक़ से कहो, मुझसे फ़ोन पर बात करें। बच्चों को देखने को जी चाहता है मेरा," बच्चों को याद करके उन्हें रोना आ जाता था।

"वह बात यह है अम्मो कि बच्चों को उर्दू नहीं आती। इसलिए वह आपकी बात नहीं समझ सकते।"

अम्मो फ़ोन रख देतीं, "मेरी बात कोई भी नहीं समझता। न बच्चे, न उनके माँ-बाप।"

जब तीनों भाई अमेरिका गए, तो अम्मो अब्बा के पास हमीद को छोड़ गए थे।

हमीद का दिल पढ़ाई में नहीं लगता था। सारा दिन निकम्मे दोस्तों के साथ घूमता। कभी स्टूडेंट्स यूनियन का झंडा थामे सड़कों पर घूम रहा है, तो कभी किसी सियासी पार्टी के साथ नारे लगा रहा है। फिर एक दिन सुना, वह किसी पार्टी में शामिल हो गया है।

"तुम्हारे इम्तिहान में एक महीना रह गया है। स्टडी क्यों नहीं करते ?" अब्बा उसे बार-बार याद दिलाते थे।

"अब्बा ! मैं इस साल इम्तिहान नहीं दूँगा। मुझे इलेक्शन का काम करना है।"

अब्बा बहुत ख़फ़ा हुए। अम्मो ने रो-रोकर समझाया। मुस्तक़बिल (भविष्य) के भयानक नक़्शे खींचे। जब ज़िंदगी-भर भाइयों के आगे हाथ फैलाना पड़ेगा, मगर हमीद अब घर बहुत कम आता था। फिर ख़बर आई कि किसी मुख़ालिफ़ पार्टी के मेम्बर को मारने के जुर्म में हमीद गिरफ़्तार हो गया है। सुना है, वह आदमी अस्पताल में मर गया।

सारे मुहल्ले के लोग अब्बा, अम्मो को पुरसा (हमदर्दी) देने आए। न जाने कौन से गुनाह की सज़ा मिली कि हमीद इस घर में पैदा हुआ। अब उसे फाँसी की सज़ा मिलेगी। दोस्त, रिश्तेदार ताज़ियत (शोक प्रकट करने) के लिए आने लगे।

"फाँसी पर चढ़ेंगे हमीद के दुश्मन ! अब वह तो हमारा हीरो है," हमीद के दोस्त कह रहे थे। उनकी पार्टी अकसरियत (बहुमत) में आ गई थी। इसलिए कुछ दिनों तक उस मुक़दमे की कार्रवाई चलती रही। फिर मामला ठप हो गया।

एक दिन हमीद का एक दोस्त आया, तो उसने अम्मो से कहा, "कोई पार्टी-वर्कर दो-चार मर्डर कर डाले, तो पार्टी उसे इलेक्शन का टिकट देने पर मजबूर हो जाती है।"

वही हुआ, हमीद के गुनाहों की लम्बी फ़ेहरिस्त ने उसे अपनी पार्टी का सबसे अहम लीडर बना दिया।

"अब देखता हूँ कि हमारे हलक़े (क्षेत्र) का कौन वोटर है, जो मुझे वोट दिए बग़ैर ज़िन्दा रह सकता है !"

अम्मो और अब्बा दम साधे बैठे रहते थे। जब गले में फूलों के हार डाले, एक जुलूस के साथ हमीद घर आया, ओ अब्बा दोनों हाथों में मुँह छुपाए बैठे। वह अब्बा से गले मिलने के लिए झुका, तो अब्बा नीचे गिर पड़े।

फिर हमीद मिनिस्टर बन गया और ज़िद की कि अम्मो मेरे साथ देहली चलो। सरकारी बँगले में रहना। गवर्नमेंट के झंडेवाली कार में घूमना। ख़ूब ठाठ करना। अम्मो ने 'मिनिस्टर की अम्मी' बनने के लिए कई नए जोड़ सिलवाए। नई चप्पल ख़रीदी, मगर वह मिनिस्टर के बँगले में फिट न हो सकीं। नौकरों से गोश्त-तरकारी का हिसाब माँगतीं। चौकीदार और ड्राइवर के सलामों में 'जीते रहो, सलामत रहो' कहकर ख़ुश होतीं। बँगले के लॉन में धूप के रुख़ खाट डालकर पापड़ बेलने बैठ जातीं। चुनाँचे 'मिनिस्टर की बेगम' ने उन्हें फिर वहीं भेज दिया, जहाँ वे सिर झुकाए अचार-मुरब्बे बनाने में जुटी रहती थीं।

तीन दिन हो गए। सब अम्मो के आसपास हाथ बाँधे खड़े थे। बार-बार ऑक्सीजन की ट्यूब ठीक करते। अम्मो को कुछ होनेवाला है। उस आनेवाले दुख को वे अपने चेहरों पर मुसव्विर (चित्रित) कर चुके थे। अम्मो बड़ी मुश्किल से आँख खोलकर सबको देखतीं।

"हमीद नहीं आया ?...मेरा हमीद...!"

"शायद अम्मो का दम हमीद में अटका हुआ है !"

ख़्वाजा बी कह रही थी कि हमीद देहली में है। इस बार उसकी पार्टी को इलेक्शन

में अकसरियत (बहुमत) नहीं मिली। अब हमीद मिनिस्टर नहीं रहेगा। ऐसे वक़्त वह देहली से बाहर कैसे जा सकता है ?

"मगर हम सबने अम्मो से वायदा किया था कि उनके आख़िरी वक़्त..." रशीद बहुत ग़ुस्से में था।

अम्मो बार-बार आँखें खोलतीं।

"तुम सबको अपने पास देखकर मेरा जी चाह रहा है कि...बच्चों को अपने हाथ से बनाकर पुलाव..."

"अल्लाह ! इस वक़्त भी अम्मो का दिल पुलाव में अटका हुआ है...अल्लाह तौबा !" उनकी बड़ी बहू ने गालों को छूकर कहा।

"अम्मो...यासीन शरीफ़ पढ़िए...अल्लाह को याद कीजिए..."

"मेरा हमीद...अब मेरे जनाज़े को कन्धा देने..." वे फिर रोने लगीं।

"तुम सबने मुझसे वायदा किया था कि मेरे जनाज़े को चारों भाई मिलकर उठाओगे..."

"हैलो...हैलो...अब अम्मो का क्या हाल है ?..." हमीद का देहली से फ़ोन आ गया।

"क्या ?...ऑक्सीजन दी जा रही है, मगर अब ऑक्सीजन देने से क्या फ़ायदा ? जब डॉक्टर कह चुका है...भाई जान, मेरी बात सुनिए...अगर ख़ुदा-न-ख़्वास्ता अम्मो को आज रात में कुछ हो गया, तो प्राइम-मिनिस्टर भी मुझे पुरसा देने आएँगे...लेकिन परसों हमारी मिनिस्टरी ख़त्म हो रही है। इसलिए आप अम्मो को फ़ौरन किसी अच्छे शानदार हास्पिटल में ले जाइए ! इन्तक़ाल की न्यूज़ टी.वी. पर आए, तो उस हास्पिटल का नाम भी होना चाहिए..." फिर उसने कहा, "ज़रा भाभी को फ़ोन दीजिए।"

"हैलो...भाभी...सब इन्तज़ाम अच्छा कीजिए...ख़र्च की फ़िक्र मत करना...मुमकिन है, टी.वी. वाले भी उन्हें न्यूज़ में शामिल करने के लिए घर पर आएँ !"

"आप फ़िक्र न करें, हमीद भाई। मैंने सब इन्तज़ाम कर दिया है," भाभी ने इत्मीनान दिलाया।

"क्या कह रहा है, हमीद ?...कब आ रहा है वह ?" अम्मो ने डूबती साँसों को रोककर पूछा।

तब ड्राइंग-रूम में जाकर ख़ुर्शीद ने कहा, "कल मुझे देहली में एक सेमिनार अटेंड करना है।"

"और मैं सिर्फ़ तीन दिन की लीव लेकर आया था !"

"बच्चे गर्मी से घबराए जा रहे हैं," अमेरिकन बहू ने मुँह बनाकर कहा।

सुबह सवेरे...अम्मो की आँख खुलने से पहले वे सब चुपके-चुपके गेट से बाहर निकले। उन्होंने ख़्वाबा बी को अम्मो की अच्छी तरह देखभाल करने की हिदायत दी और बहुत से डालर, रियाल, रुपए उसके हाथ में थमा दिया।

"अम्मो के ख़ैरियत के लिए हमें फ़ोन करती रहना, बाई बाई !"

ख़्वाजा बी अन्दर आई और यह देखकर डर गई कि अम्मो की आँखें खुली हुई थीं। शायद उन्होंने अपने बेटों को जाते हुए देख लिया था।

फिर उसने एक दुकान का फ़ोन नम्बर मिलाया, ''हैलो...मय्यत ले जानेवाली एक लारी भेज दीजिए और साथ में चार आदमी भी हों और कुछ नहीं चाहिए। उनके लड़के हर चीज़ का इन्तज़ाम कर गए हैं।''

एक शूटिंग-स्क्रिप्ट–एक पूरी

फ़ेड इन...लाँग शॉट, (Fade in...long shot)।

घना जंगल..लम्बी पगडंडी...आसपास खेत...पहाड़ियों का सिलसिला...सुबह का सूरज...दरख़्तों पर मँडलाते हुए परिन्दे...दूर ऊबड़-खाबड़ रास्तों से आती हुई एक जीप... ।)

कट...मिड-शॉट (Cut Midshot)।

(तीन पुलिस की वर्दी पहने आदमी जीप में बैठे हैं। जीप एक सड़क के किनारे रुक जाती है। कैमरा इन तीनों को फोकस करता है।)

एक इंस्पेक्टर : (क्लोज़अप इधर-उधर देखकर) यहाँ तो कोई नहीं मिलेगा।

दूसरा इंस्पेक्टर : हाँ, अब आगे तो जंगल है। गाँव पीछे था।

कांस्टेबल : गाँव के अन्दर नहीं जाना, सर ! वहाँ किसी को मारेंगे, तो फिर हंगामा शुरू हो जाएगा।

पहला इंस्पेक्टर : कितनी डेड-बॉडीज़ चाहिए ?

दूसरा इंस्पेक्टर : (क्लोज़अप) कमिश्नर साहब ने तो सात मरनेवालों की लिस्ट भेजी है।

पहला इंस्पेक्टर : (क्लोज़अप) ऊँ ह ! अब मिनिस्टर साहब क्या लाशों को खोलकर देखेंगे ? दो-चार मुर्दे भी कपड़े से ढाँपकर डाल दिए, तो ठीक है।

(दूर से किसी के सीटी बजाने और गाने की आवाज़ आती है)

(कट)

(तीनों पुलिसवालों के मुस्कुराते हुए क्लोज़अप। वे गाने की आवाज़ सुनकर उस तरफ़ मुतवज्जोह (आकृष्ट) हो जाते हैं। बैक-ग्राउंड में को तरबिया (सुखदायक साज़)

(कट मिड-शॉट)

(दूर से मलीश साइकिल पर गाता हुआ आ रहा है। ज़ोर-ज़ोर से सीटी बजा रहा है।)

गणपति चन्द्रा मौर्या...अब के बरस तू जल्दी आ...

(कट-ज़ूम-इन)

(मलीश कैमरे के क़रीब आ जाता है। उसके कन्धे पर एक थैला लटक रहा है। उसमें फल, तरकारियाँ हैं। गणेश की एक छोटी सी मूर्ति भी नज़र आ रही है। मलीश

तीस-पैंतीस बरस का एक सेहतमन्द ख़ुश-मिज़ाज नौजवान है। साइकिल के पीछे बहुत सी लकड़ियाँ और बकरियों का चारा भी बँधा हुआ है। वह साइकिल का भारी बोझ खींचते में गा रहा है। मलीश आगे बढ़ते-बढ़ते कैमरे के क़रीब आ जाता है।

(कट मिड-शॉट)

पहला इंस्पेक्टर : (दूर देखते हुए) वह जो साइकिल पर एक आदमी आ रहा है न ! इसे शूट कर दो।

कांस्टेबल : (घबराकर) वह साइकिलवाले को...मगर वह न जाने कौन है ? बेचारा अपनी राह जा रहा है।

दूसरा इंस्पेक्टर : (ग़ुस्से से) अरे, कोई भी होगा। अब मारने से पहले उसकी जात-पाँत पूछना है क्या ? अच्छा मौक़ा है। आसपास और कोई नहीं है ! (कांस्टेबल की तरफ़ मुड़कर) तुम्हारे पास राइफ़ल नहीं है ?

कांस्टेबल : (शर्मिन्दगी के साथ) जी नहीं, वह तो मैं पुलिस-स्टेशन पर रखकर आया हूँ।

पहला इंस्पेक्टर : हुँह ! एन-काउंटर के लिए निकले हो और अपनी राइफ़ल पुलिस-स्टेशन पर छोड़ दी...?

दूसरा इंस्पेक्टर : (बेचैनी से), अरे यार ! जल्दी करो। वह आगे निकल जाएगा। उसे पत्थर से मार डालो...

कांस्टेबल : (क्लोज़अप घबराकर) पत्थर से...नको साब...

दूसरा इंस्पेक्टर : यह ठीक है। फिर तुम अदालत में भी यह बयान दे सकते हो कि मैं तो ड्यूटी पर नहीं था। (मेरे साथ राइफ़ल भी नहीं थी) उसने मुझे पत्थरों से मारा। मैंने भी उसे पत्थर मारे...

कांस्टेबल : (पीछे हटकर) नको सर ! बेक़सूर आदमी को पत्थर से नहीं मारना।

पहला इंस्पेक्टर : ठीक है। कल मिनिस्टर आएँगे, तो तुम्हारी लाश डाल देंगे उनके सामने...

दूसरा इंस्पेक्टर : मालूम होता है, तुम्हारी ट्रेनिंग पूरी नहीं हुई है। तुमको अभी कांस्टेबल की जगह नहीं मिलनी चाहिए।

कांस्टेबल : (दोनों हाथ जोड़कर कैमरे के सामने आ जाता) सॉरी सर ! ऐसी बात नहीं है। आप देखो, मैं अभी इस साइकिलवाले को ख़त्म कर दूँगा।

(कट-मिड-शॉट)

(कांस्टेबल एक भारी पत्थर उठाकर एक दरख़्त की आड़ में खड़ा हो जाता है। दोनों इंस्पेक्टर बड़ी हैरत और तवज्जोह (ध्यान) के साथ उसकी तरफ़ देख रहे हैं।

पहला इंस्पेक्टर : (सिगरेट सुलगाते हुए) चलो, एक लाश तो मिल गई।

दूसरा इंस्पेक्टर : (बेचैनी से पाँव पटककर) हाँ, यार। फिर अभी तो छह डेड-बॉडीज़ और मिलनी चाहिए।

(कट लाँग शॉट)

(मलीश की साइकिल उनके क़रीब आ रही है। वह बहुत मग्न है। ज़ोर-ज़ोर से गा रहा है) गणपति चन्द्रा मौर्य, अब के बरस तू जल्दी आ...

(स्पलेट शॉट)

मलीश के झोले में गणेश की हिलती हुई मूर्ति नज़र आ रही है। दोनों इंस्पेक्टर बेचैनी से पत्थर मारने के मुन्तज़िर (प्रतीक्षा में) हैं। कांस्टेबल के हाथों में पत्थर काँप रहा है।...मलीश बेफ़िक्री से गा रहा है...दोनों इंस्पेक्टर चौंककर उधर देखते हैं...पत्थर जमीन पर लुढ़कता हुआ गिर गया है...

(कट...मिड शॉट)

(मलीश की साइकिल आगे निकल गई। पत्थर उसके क़रीब गिरता है। वह पीछे मुड़कर देखता है और हँसकर कहता है।)

मलीश : (क्लोज़अप) क्यों बे खटमल ! आज सुबह सवेरे ही बहुत पी ली है क्या ? साले हमारे गाँव में आकर धौंस जमाई, तो मज़ा चखा दूँगा। भूखे कुत्ते...रोज़ गाँव में आ जाते हैं शिकार ढूँढ़ने...

(कट लाँग शॉट)

(मलीश सीटी बजाता हुआ दूर चला जा रहा है। दोनों इंस्पेक्टर ग़ुस्से-भरी नज़रों से कांस्टेबल को देख रहे हैं।)

(कट...मिड शॉट)

कांस्टेबल : (गर्दन झुकाकर शर्मिन्दगी के साथ) उसके साथ गणेशजी को मूर्ति थी, सर ! उसको अपन नहीं मार सकते। आज गणेश विसर्जन है न !

पहला इंस्पेक्टर : (ख़फ़ा होकर) अबे, आज गणेश त्योहार है तो गणेश की मूर्ति हर जगह नज़र आएगी।

दूसरा इंस्पेक्टर : कमिश्नर साहब ख़ुद भी अपने घर में बैठे मिठाइयाँ खा रहे होंगे आज, और मिनिस्टर को रिपोर्ट भेज दिए कि सात दहशत-गर्द पकड़े गए हैं।

(इधर-उधर देखकर ज़ोर से पाँव पटकता है)

(कट-लाँग शॉट)

(गाँव का बाज़ार...फुटपाथ पर फूलों, मिठाइयों और खिलौनों की दुकानें। औरतों-बच्चों की भीड़-भाड़, दुकानों पर गणेश की छोटी-छोटी मूर्तियाँ सजी हुई हैं। मलीश साइकिल पर आगे बढ़ता है। एक पंडाल के नीचे फूलों पर रोशनियों से सजे हुए मंडप में बहुत बड़ी गणेश की मूर्ति रखी है। सामने लोग बैठे हैं। ज़ोर-ज़ोर से बाजा बज रहा है। भजन गाए जा रहे हैं। मंडप के सामने नौजवान लड़के और बच्चे नाच रहे हैं। (ज़ूम इन मिड-शॉट) मलीश सड़क पर एक औरत के क़रीब आता है। वह सिर पर रखी टोकरी में फल और तरकारियाँ लिये जा रही है)

मलीश : सलाम मालिन बी ख़ाला ! आज बहुत चीज़ें ले जा रही हो। क्या हमारी दावत कर रही हो आज ? (उसकी टोकरी में से एक केला उठा लेता है)

मालिन बी : मैं क्यों करूँ आज तेरी दावत ? आज तो मैं तेरे घर आऊँगी। दुर्गा

मीठी पूरियाँ बना रही होगी। त्योहार का दिन है न !

मलीश : नको ख़ाला...आज तुम घर से बाहर नको निकलो। खटमलों की जीप गाँव की तरफ़ आ रही है।

मालिन बी : (मलीश के सामान को देखकर ख़ुश हो जाती है) मलीश ! आज सुबह सवेरे तू कितनी बहुत सी लकड़ियाँ ले आया है रे ! जंगल गया था क्या ? अच्छा है, अब आठ दिन दुर्गा का चूल्हा जलेगा !

मलीश : अजी ख़ाला ! मैं जंगल से लकड़ियाँ चुराकर नहीं लाया। मंगल हाट गया था। आज गणेश के त्योहार के दिन चोरी करूँगा क्या ?

(एक बूढ़ा एक बच्चे का हाथ पकड़े जा रहा है। बच्चे के हाथ में खिलौने हैं। वह जाते-जाते मलीश के पास रुक जाता है।)

बूढ़ा : मालिन बी, आज अपने मर्द को जंगल नको जाने दे। कल सूर्य-पीठ के नारायण रेड्डी और उसके भाई को गुंडे मार डाले कते ! नासापूर का पुलिस स्टेशन भी जला दिए। जंगलों में पुलिस फिर रही है कल से।

(सड़क पर जानेवाले बूढ़े आदमी की बात ग़ौर से सुन रहे हैं।)

(लोगों के ख़ौफ़ और ताज़्ज़ुब के क्लोज़अप)

(कट लाँग शार्ट)

(एक औरत और मर्द बच्चों का हाथ पकड़े पूजा की थाल लिये जा रहे हैं। औरत मर्द से कहती है। औरत पर जूमअप)

औरत : यह पुलिसवालों की सूरत को अंघार पगो। माठी मले। हमेशा त्योहार के दिन ही गड़बड़ करते हैं। पूजा करके घर चले जाएँगे। विजर्सन के मेले में कोई नहीं जाना।

(जूम आउट मिड शॉट)

(मलीश साइकिल आगे बढ़ाते हुए लापरवाही से कहता है)

मलीश : अरे छोड़ो। भाभी, अब पुलिसवालों के डर से क्या मेले में जाना भी छोड़ देंगे अपन...

(कट लाँग शॉट)

(मलीश अपने घर के सामने आता है। बड़ा सा आँगन है। एक तरफ़ छप्पर के नीचे बकरियाँ बँधी हुई हैं। आँगन में मुर्ग़ियाँ फिर रही हैं। उसकी बीवी दुर्गा आँगन में गोबर का छिड़काव करके रंगोली बना रही है। दुर्गा ख़ूबसूरत नौजवान औरत है। जूड़े में गेंदे के फूलों की वेणी लगाई है। चमकीले बार्डरवाली सुर्ख़ साड़ी पहने हुए है। वह मलीश को देखकर मुस्कुराती है।)

(कट...मिड शॉट)

मलीश : उसे प्यार-भरी नज़रों से देखता है। ओह ! बहुत लाइट मार रही है आज ! कितनी जल्दी थी तुझे इस साड़ी को पहनने की।

(दोनों की हँसी)

दुर्गा : (शरमाकर) बालमा बोल रही थी, तेरा मर्द कितनी अच्छी साड़ी लाया है तेरे लिए शहर से...

(मलीश आँगन में साइकिल रखकर झूला उतार रहा है। चिट्टी और बाबू बाहर से भागते हुए आते हैं, और उसके झोले में से उसे चीज़ें निकालते हैं। चिट्टी आठ-नौ बरस की है। आज उसने भी त्योहार की ख़ुशी में भड़कदार लहँगा और जैकेट पहनी है। बालों में फूल लगाए हैं। बाबू पाँच-छह बरस का मासूम, भोला-भाला लड़का है !)

बाबू : (झोले में हाथ डालकर) नाईना ! फूल, मिठाई और चाकलेट ले आए !

चिट्टी : गुड़ कहाँ है...? आज अम्मा मीठी पूरियाँ बनानेवाली हैं।

(कट...मिड शॉट)

(अँधेरे कमरे में एक बूढ़ी औरत बिस्तर पर लेटी खाँस रही है। वह खाँसी रोककर दुर्गा को पुकारती है)

अम्मा : ओ दुर्गा अम्मा...मलीश बाज़ार से आ गया क्या ?...मेरी दवा लाया...

मलीश : (जेब से दवा का पैकेट निकालकर देखता है) अम्मा तुम्हारी दवा आ गई है।

चिट्टी : जा...पहले अपनी दादी को दवा खिला दे...

(कट...लाँग शॉट)

(दुर्गा रंगोली बना रही है। मलीश साइकिल का सामान उतारकर आँगन में आता है।)

दुर्गा : (पलटकर उसे देखती है) ज़रा देखकर चलो। कहीं रंगोली पर तुम्हारा पैर न पड़ जाए।

बाबू : अम्मा ! रंगोली पर सबसे पहले पाँव रखकर भगवान अन्दर जाते हैं न ?

(कट...मिड शॉट)

(मलीश, दुर्गा और चिट्टी के हँसते हुए चेहरे)

दुर्गा : बाबू को अब सब कुछ मालूम हो गया है।

चिट्टी : अब बाबू टीचर बन जाएगा।

बाबू : अम्मा, अब जल्दी से मीठी पूरियाँ बना दो न! अपन भी पूजा करने जाएँगे।

(कट...लाँग शॉट)

(मलीश आँगन के नल के पास नहा रहा है)

(चिट्टी चूल्हे में लकड़ियाँ रखकर चूल्हा फूँक रही है)

(दुर्गा जो...चूल्हे के सामने बैठी पूरियों का आटा गूँथ रही है।)

(बाबू माँ के पास बैठा बेसब्री से देख रहा है। वह गुड़ निकालने के लिए हाथ आगे बढ़ाता है। दुर्गा उसका हाथ झटक देती है।)

दुर्गा : यह पूजा की पूरियाँ हैं, बाबू ! गन्दे हाथ मत डाल !

चिट्टी : बाबू, आज तू कितनी पूरियाँ खाएगा...?

बाबू : (दोनों हाथ फैलाकर) दस...

(सब हँसते हैं)

(कट...मिड शॉट)

(मलीश नहाकर कमर से तौलिया लपेटे अन्दर आता है)

मलीश : दुर्गा ! मेरे कपड़े कहाँ हैं ?

दुर्गा : चिट्टी जाओ, सन्दूक़ में से नए कपड़े निकालकर दे दो।

(कट)

(मलीश दीवार पर लगे छोटे से आईने के सामने खड़ा बालों में कंघी कर रहा है और गुनगुना रहा है। उसने नई धोती और कुरता पहना है। अन्दर से माँ के खाँसने की आवाज़ आती है।)

मलीश : चिट्टी ! अम्मा को दवा खिला दी जाए ?

चिट्टी : (पूरियाँ बना रही है) मलीश दीवार पर लगी गणेश की छोटी सी मूर्ति के आगे जाकर पूजा करता है। मूर्ति पर फूलों का हार पड़ा है। फिर चिराग़ जल रहा है। अगरबत्ती सुलग रही है।)

(कट..लाँग शॉट)

(पुलिस की जीप तेज़ी से आकर बड़े ज़ोर से मलीश के घर के सामने रुकती है। जीप को देखकर राहगीर घबराकर इधर-उधर भागते हैं। लोग ख़ौफ़ज़दह (भयभीत) होकर देख रहे हैं। बच्चे खेल छोड़कर भाग जाते हैं। बाबू भी भागता हुआ आता है और घबराकर पुलिसवालों को देख रहा है। दुर्गा जल्दी से रंगोली बनाना छोड़कर अन्दर चली जाती है)

एक पुलिस-इंस्पेक्टर रंगोली पर पाँव रखकर आगे बढ़ता है, तो बाबू जल्दी से उन्हें रोक देता है।

बाबू : रंगोली पर अभी पाँव नको रखो। इस पर पहले भगवान पाँव रखते हैं।

(कट)

(तीनों पुलिसवाले रंगोली पर पाँव रखते हुए दरवाज़े की तरफ़ जाते हैं)

(कट...मिड शॉट)

(बाबू के पास खड़ा एक छोटा सा बच्चा कहता है)

बच्चा : बाबू, माँ बोलती है, पुलिसवाले तो भगवान से भी बड़े होते हैं।

(बाबू बच्चे को ग़ुस्से से ढकेल देता है)

(कट, क्लोज़अप)

(घर के अन्दर जीप रुकने की आवाज़ सुनकर मलीश और दुर्गा एक दूसरे को घबराकर देखते हैं। दुर्गा पीछे की तरफ़ हट जाती है। मलीश आगे बढ़ता है)

(कट)

(एक इंस्पेक्टर क़रीब आकर ज़ोर से पुकारता है)

इंस्पेक्टर : मलीश बाबू...मलीश इस घर में रहता है न ?

(कट...लाँग शॉट)

(मलीश जल्दी से भगवान के आगे जाकर हाथ जोड़ता है। वह बहुत घबराया हुआ है।)

(कट-लाँग शॉट)

(बाहर आकर दोनों हाथ जोड़कर पुलिसवालों को सलाम करता है)

पहला इंस्पेक्टर : मलीश। तेरे से थोड़ा काम है हमारे को। ज़रा हमारे साथ चलना है।

मलीश : (घबराकर) मेरे से...मैं...मेरे को तो बुख़ार आ गया है, साब। और फिर आज त्योहार का दिन है न...

(दुर्गा घर के एक कोने में खड़ी है। घबराकर कहती है)

दुर्गा : नको-नको, इसे नको ले जाओ, साब...हम लोग तो विसर्जन के मेले में जा रहे हैं। अभी तो पूजा भी नहीं किए !

(कट)

(चिट्टी और बाबू पुलिसवालों के डर से दादी के कमरे में छुप गए हैं)

(कट...मिड शॉट)

दूसरा इंस्पेक्टर : अरे, बुख़ार है, तो क्या हुआ ? हम क्या तुझे सूली पर चढ़ाने ले जा रहे हैं।

पहला इंस्पेक्टर : वह देख, जीप पर अब्दुल्ला, नरसी, रामूल भी बैठे हैं।

(कट...मिड शॉट)

(मलीश पलटकर देखता है। जीप में वे तीनों सिर झुकाए बैठे हैं)

(कट...मिड शॉट)

पहला इंस्पेक्टर : परसों सूर्य पीठ के नारायण रेड्डी और उसके भाई को...मार डाले। नासापुर का पुलिस-स्टेशन जला दिए कल ! इन...को अभी तक क्यों नहीं पकड़े ? असम्बली में आपूज़ीशनवाले बहुत शोर मचाते। मिनिस्टर साहब बहोत गुरसे में आ गए, तो कमिश्नर साहब होम मिनिस्टर को फ़ोन करके बोल दिए कि रात गुंडों को गिरफ़्तार कर लिये हैं।

(मलीश और दुर्गा मुँह खोले उसकी बात सुन रहे हैं)

दूसरा इंस्पेक्टर : अब कल मिनिस्टर साहब विज़िट के लिए आ रहे हैं। बस ज़रा इनको दिखा देना है कि हम गुंडों को हवालात में बन्द कर दिए हैं। वे दस-ग्यारह बजे तक चले जाएँगे। तुम लोग अपने घरों को आ जाना।

दुर्गा : (घबराकर) हवालात में डालेंगे। आज त्योहार के दिन (मलीश को पकड़कर पीछे ढकेलती है) नको, नको...तुम इनके साथ नको जाओ।

पहला इंस्पेक्टर : (बड़ी दिलचस्पी से दुर्गा को देखता है) तेरी जोरू तो बड़ी चटपटी है, मलीश...चल, अन्दर जा...सरकारी कामों में औरतों का क्या काम है...(अन्दर से अम्मा के खाँसने की आवाज़ आ रही है)

अम्मा की आवाज़ : दुर्गा...अरी ओ दुर्गा...सब मेले में चले गए क्या ? मुझे भी अपने साथ ले जाना था। अब अगले बरस मैं ज़िन्दा रहूँगी क्या तुम्हारे साथ जाने को ?...

(ज़ोर-ज़ोर से खाँस रही है)

(कट...कैमरा...)

(दुर्गा, मलीश, चिट्टी, बाबू सब घबराकर एक-दूसरे को देख रहे हैं।)

(ज़ूम आउट)

मलीश : नहीं, साब ! मैं नहीं जाता। वे गुंडे फिर हमारे दुश्मन बन जाते हैं। तुम लोग पुलिसवालों का साथ क्यों दिए...हमसे पूछते हैं, आज पूजा का दिन है।

दूसरा इंस्पेक्टर : (ज़बर्दस्ती हाथ पकड़कर जीप की तरफ़ ढकेल देता है) अबे ! हम हैं न तू क्यों डरता है। तुझे कल एक इनाम मिलेगा। अपनी बीवी के लिए शहर से अच्छी-अच्छी साड़ियाँ लाना...

(कट...लाँग शॉट)

(मलीश के घर के सामने लोगों का हुजूम। कांस्टेबल सबको डंडे मारकर भगा रहा है)

कांस्टेबल : चलो, भागो यहाँ से कोई तमाशा हो रहा है क्या ? किसी ने गड़बड़ की, तो सबको जीप में डालकर ले जाऊँगा !

(लोग घबराकर इधर-उधर भाग रहे हैं)

(कट...मिट शॉट)

दुर्गा : (दुर्गा मलीश का हाथ पकड़के खींचती है) मैं मलीश को नहीं जाने दूँगी। हम चोर हैं क्या ? तुम ज़बर्दस्ती मेरे मर्द को हवालात में क्यों बन्द कर रहे हो ? चलो, मैं तुम्हारे साब से बात करूँगी।

दूसरा इंस्पेक्टर : दुर्गा का हाथ पकड़कर अपनी तरफ़ खींचता है) बहुत ज़ुबान चला रही है। ले जाऊँ क्या तुझे भी अपने साथ ?...चल...अन्दर जा...दुर्गा, तू अन्दर जा...

(कट...लाँग शॉट)

(मलीश को पुलिसवाले ज़बर्दस्ती जीप में ढकेल रहे हैं। चिट्टी, बाबू और दुर्गा ज़ोर-ज़ोर से रो रहे हैं। सड़क पर खड़े नौजवान लड़के झल्ला रहे हैं। पुलिसवालों को रोकते हैं।)

(स्पलेट शॉट)

गणेश की मूर्ति के आगे लोग ज़ोर-ज़ोर से भजन गा रहे हैं।

दुर्गा के चूल्हे पर कड़ाही में पूरियाँ जल रही हैं।...मलीश की माँ ज़ोर-ज़ोर से खाँस रही है...मलीश जीप में सिर पकड़े बैठा रो रहा है...मंडल में बैठी गणेश की मूर्ति का बड़ा सा (क्लोज़अप) गाने को आवाज़ें) मलीश का बड़ा सा आँसू भरा (क्लोज़अप)

(कट..लाँग शॉट)

(गाँव की सड़क पर लोगों का हुजूम जीप को रोक देता है। एक नौजवान आगे बढ़कर इंस्पेक्टर से कहता है)

(कट मिड शॉट)

नौजवान : ये सब बेक़सूर लोगों को पकड़के आप क्यों ले जा रहे हैं, साब?

पहला इंस्पेक्टर : रास्ते से हट जाओ। सरकारी काम में दख़ल दिया, तो तुम्हारे को भी पकड़ के ले जाऊँगा !

(दो-तीन नौजवान आगे बढ़कर जीप घेर लेते हैं)

एक आदमी : चलो, हम ख़ुद चलकर कमिश्नर साहब से बात करेंगे।

दूसरा आदमी : यार...हम अभी जाएँगे किससे बात करना है, बोलो !

(क़ांस्टेबल इंस्पेक्टर के इशारे पर उन्हें ढकेल देता है)

इंस्पेक्टर : हमसे बात करना है। ऐ छोकरे ! दिमाग़ ख़राब हो गया है काए तेरा...?....एक साल के लिए अन्दर कर दूँगा, अगर ज़्यादा बकबक की...

(ज़ूम आउट)

(जीप के ब्रेक ज़ोर से चटख़ते हैं। जीप स्टार्ट होते ही लोग इधर-उधर हो जाते हैं। दोनों लड़के जीप के पीछे भागना चाहते हैं। जीप हुजूम के बीच में से तेज़ी से आगे बढ़ जाती है।)

(कट)

(चिट्टी, दुर्गा और बाबू अपने दरवाज़े के सामने खड़े रो रहे हैं। लोग उन्हें समझा रहे हैं)

(कट)

(जीप में अब्दुल्ला, नरसी, रामलू और मलीश सिर झुकाए उदास बैठे हैं। इनकी जीप गणेश के मंडप के पास से गुजरती है। गाँव का मेला। बच्चों और औरतों का हुजूम। नाच-गाने, खेल-तमाशे हो रहे हैं)

(कट)

(गणेश का बड़ा सा क्लोज़अप)

(कट...लाँग शॉट)

(जंगल के बीच सड़क पर दूर कहीं तीन सफ़ेद एम्बेसडर कारें जा रही हैं)

(दूर से पुलिस की जीप आती है। कैमरा जीप में बैठे हुए मलीश, रामलू, नरसी और अब्दुल्ला पर जाता है। इंस्पेक्टर दूर से आती हुई कारों को देख रहा है)

इंस्पेक्टर : (ख़ुश होकर) (क्लोज़अप) कमिश्नर साहब आ गए हैं।

दूसरा इंस्पेक्टर : मगर यार, यह तो गड़बड़ हो गई। मुल्ज़िम तो अभी हमारी जीप में है। इन्हें जल्दी से हवालात पहुँचा देना चाहिए। (कट...लाँग शॉट)

(जीप कारों के पास रुकती है। तीनों पुलिसवाले जल्दी से उतरकर कमिश्नर साहब को सलाम करते हैं। कमिश्नर साहब पुलिस की ड्रेस पहने हुए हैं। वे ऊँचे पूरे शानदार आदमी नज़र आते हैं। हाथ के इशारे से सलाम का जवाब देते हैं)

इंस्पेक्टर : (झुककर अदब के साथ) यह चारों मुल्ज़िम मिल गए हैं और अब इन्हें हवालात में डाल देंगे अभी।

कमिश्नर : (आहिस्ता से) इन्हें हवालात में डालने से काम नहीं चलेगा। मिनिस्टर साहब को तो यह रिपोर्ट गई है कि सातों 'टैररिस्ट' मारे गए हैं। अब हमें इनकी डेड-बॉडीज़ मिनिस्टर को दिखाना है। इन्हें अभी किसी घने जंगल में ले जाकर शूट कर दो।

(कट)

(नरसी, अब्दुल्ला, रामलू और मलीश के रोते हुए चेहरे। वे ज़ोर-ज़ोर से चिल्लाकर कमिश्नर साहब से कह रहे हैं—हमें छोड़ दो। वे बेक़सूर हैं। कांस्टेबल उन्हें मार-मारकर चुप करा रहा है)

(कट)

पहला इंस्पेक्टर : मगर सर, हम इन्हें शूट नहीं कर सकते। हम तो इनको घरों से पकड़ के लाए हैं। ये तो गाँववाले हैं !

कमिश्नर : बकवास बन्द करो। मिनिस्टर को फ़ाइल चली गई है। वे डेड-बॉडीज़ देखने आ रहे हैं (हाथ पर बँधी घड़ी देखकर) अब उनके आने में दो घंटे हैं।

(कट)

(कमिश्नर की कारें आगे बढ़ जाती हैं। दोनों इंस्पेक्टर और कांस्टेबल एक दूसरे को घबराकर देखते हैं।

(कट...स्पलेट शॉट)

मलीश : अब्दुल्ला, नरसी और रामलू के रोते, फ़रियाद करते हुए चेहरे...कांस्टेबल उन्हें ज़बर्दस्ती जीप से बाहर खींच रहा है। कांस्टेबल के हाथ में काँपता हुआ पिस्तौल...)

(कट लाँग शॉट)

(रोने की आवाज़ें...धुआँ...सारे स्क्रीन पर फैल जाता है। मरनेवालों की चीखें...दूर ढोल बजने और भजन गानेवालों की आवाज़ें...जीप स्टार्ट होने की आवाज़ें।)

(...लाँग शॉट)

(मिनिस्टर की फीड एम्बेसडर कारें गाँव की सड़क पर जा रही हैं)

(कट...लाँग शॉट)

(कारों के पीछे गाँव के बच्चे, औरतों का हुजूम, रोते-चिल्लाते लोग भाग रहे हैं) (दूर की आवाज़ें) हमारे घरवालों को पुलिसवाले पकड़के ले गए हैं, जी...मन्त्री, हमारे लोगों को छोड़ दो...मन्त्रीजी, हमारी बात सुनो...पुलिसवाले हमारे घरों में घुस जाते हैं, मन्त्रीजी, ओ मन्त्रीजी...मन्त्री महाराज की जय...मन्त्री गारो की जय...)

(मन्त्री की कारें हुजूम से बचती हुई आगे बढ़ रही हैं। सामने पुलिस की वेन और स्कूटर पर बॉडीगार्ड्ज़...हैं।)

(ज़ूम इन...मिड शॉट)

(मिनिस्टर की कारें एक जगह रुक जाती हैं। कमिश्नर कार से उतरकर मिनिस्टर की कार की तरफ़ बढ़कर सलाम करता है। सब पुलिसवाले उतरकर आसपास खड़े हो जाते हैं। घना जंगल है। दूर एक दरख़्त के नीचे सफ़ेद कपड़ों में लिपटी लाशें पड़ी हैं। चारों तरफ़ ख़ून के धब्बे नज़र आ रहे हैं।

(कट)

(तब मिनिस्टर की कार के अन्दर कुछ नज़र नहीं आता)

(ज़ूम इन)

(ड्राइवर कार का दरवाज़ा खोलता है। कार के अन्दर बहुत मोटे मिनिस्टर सफ़ेद धोती, सिल्क का कुर्ता पहने ऊँघ रहे हैं। ड्राइवर को हटाकर पी.ए. आगे बढ़ता है और आहिस्ता से कहता है...सर...

(क्लोज़अप...ज़ूम इन)

(मिनिस्टर चौंक पड़ते हैं। घबराकर इधर-उधर देखते हैं)

मिनिस्टर : क्या है...?

कमिश्नर : (कार के आगे झुककर) सर, वह सामने "टैररिस्ट की डेड-बॉडीज़ हैं। आप नीचे उतरकर देखना चाहें तो (ज़ूम आउट) (रास्ता छोड़कर दूर हट जाता है)

(चार कांस्टेबल और बॉडी-गॉर्ड्ज छतरी लेकर चारों तरफ़ से कार को घेर लेते हैं)

(कट...क्लोज़ अप)

मिनिस्टर : (कार के शीशे के अन्दर से झाँककर बाहर की तरफ़ देखते हैं) अच्छा ...अच्छा...वह...दरख़्त के नीचे...ठीक है, सात डेड-बॉडीज़...हैं न...?

(घबराकर इधर-उधर देखते हैं) नहीं-नहीं, मैं कार से नहीं उतरूँगा। यह गाँववाले इतना शोर क्यों मचा रहे हैं ?

(ज़ूम आउट)

कमिश्नर : गाँववाले आपको यहाँ देखकर ख़ुश हो जाते हैं, सर...सब अपनी-अपनी शिकायतें लेकर कारों के पीछे दौड़ने लगते हैं।

(मिनिस्टर यह सुनकर ख़ुश हो जाते हैं।

मिनिस्टर : ठीक है। इन सब टैररिस्ट के घरों की तलाशी लो और जितने हथियार मिलें, उनकी लिस्ट बनाकर फ़ाइल हमारे ऑफ़िस भेजो...(मुड़कर पी.ए. से कहते हैं) असेम्बलीवाली फ़ाइल में इस केस की पूरी रिपोर्ट शामिल करो।

(पी.ए. गर्दन हिलाकर मिनिस्टर के हुक्म की ताईद करता है)

मिनिस्टर : (इशारे से कमिश्नर को क़रीब बुलाता है। कमिश्नर दोनों हाथ बाँधे कार के आगे झुक जाता है) गाँव में शान्ति रहना। पुलिसवालों को कोई शिकायत नहीं होना। गाँववालों के साथ क्या ज़ुल्म-व ज़्यादती होती है। सबकी फ़ाइल बनाओ...

(इशारे से कार आगे बढ़ाने को कहते हैं)

(कट...लाँग शॉट)

(लोगों का हुजूम...मिनिस्टर की कार को घेर लेता है। मिनिस्टर कार रोकने का

इशारा करते हैं)

(मिनिस्टर कार से बाहर आते हैं। चारों तरफ़ से कमांडोज और पुलिसवाले उन्हें घेर लेते हैं। लोगों को डंडे मार-मारकर दूर हटा देते हैं। (कट...ट्राली शॉट)

(मन्त्रीजी सुनहरी किनारीवाली धोती और सिल्क का कुर्ता पहने एक ऊँची जगह पर खड़े हैं। उनके चारों तरफ़ बन्दूक़ें थामे पहरेदार खड़े हैं। आसपास लोगों का हुजूम ज़ोर से चिल्ला रहा है। इनमें मलीश की बूढ़ी माँ और दुर्गा भी शामिल हैं)

(विभिन्न आवाज़ें...रोते फरियाद करते चेहरों के (क्लोज़अप) मन्त्रीजी, मेरे बेटे को पुलिसवाले पकड़के ले गए। मन्त्रीजी, हम बेक़सूर हैं। मेरा मर्द कोई जुर्म नहीं किया। आप बताओ, मेरा मर्द कहाँ है ? आप कमिश्नर साहब को बोलो...बेक़सूर लोगों को छोड़ दें। हमारे घरों में आकर हमारी औरतों को पुलिसवाले सता रहे हैं...मन्त्रीजी...मन्त्रीजी ...मन्त्रीजी...

(ज़ूम इन...मिड शॉट)

मन्त्री : (दोनों हाथ जोड़कर बड़े प्यार से कहते हैं) आप सब शान्त हो जाएँ। इस गाँव में गुंडा-राज नहीं चलेगा। हम यहाँ शान्ति क़ायम करने आए हैं। आपको मालूम है। आपको परेशान करनेवाले सब गुंडे ख़त्म हो चुके हैं। हमारे कमिश्नर साहब ने अपनी जान की परवाह नहीं की और जंगलों में जाकर गुंडों को पकड़ा है। अब कमिश्नर साहब बार-बार गाँव आते रहेंगे। आपको जो भी शिकायत है, उनसे कहिए, नमस्कार...जय हिन्द...

(मिनिस्टर कार में सवार होने से पहले एक बार फिर हाथ जोड़कर सबको नमस्कार करते हैं।)

(दुर्गा पुलिस का दायरा तोड़कर चिल्लाती हुई आगे बढ़ती है।)

दुर्गा : मन्त्रीजी, हमारे गाँव में पुलिसवालों को नको भेजो। वह मेरे मर्द को पकड़कर ले गए हैं। आप उनको बोल दो। मलीश को छोड़ देना (पुलिसवाले दुर्गा को पीछे ढकेल देते हैं।

(कट...ज़ूम आउट)

(सब कारें आगे बढ़ती हैं। (कट) कार के अन्दर मन्त्रीजी रोते-चिल्लाते लोगों को देख रहे हैं। (कट) कार के शीशे में से आगे बढ़ते हुए लोगों का हुजूम दूर होता जा रहा है। (कट) मन्त्रीजी घबराकर गर्दन झुका लेते हैं। उनका पी.ए. थर्मस से फ्रूट जूस निकालकर देता है। मन्त्रीजी जूस पीकर सिर पीछे करके आँखें बन्द कर लेते हैं।

गणेश की मूर्ति...(डिजॉल्व)

(मलीश का घर...दीवार पर गणेश की मूर्ति के आगे अगरबत्ती जल रही है। चिराग़ जल रहा है। दुर्गा, चिट्टी और बाबू मूर्ति के आगे हाथ जोड़े और सिर झुकाए दुआ माँग रहे हैं। चूल्हे की आग बुझ चुकी है। कड़ाही में पूरियाँ जल गई हैं। चूल्हे के पास चौकियाँ रखी हैं। उनके आगे ख़ाली पत्रोलियाँ रखी हैं। थाली भरी पूरियाँ, मिठाई और फलों के थाल रखे हैं। अँधेरे कमरे में दीवार से टेक लगाए बूढ़ी माँ रो रही है। दुर्गा

पूजा का थाल उठाती है। बाहर जीप रुकने की आवाज़ आती है। शोर की आवाज़ सुनकर उसके हाथ से थाली गिर जाती है। वे सब एक-दूसरे को ख़ुश होकर देखते हैं और दरवाज़े की तरफ़ भागते हैं।)

बाबू : नाईना आ गए...नाईना आ गए।

(कट...लाँग शॉट)

(दुर्गा भी जल्दी से दरवाज़े की तरफ़ बढ़ती है। जीप में से पुलिसवाले उतरते हैं। दुर्गा बड़ी मायूसी के साथ उनसे पूछती है।)

(कट...मिड शॉट)

दुर्गा : तुम लोग मलीश को क्यों नहीं लाए ? सुबह घर लाकर छोड़ दोगे, बोले थे न...कहाँ है वह ?

इंस्पेक्टर : आ जाएगा वह ! पहले यह बताओ, तुमने अपने घर में कितने बम, कितने हथियार छुपाकर रखे हैं ?

दुर्गा : हमारे घर में बम...हथियार...बम ! आप यह क्या बोल रहे हैं साब ?

इंस्पेक्टर : हमारे को ख़बर मिली है। तुम्हारे घर में क्या-क्या है चलो, हटो...आओ देखो, घर में क्या है।

(पुलिसवाले सारे घर की चीज़ों का उलट-पुलट करते हैं। तोड़-फोड़ कर रहे हैं। बाबू और चिट्टी डर के मारे एक कोने में छुप जाते हैं। दुर्गा इनको रोकती है। इनसे लड़ती है)

दुर्गा : क्यों आए हमारे घर ? मलीश को आने दो। तुम सबको मज़ा चखाऊँगी... (रोती है)

इंस्पेक्टर : पकड़ लो इस औरत को...यह ऐसे नहीं बताएगी कि हथियार कहाँ छुपाए हैं ?

(पुलिसवाले दुर्गा को पकड़ने जाते हैं। वह चिट्टी को लेकर इधर-उधर भागती है। फिर वह दोनों बदहवासी में घर की टूटी छत पर चढ़कर दूसरी तरफ़ कूदना चाहती हैं, मगर पैर फिसलकर नीचे गिर पड़ती हैं। उसके सिर पर चोट लगती है। ख़ून बह रहा है, चिट्टी भी दीवार पर चढ़ते वक़्त दूसरी तरफ़ गिर जाती है। बाबू इस हंगामे से डरकर मुर्ग़ियों के दरबे में घुसकर छुप जाता है। वह वहीं बैठा सब कुछ देख-देखकर डर के मारे रो रहा है।)

(कट...लाँग शॉट)

(मलीश के घर के बाहर गाँववालों का हुजूम है। वे सब ग़ुस्से के मारे चिल्ला रहे हैं। पुलिसवाले उन्हें डंडे मारकर भगा रहे हैं।)

(कट...मिड शॉट)

इंस्पेक्टर : सरकारी काम में गड़बड़ नहीं करना ! इस घर में बम और हथियार छुपा कर रखे हैं। हमारे को रिपोर्ट मिली है। हम तलाशी लेंगे।

(कट)

(अँधेरे कमरे में अम्मा ज़ोर-ज़ोर से चिल्ला रही है)

अम्मा : मली बेटा...ओ मलीश...कहाँ मर गए सब...? अरे यह क्या हो रहा है...? मली को वे लोग अभी तक क्यों नहीं लाए ? दुर्गा...ओ दुर्गा...मर गई क्या ? बोलती क्यों नहीं ? दुर्गा की लाश...

(...)

(कट...स्पलेट शॉट)

(पुलिसवाले घर के सामान को उठाकर इधर-उधर फेंक रहे हैं। एक कांस्टेबल सामान लाकर आँगन में इकट्ठा कर रहा है। दरबे में मुर्ग़ियाँ चिल्ला रही हैं। बाबू दोनों हाथों में मुँह छिपाकर दरबे में बैठा रो रहा है।)

आँगन के सामान में ओखली का मूसल, हथौड़ी, फावड़े, चाकू, हँसिया, ग़ुलेल, लाठियाँ, दराँती, मिट्टी उठाने के टोकरे, बालटियाँ, पीतल के घड़े, मिट्टी की हाँडियाँ, टीन के कनस्तर...

एक कांस्टेबल रजिस्टर में सामान की लिस्ट बना रहा है। इंस्पेक्टर बड़ी मायूसी के साथ सामान को देखकर दूसरे कांस्टेबल से कुछ कहता है।

(मिड शॉट)

(दो सिपाही एक वेन का दरवाज़ा खोलकर एक मशीनगन, दो राइफ़ल, बम रखने के डिब्बे, बारूद के सलेंडर लाकर उस सामान के साथ रखते हैं।)

इंस्पेक्टर : अब आगे लिखो। दहशतपसन्द मलीश के घर से एक मशीनगन, दो राइफल, दो बम...

(कट...मिड शॉट)

(इंस्पेक्टर कार में बैठते हैं। कांस्टेबल उन्हें सलाम करते हैं।)

(कट...लाँग शॉट)

(कारें गाँव को पार करके जंगल की तरफ़ जा रही हैं। गाँववाले चीख़ते-चिल्लाते उनके पीछे भाग रहे हैं)

(कट...लाँग शॉट)

(बाबू रोता हुआ दरबे से निकलकर इधर-उधर देखता है कि पुलिसवाले घर में हैं या चले गए। वह डर के मारे काँप रहा है। चारों तरफ़ घर का सामान, बिखरा पड़ा है। उसकी ग़ुलेल और चिट्टी की गुड़िया ज़मीन में पड़ी है। चूल्हा ठंडा हो चुका है। कड़ाही की पूरियाँ जल चुकी हैं। मिठाई और पूरियाँ के थाल ख़ाली पड़े हैं। चिट्टी की लाश देखकर वह रोने लगता है। फिर डर के मारे मुँह पर हाथ रख लेता है। ज़मीन पर गणेश की मूर्ति औंधी पड़ी है। वह जल्दी से मूर्ति उठाकर उसे चूम लेता है। माथे से लगाता है। उसे ज़मीन पर कुछ और चीज़ भी नज़र आती है)

(ज़ूम इन)

बाबू बड़े ग़ौर से झुककर नीचे देखता है और झपटकर कुछ उठा लेता है। अब उसके चेहरे पर ख़ुशी नज़र आती है। वह जल्दी से दुर्गा की लाश की तरफ़ भागता

है और बड़ी मसर्रत (ख़ुशी) के साथ चिल्लाता है–अम्मा, अम्मा, देख, एक पूरी बच गई है...

(बाबू के हाथ में हिलती हुई पूरी का क्लोज़प...फ्रीज़ (FREEZE)...प्रोड्यूसर... डाइरेक्टर...राइटर...

"भगवान।"

ताक़ में रखी हुई गुड़िया

गुड़िया देख रही है...गुड़िया सोच रही है....गुड़िया हाथ फैलाए किसी को पकड़ने की कोशिश कर रही है। गुड़िया उसके पीछे चल रही है। यह ख़ौफ़ मीरा को दहला देता था...वह घबराकर पीछे हटती, मगर कोई किसी के साथ नहीं चलता। यह तो सिर्फ़ हमारा वहम होता है न !

कभी वह गुड़िया को अपनी तरफ़ घूरते देखकर उसके पत्थर मार देती थी। उसे ताक़ से नीचे गिरा देती—सिर्फ़ यह देखने के लिए कि वह गुड़िया ही है न...गुड़िया धक्का खाकर हमेशा नीचे गिर जाती है...लात खाकर सिर झुका लेती है...वह गुड़िया जो है ! फिर मीरा को उस पर तरस आ जाता। उसे सीने से लगाकर वह सोचती, अपनी गुड़िया को झूला झुलाऊँगी...मोतियों की माला पहनाऊँगी...उसका ब्याह रचाऊँगी...ब्याह के नाम पर उसके दिल में लड्डू फूटने लगते। कोई बेचे। कोई ख़रीदे। वह तो अमरबेल है। किसी दीवार से लिपटने को बेक़रार ! आओ री सखियो ! गुड़िया का ब्याह रचाएँ। पूरा आँगन बच्चों से भर जाता...गुड़िया के कितने ख़रीदार थे। पाँचवें पैग़ामवाला लड़का सिर्फ़ दस हज़ार कैश पर तैयार था। (यह बात सुनाते वक़्त चाचा इस तरह हाँफ रहे थे, जैसे किसी ऊँचे पर्वत की चोटी सर करके आए हों !) दस हज़ार में...? यह तो कौड़ियों के मोल हुआ...और वह भी लड़की देखे बग़ैर...ताज्जुब के मारे सबके मुँह खुले रह गए थे और गुड़िया की बड़ी-बड़ी आँखें ख़ाला (शून्य) में घूरे जा रही थीं....

"न बाबा ! यह तो लड़की की इनसल्ट हुई...!" मीरा की बड़ी बहन ने नाक सिकोड़कर कहा था, "मतलब यह है कि लड़की कैसी भी हो, हमें अपने पैसे से काम है। घर ले जाकर ताक़ में बिठा देंगे... हे हे ! बड़े चालाक मालूम होते हैं ये लोग ! याद है, मुझे देखने जो लोग आए थे, उन्होंने कितने ग़ौर से देखा था।" उसने बड़े फ़ख्र से कहा, "मेरी होनेवाली सास ने पहले मुझसे चलने को कहा। फिर हँसाकर देखा। अब रहा रोने का अन्दाज़, तो वह बुढ़िया मेरी सूरत देखकर घबरा गई थी...उसने मेरे हाथ की लकीरों में अपने घर की चमकती हुई क़िस्मत देखते हुए कहा, 'मत रो बेटी ! औरत दुखिया की तो क़िस्मत में ही रोना लिखा है...रोने को तेरी सारी उम्र पड़ी है...हाँ...मगर एक बात सुन लो, बहन...हमें ऐसी नकचढ़ी, जल्दबाज़ बहू नहीं चाहिए, जो पंडितों, ज्ञानियों की रस्मों का इन्तज़ार किए बग़ैर ख़ुद अपनी चिता में जल बैठे...और फिर इल्ज़ाम आए पतिदेव पर...इसलिए कहती हूँ कि पहले ही इतना दे दो कि सती की रस्म

तुम्हारी बेटी को ख़ुद ही न करना पड़े...' "

सब बहनों, भावजों ने मिलकर मीरा को ख़ूब रगड़ा, चमकाया। बड़ी बहन ने उसे बुन्दे पहनाए। भाभी की लिपस्टिक। छोटी का काजल। ख़ाला का ब्लाउज़। ममानी की फ़ेस-क्रीम।...अब उसका अपना क्या बचा...! वैसे तो उसकी भाभियाँ मीरा की मोहनी सूरत से बहुत जलती थीं, मगर एक लड़की का हुलिया बिगाड़ने में वे ख़ुशी से बेहाल हुई जा रही थीं...मगर मीरा को अग्निपरीक्षा में झोंक देने का दिन आ गया था।

"अरी, ज़ोर से मत हँसना...ख़बरदार, जो किसी बात का पलटकर जवाब दिया...वह तेरा पतिदेव होगा...भगवान समान...वह आए, तो पहले अपने आपको समेटे रखना और फिर...खी खी खी...सब मुँह में पल्लू ठूँसे हँस रही थीं और वह बासी फूलों का हार गले में डाले, चुपचाप ख़ला (शून्य) में ताक़ रही थी।

उस दिन सिन्दूर में भरी माँग मीरा ने आईने में देखी, तो उसे हँसी आ गई...आज वह ख़ुद गुड़िया बन गई थी। जी चाह रहा था कि किसी ताक़ में जा बैठे...गुड़िया की शादी हो जाती है, तो खेल ख़त्म करके गुड़िया को ताक़ में सजा देते हैं न...। एक बार दुल्हन बनी गुड़िया का उसने घूँघट उठाया था...उसमें कैसी ख़ुशबू आ रही थी। आज मीरा ख़ुद भी उसी ख़ुशबू में घिर गई थी, जो मीरा ने हर दुल्हन के कपड़ों में सूँघी थी...क्या मेरी गुड़िया सचमुच की दुल्हन है ?

जैरो गुड़िया सचमुच की दुल्हन हो...इसीलिए तो गुड़िया को रुख़सत करते वक़्त वह अपनी सखियों के साथ सचमुच रो पड़ी थी...कैसी पागल होती हैं ये लड़कियाँ ? जैसे वे भूल ही गई हों, कि वे ख़ुद गुड़िया हैं, ये लड़कियाँ ! उन्हें ख़ुद भी तो यह सुध-बुध नहीं रहती...कभी जी चाहता, गुड़िया की तरह खेलनेवाले हाथों में बेजान पड़े रहो...आँखें ख़ला (शून्य) में गाड़े, दोनों हाथ फैलाए...बाज़ वक़्त उसे अपना पति भी सड़क पर तमाशे दिखानेवाला जादूगर लगता था, जो हाथ के इशारे से लड़की को कुतिया बना डालता है। दस रुपए के नोट को काग़ज़ के पुरज़े में बदल देता है। एक औरत के कई टुकड़े करके उन्हें फिर जोड़ देता है...जैसे बाबा मिट्टी की गुड़िया को गोंद लगाकर जोड़ देते थे।

ऊँचे स्थान पर बैठी गुड़िया कभी बहुत बुरी लगती है...अरे ! कभी तो मूड बदले ! बरसों हो गए एक तरफ़ देखे जा रही है...हाथ फैलाए, किसी को पकड़ने के लिए बेक़रार....

एक दिन भैया ने लड़कियों का सारा खेल बिगाड़ दिया था। ग़ुस्से में गुड़िया की धज्जियाँ बिखेर डालीं। हँसते-हँसते उसका सारा सिंगार उजाड़ दिया। टूटी-फूटी गुड़िया की बड़ी-बड़ी आँखें ख़ला (शून्य) में घूरे जा रही थीं...उन लोगों को न जाने क्या मज़ा मिलता था गुड़ियों को तोड़ने में। मीरा उस दिन बहुत रोई थी, जैसे भैया ने गुड़िया के नहीं, उसके टुकड़े कर डाले हों।

"मत रो बेटा..." बाबा ने उसके सिर पर हाथ फेरकर कहा था, "अभी से तेरी आँखों में आँसू अच्छे नहीं लगते..."

फिर बाबा यात्रा के मेले से नई गुड़िया ले आए....

"बहुत सस्ती मिल गई...सिर्फ़ एक रुपए में, वह तो दो रुपये माँग रहा था। मैंने कहा, यह तो मिट्‌टी की है। ज़रा-सी ठेस लगी, तो टूट जाएगी !"

गुड़िया को कोई ठेस न लगे, इस ख़याल से मीरा उसे सँभाल-सँभालकर रखती थी। कितनी बार गुड़िया मीरा के काँपते हाथों से फिसल गई और ख़ौफ़ से उसने आँखें बन्द कर लीं।

गुड़िया अब ऊँचे स्थान पर बैठी थी...मीरा ने उसके फैले हुए हाथों में एक नन्हा सा बबवा थमा दिया था...सब देखकर हँसते थे...माँ के रूप में वह और भी संजीदा-सी हो गई थी...दोनों हाथों से बच्चे को छाती से लगाए, वह सारी दुनिया को ख़ौफ़-भरी नज़रों से देखती थी...

कितनी बार मीरा के पति ने कहा, "अब इस मैली-कुचैली गुड़िया को ताक़ से हटा दो...कोई और डेकोरेशन-पीस रखेंगे यहाँ...आजकल हर घर का अन्दाज़ कितनी जल्दी-जल्दी बदलता है। एक यह घर है कि हर चीज़ पुरानी...बदशक्ल, बदरंग..."

मीरा जानती थी, यह बात उसके पति के मन में कब से दबी हुई थी...उस दिन मीरा ने बहुत कुछ और भी सुना...वह बातें जो उसका पति कभी नहीं कहेगा...वह मीरा को बहुत चाहता है न...बड़े धीरज से काम लेता है वह। इतनी चाहत कि उनकी मुहब्बत का फल पककर सड़ चुका था। मीरा को ऐसा लगता, जैसे चारों तरफ़ कीड़े बजबजा रहे हों, इसीलिए तो पति के पास आते ही हमेशा उबकाई आ जाती है...आख थू !

"मगर हमारे घर में हर चीज़ टूट-फूट जाती है। नाज़ुक चीज़ें मत लाना !"

"हाँ, इस घर में हर चीज़ टूट-फूट जाती है...उसके पति का कितना दिल ललचाता है। बाज़ार में तो एक से बढ़कर एक ख़ूबसूरत गुड़िया बिकती है...जापानी एयर-होस्टिस और वह कृष्ण की दीवानी, इक़तारा सँभाले जोगिन...और...और वह कमर लचकाकर, नयन मटकाकर डिस्को करनेवाली अलबेली नार...मीरा घबराकर उठी और ताक़ में रखी मैली-कुचैली गुड़िया को उठाकर उसे पल्लू से साफ़ करने लगी...ज़रा तो अच्छी लगे वह देखनेवालों को...उसे डर लग रहा था, कि भैया की तरह कहीं उसका पति भी गुड़िया की धज्जियाँ न बिखेर डाले...इन मर्दों को न जाने क्या मज़ा मिलता है गुड़ियों को तोड़ने में...जैसे जताना चाहते हो, कि जिसे सचमुच को दुल्हन समझ रही हो, वह तो मिट्‌टी की बेजान मूरत है, मगर मीरा को तो यह मोटी, भद्‌दी, पुरानी गुड़िया, बहुत पसन्द थी...जैसे उससे कोई जन्म-जन्म का नाता हो...उसके बचपन के सारे रंगीन दिन उस गुड़िया में छुपे बैठे थे...जब उसका ब्याह हुआ था, तो सहेलियों ने बहुत गीत गाए थे। ढोल बज़ाते-बजाते उनकी हथेलियाँ सूज गई थीं...और फिर दहेज़ कम देने पर दोनों समधिनों में ख़ूब लड़ाई हुई थी...दोनों सहेलियों की माँओं ने बीच-बचाव कराया था...

"अब ख़ुद दुल्हन बननेवाली हो...शरम नहीं आती गुड़िया खेलते...?"

फिर जब उसके मेहँदी लगाने के लिए सहेलियाँ आईं तो न जाने क्यों वह सहमकर

मिट्टी की मूरत बन गई...चुपचाप छप्परखाट पर जा बैठी...उठाओ, तो आँखें खोल देती। लिटाओ, तो आँखें बन्द कर लेती।

उसका पति एक फ़ैक्टरी में मशीन चलाता था। बस एक बार ज़रा हाथ लगाया, और मशीन खटाखट चलने लगी....रोज़ एक ही तरह, एक ही आवाज़ के साथ...मजाल है, किसी दिन अपनी रफ़्तार बदले...उसकी मूँछें ऊपर की तरफ़ चढ़ी हुई थीं, और वह अपनी 'मैं' से भरा रहता...मीरा ने जब कभी नज़रें उठाईं, वह इंसान से ऊँचा होकर उसे मजाज़ी ख़ुद नज़र आया। घबराकर मीरा ज़मीन पर वह जगह ढूँढ़ने लगती, जो उसका स्थान है। मीरा को बाज़ वक़्त ऐसा लगता, जैसे वह बिना ज़रूरत ही उस घर में आ गई है, जैसे कोई खोया हुआ बच्चा किसी और घर में पहुँचकर सबकी हमदर्दी पा ले। पतिदेव...यह कितना हैबतनाक शब्द था, जो रामायण के पाठ के बाद दादी अम्मा सब लड़कियों-बालियों के दिल में बिठाती थीं।

"अरे, पति जिस छुरी से मारे, उस छुरी का भला...वह नारियाँ सीधी स्वर्ग में जाती थीं, जो पति के साथ सती हो जातीं !"

पति के साथ...मीरा सोचती रही...मगर मेरा पति तो मुझे अकेले ही स्वर्ग की राह भेज रहा है...

बाज़ वक़्त गीली लकड़ियों के धुएँ में घिरकर मीरा को ऐसा लगता, कि लोग उसे जलती चिता पर बिठाकर फूँकना भूल गए हैं...और वह सुलग रही है...धीमी-धीमी आँच पर जल रही है...उस तरफ़ जिधर स्वर्ग के दरवाज़े उस पर वा (खुलने) होनेवाले हैं...

पहले साल मोहन पैदा हुआ...और उसी साल ज़ेरों (निचले) ऑपरेशन ने सारे बदन का ख़ून निचोड़ फेंका...खटा...खट...खटाखट...उस पतिदेव की मशीन चलती रहती... मजाल है कि अपनी रफ्तार बदले...ऊँ ऊँह..."

अगले साल मुन्नी आ गई !

"नन्ही-सी गुड़िया है मेरी..." मुन्नी की नानी नवासी को झूला झुला रही थी, मगर माँ की यह बात सुनकर मीरा के हाथ से गिलास छूट गिरा।

"नहीं, नहीं...मेरी बेटी को गुड़िया मत बनाओ, माँ !" वह घबरा गई।

"वाह ! हम तो कहेंगे...इतनी प्यारी-सी है न...बिल्कुल गुड़िया जैसी मीरा दौड़ती हुई आई और बच्ची को माँ के हाथ से छीनकर अपनी छाती में छुपा लिया।

"बस तुम्हें एक ही खेल आता है, माँ...मिट्टी की गुड़िया बनाती रहो..."

आज मीरा को न जाने क्या हो गया था...अपनी माँ से कैसे बात कर रही है ? वे सब उसे ताज्जुब से देखने लगे...ख़ुद मीरा ही अपनी जुर्रत पर सहम गई...जैसे वह किसी घने जंगल में आ निकली हो, जहाँ ख़ूँख़्वार दरिन्दे उसे फाड़ खाने को मौजूद हों...यह घना जंगल उसके अन्दर ही फैल रहा था उसे चारों तरफ़ से रोकने के लिए...

फिर एक घोर अँधियारी रात में, जब हाथ को हाथ सुझाई नहीं दे रहा था, मीरा

का पति चुपके से उठा...मीरा सहम गई...उस इंसान की तरह बेबस हो गई, जो फाँसी का फन्दा गले में डालने के बाद न ज़मीन पर रहता है, न आसमान पर पहुँचता है। आज कुछ होकर रहेगा। या तो वह मेरे अंग लगने से टूट जाएगा या वह मुझे...

घोर अँधियारे में किसी ख़ौफ़नाक जिन्न की तरह स्याह-फ़ाम हयूला (अश्वेत आकृति) बनकर वह आगे बढ़ा। उसने ताक़ में से गुड़िया को उठाकर नीचे फेंकी और उसे पाँव से रौंदता हुआ बाहर चला गया।

"क्या गुड़िया मर गई ? घबराकर मीरा ने देखना चाहा, मगर वह अपनी जगह से हिल भी न सकी...

ज़िल्ले-सुबहानी

सा...रे...गा...मा...पा...धा...नी...

ज़िल्ले सुबहानी भैरवीं के सुरों पर पलकें झपकाने लगे।

महल का बूढ़ा मोसीक़ार (गायक) आज अपने हुज़रे (घर) के बजाय ज़िल्ले-सुबहानी की ख़्वाबगाह (शयनकक्ष) के नीचे बिठाया गया था, ताकि पौ फटने से पहले भैरवी के सुरों पर ज़िल्ले-सुबहानी को जगा सके।

हुआ यों कि कल दरबारे-आम में महल के एक शायर ने निकलते सूरज के हुस्न पर इतनी दिलनशीं (चित्ताकर्षक) नज़्म सुनाई थी कि जहाँपनाह ने निकलते सूरज का हुस्न मुलाहज़ा (अवलोकन) फ़रमाने का इरादा ज़ाहिर किया था।

इस ख़बर के आम होते ही सारे मुल्क में तहलका मच गया। दरबारे-आम के झरोखे से नज़र आनेवाले दरो-बाम (दरवाज़ो-दीवारों) को ख़ूबसूरत बनाने की कार्रवाई शुरू कर दी गई। बाज़ ऊँचे पुराने मकानों को गिरा देना पड़ा, ताकि ज़िल्ले सुबहानी सूरज के हुस्न को किसी रुकावट के बग़ैर देख सकें। पुरानी सड़कों और बदसूरत इमारतों पर रंग किया गया। महल के सामने से गुज़रनेवाले ट्रैफ़िक को कंट्रोल करने के लिए पुलिस के ख़सूसी दस्ते सारी रात इन्तज़ामात में मसरूफ़ रहे।

फिर जब ज़ुल्फ़े-शब (रात्रि की लट) कमर तक लहराने लगी, तो बूढ़े मसीकार की आवाज़ महल के अँधेरे में एक नन्हे से तारे की तरह लौ देने लगी :

सा...रे....गा...मा...पा...धा...नी

भैरवी के सात कोमल सुर मिलकर एक रस-सागर बने और सारे महल में बहने लगे। भैरवी के सुरों का यह सम्पूर्ण सिंगार रूप अँधेरे में झिलमिलाने लगा, तो गहरी तारीकी (अन्धकार) में लिपटा हुआ सूरज भी जैसे बेकल (व्याकुल) हो उठा और ज़िल्ले सुबहानी ने अपने पास लेटी हुई औरत को लात मारके सोने के नक़्शी छप्परखाट से ढकेल दिया और ज़ोर से चिल्लाए, "यह कैसा शोर है ?"

"ज़िल्ले-सुबहानी। आज हुज़ूर के हुक्म के मुताबिक़ महल का बूढ़ा मोसीक़ार आलीजाह को सुबह का राग गाकर जगा रहा है, ताकि आलीजाह सूरज का ख़ूबसूरत नज़ारा कर सकें।"

"तो क्या सूरज निकल गया...?" उन्होंने ग़ुस्से में रेशमी तकिए को पीट डाला।

"जी...जी हुज़ूर...अब निकलना ही चाहता है।"

असल बात यह है कि सूरज तो अभी महल से बहुत दूर था, मगर बूढ़े मोसीक़ार की गुनगुनाहट ने चारों ओर एक जोत-सी लगा दी थी।

सा...रे...गा...मा...पा...धा...नी

"नहीं, जब तक हम उसे देखने के लिए तैयार नहीं हो जाते, सूरज नहीं निकल सकता !"

"जो हुक्म आलीजाह," वज़ीरे-आज़म (प्रधानमन्त्री) ने दोनों हाथों से ढीली-ढाली पतलून को ऊपर सरकाया। सामने की तरफ़ झुके और फिर उलटे पैरों होम-मिनिस्टर के पास दौड़े।

"सरकार का हुक्म है कि जब तक वे तैयार न हो जाएँ, आज सूरज न निकले !"

"हाएँ ! यह कैसे हो सकता है...?" होम मिनिस्टर ने अपनी गंजी चुँदिया पर हाथ फेरकर कहा, और फिर कुछ सोचकर वे सिर पर पाँव रखकर भागे कल्चर्ल अफ़ेयर की मिनिस्टरी के पास !

"भई, यह चाँद, सूरज, सितारे तो सब कल्चर्ल अफ़ेयर्ज़ की मिनिस्टरी के तहत आते हैं न ?"

"चाँद, सूरज, सितारे...? हाय अल्लाह, यह क्या कह रहे हैं आप ?"

कल्चर्ल अफ़ेयर्ज़ की मिनिस्टर एक ख़ातून (महिला) थीं, जो दिन-रात अपनी मिनिस्टरी में मसरूफ़ रहतीं, यानी आईने के सामने बैठी अपनी भौंहें, पलकें और ज़ुल्फ़ें सँवारा करती थीं।

"हाँ-हाँ, बिल्कुल है..." होम-मिनिस्टर ने पाँव पटककर कहा।

"चाँद, सूरज, सितारे, यह सब स्टेज-ड्रामों और कल्चर्ल प्रोग्रामों ही में काम आते हैं, तो...ज़िल्ले सुबहानी का हुक्म है कि आज जब तक वे तैयार न हो जाएँ, सूरज न निकले..."

"उई अल्लाह !..." कल्चर्ल अफ़ेयर की मिनिस्टर ने कमर पर हाथ रखा और उँगली नाक पर टिकाई, "निकलते सूरज को मैं कैसे रोकूँगी, जी ?"

"मत रोको...अपनी मिनिस्टरी से भी हाथ धो लो," सूरज की बाग़डोर कल्चर्ल अफ़ेयर्ज़ के मिनिस्टर को सौंपकर वे दौड़े इन्तज़ामात की देखभाल करने..."

"ए हे...! अब क्या करूँ ?" श्रीमती मिनिस्टर ने दिल पर हाथ रखकर सोचा और फिर उन्हें एक तरकीब सूझी। अभी फ़िल्म डिवीज़न को फ़ोन करती हूँ कि निकलते सूरज की एक फ़िल्म लाकर महल के सामने दिखा दें।

अब वह फिर इत्मीनान से मेज़ के सामने बैठकर अपनी लिपस्टिक दुरुस्त करने लगीं। इतनी देर में धीमे-धीमे भैरवी के सुर ज़िल्ले-सुबहानी को दस-दस नौकरों की मदद से तैयार करवाकर झरोखे तक ले आए थे। ख़्वाबगाह से झरोखे तक तमाम रास्ते को सुर्ख़ गुलाबों से ढाँप दिया गया था। झरोखे के बीच में सोने के फ्रेमवाली सुर्ख़ मख़मल की गद्देवाली बड़ी सी कुर्सी बिछी हुई थी। आसपास फ्रांसीसी इत्र में डूबे हुए मोरछल हाथों में थामे दो ख़ादिमाएँ (सेविकाएँ) पत्थर की मूरत बनी खड़ी थीं।

दरता ना देरे ना देम देम ताना न
या लाई, या लाई, या लूम ताना देरे न

मोसीक़ार अब उजाले को झँझोड़ रहा था। बहलावे दे रहा था। बिजली की तरह कभी इधर चमकता, कभी उधर दमकता।

"मुलाहज़ा फ़रमाइए आलीजाह, यह किरणों का राजा अब उजाले के रथ पर सवार होकर हौले-हौले हमारी ओर बढ़ रहा है," शायद एक कोने में हाथ बाँधे खड़ा था और अपनी रंगीन बयानी से इस मंज़र को और ख़ूबसूरत बनाने की कोशिश कर रहा था। डगमगाते क़दमों और काँपते हाथों से कई ख़ादिमों की मदद से ज़िल्ले-सुबहानी मसनद पर जलवा-नशीं (विराजमान) हो गए।

"यह...यह...सूरज किधर से निकल रहा है...?" रात की सरशारी (मस्ती) के कड़वे ज़ायक़े और थका देनेवाली रंगीनियों की वजह से उनकी ज़ुबान लड़खड़ा रही थी। हाथ-पाँव काबू में न थे।

"जी...जी, सरकार...? वह...वह..." वज़ीरे-आज़म ने सटपटाकर होम-मिनिस्टर की तरफ़ देखा। होम-मिनिस्टर भी नहीं जानते थे कि सूरज किस तरफ़ से निकला है, इसलिए उन्होंने फ़ौरन 'अर्बन डेवलपमेंट' के डाइरेक्टर को टहोका दिया और उसने जल्दी-जल्दी शहर का नक्शा सामने फैलाकर माथे से पसीना पोंछते हुए कहा, "मशरिक़ (पूर्व) से, आलीजाह !"

"म म, मशरिक़ से...?" ज़िल्ले सुबहानी ने गरजकर पूछा, "म म मशरिक़ से क्यों...? हमारे मुल्क का सूरज मशरिक़ में क्यों जाता है ? उधर तो हमारे दुश्मन का इलाक़ा है।"

"आलीजाह ! इस वक़्त अपना चेहरा-ए-मुबारक सूरज की तरफ़ रखें। मुलाहजा फ़रमाएँ कि नूर की एक चादर-सी आसमान पर तनी हुई नज़र आने लगी है !"

"सूरज तो हुज़ूर रोज़ मशरिक़ से ही निकलता है और मग़रिब (पश्चिम) में ही डूबता है," शायर ने बड़ी आज़िज़ी (विनम्रता) के साथ हाथ जोड़कर अर्ज़ किया।

दरता ना देरे न देम देम ता न ना...

मोसीक़ार की आवाज़, जैसे रोशनी की फुहार-सी पड़ने लगी थी।

"यह मग़रिब में डूबता है रोज़ाना। यानी कि यूरोप में," ज़िल्ले सुबहानी ने अपनी बोझल आँखें खोलकर हकलाते हुए शायर से पूछा, "मग़रिब की बेहयाई और बे-दीनो (अधर्मी) देखने के लिए सूरज रोज़ रात को वहाँ रंगरेलियाँ मनाने जाता है...? होम-मिनिस्टर...!" होम-मिनिस्टर थर-थर काँपते, अपनी गंजी चुँदिया को सामने झुकाए, हाथ जोड़कर आगे बढ़े।

"होम मिनिस्टर। आज से हमारे मुल्क का सूरज न मशरिक़ से निकलेगा और न मग़रिब में डूबेगा। क्या समझे ?"

"जी, समझ गया, जहाँपनाह !" वज़ीरे-आज़म ने जल्दी-जल्दी फ़रमाने-मुबारक को सुनहरे फ्रेम लगे क़िर्तास (काग़ज़) पर सोने के क़लम से लिखते हुए कहा, "हाँ !

मा-बदौलत अपने मुल्क में बे-दीनी और बदअख़्लाक़ी (अनैतिकता) फैलाते हुए नहीं देख सकते," उन्होंने तमाम दरबारियों को दाद-तलब नज़रों से देखते हुए कहा।

उनके पीछे वज़ीरे-आज़म, होम-मिनिस्टर, वज़ीरे-दफ़ाअ (रक्षामन्त्री) कोतवाल-शहर, और तमाम अहम वज़ीर हाथ बाँधे हुए खड़े थे कि क्या पता किस वक़्त किसकी तलबी हो जाए। वे सब दिल-ही-दिल में शायर को कोस रहे थे, जिसने आज रात उन सब की नींद हराम कर दी थी।

"हुज़ूर !" इस मंज़र के लिए शायर ने कहा है कि :

हम ऐसे अहले नज़र को सुबूते-हक के लिए,
अगर रसूल न होते, तो सुबह काफ़ी थी

शायर ने हाथ उठाकर झूमते हुए शे'र सुनाया।

"यह...यह किसका शे'र है ?" ज़िल्ले सुबहानी उलझ पड़े। नऊज़ु-बिल्लाह (हम ख़ुदा से पनाह माँगते हैं) यानी अगर रसूल न होते, तो एक प्याली कॉफ़ी से काम चल जाता इस मलऊन (धिक्कृत) शायर का ?

"कौन है वह दहरिया (नास्तिक)...? उसे हमारे सामने पकड़ लाओ !"

"जी, मुनासिब, आलीजाह !" होम-मिनिस्टर सिर पर पैर रखकर उस शायर को पकड़ने दौड़े। अब ज़िल्ले-सुबहानी ने आँखें चुँधियाकर सामने की तरफ़ देखा, तो दूर आसमान पर सफ़ेद बगुलों की क़तारें उड़ती हुई नज़र आईं।

"ये...ये परिन्दे कहाँ जा रहे हैं ?" उन्होंने फायर करने के अन्दाज़ में वज़ीरेआज़म की तरफ़ हाथ उठाकर पूछा।

"जी, हुज़ूर ! यह तो जंगल के आज़ाद पंछी हैं। सुबह-सबेरे दाने-दुनके की तलाश में उधर सरहद के पार जंगलों की तरफ़ जाते हैं," वज़ीरेआज़म ने अपनी ढीली-पतलून तोंद पर सरकाकर दाँत निकोसे।

"क्या...क्या हमारे मुल्क में अनाज का क़हत (अकाल) है, जो ये परिन्दे सरहद की तरफ़ जा रहे हैं। इससे हमारे मुल्क की बदनामी होगी..., वज़ीरेआज़म कल सरहद की तरफ़ उड़नेवाले तमाम परिन्दों को हलाक कर दिया जाए।"

"जी, बहुत अच्छा, जहाँपनाह !" वज़ीरेआज़म ने ढीली-ढाली पतलून को तोंद पर सरकाकर जल्दी-जल्दी फ़रमाने-मुबारक को सुनहरे फ्रेम लगे क़िर्तास (क़ागज़) पर सोने की क़लम से लिखते हुए कहा, "आलीजाह ! अब मुलाहज़ा फ़रमाएँ उस ख़ूबसूरत मंज़र को, यह जो बादलों के पीछे से सुनहरी रुपहली किरणें आसमान पर..."

लेकिन दूरबीन को आँखों पर फ़ोकस करने के बाद ज़िल्ले-सुबहानी को सुनहरी रुपहली किरणें तो ज़मीन पर बिखरी नज़र आईं। चालीस-पचास लड़कियाँ रंगीन तितलियों की तरह चुहलें करतीं, कहीं इकट्ठी जा रही थीं।

"व...वह...." ज़िल्ले-सुबहानी ने अपने रेशा (कम्प-रोग) से काँपते हाथ को उठाया।

"जी वे...। वह ? उधर तो यूनिवर्सिटी...है, आलीजाह ! लड़कियाँ होस्टल से

निकलकर सुबह सबेरे चहलक़दमी करने जा रही हैं," होम-मिनिस्टर ने जल्दी से आगे बढ़कर हाँफते हुए कहा।

"इतनी बहुत सारी लड़कियाँ..." ज़िल्ले-सुबहानी थूक निगलकर देखने लगे, "ये सब क्वाँरी लड़कियाँ हैं...? इनके माँ-बाप पर इनकी शादियों का कितना बोझ होगा ! हम अपनी रियाया (प्रजा) पर इतना बोझ डालना नहीं चाहते...वज़ीरे-आज़म ?"

"जी, ज़िल्ले-सुबहानी, मैं आज ही इन सब लड़कियों को हरमे-मुबारक (बादशाह के महल) में पहुँचा देने का इन्तज़ाम कर दूँगा..." और वज़ीरे-आजम ने अपनी ढीली-ढाली पतलून को तोंद पर सरकाके जल्दी-जल्दी सुनहरे फ़्रेमवाले क़िर्तास (काग़ज़) पर सोने के कलम से..."

जागा किरणोंवाला...चारों ओर हुआ उजियारा...

बूढ़ा मोसीक़ार अब राग की सरशारी (मस्ती) में वहाँ तक पहुँच गया था, जहाँ जंगल में हर तरफ़ नूर-ही-नूर था, रंग-ही-रंग बिखर रहे थे।

"उफ, कितना ख़ूबसूरत मंज़र है ! आलीजाह ! यही वह वक़्त है, जिसकी तारीफ में कोई संगीतकार अधूरा..."

"हाँ-हाँ, बहुत अच्छा है। माबदौलत ने पसन्द फ़रमाया इस मंज़र को..." और फिर उन्होंने ख़ुर्दबीन से अपना चेहरा हटाकर आँखें चुँधियाकर, दूर किसी तरफ़ देखा।

"वह...वह क्या बिल्डिंग है?"

"वह सफ़ेद-सी ऊँची बिल्डिंग, जहाँपनाह !" वज़ीरे-दफ़ाअ (रक्षामन्त्री) ने बड़ी मसर्रत (उल्लास) के साथ सामने की तरफ़ झुककर कहा, "वह इस ख़ादिम (सेवक) के बेटे का मकान है, हुज़ूर ! आपका वह ग़ुलामज़ादह इस मुल्क का बहुत अच्छा आर्किटिक्ट है। उसने अपना वह मकान एक अनोखे ढंग से बनाया है !"

"अच्छा...? माबदौलत यह मकान मुलाहज़ा फरमाएँगे," ज़िल्ले-सुबहानी ने यूँ वज़ीरे-दफ़ाअ की तरफ़ देखा, जैसे उसे ख़िलअत (वस्त्र) से नवाज़ रहे हों।

"ज़हे नसीब, आलीजाह ! जब इरशादे-आली हो। सवारी-ए-मुबारक ग़रीबख़ाने पर रौनक़ अफ़रोज़ हो !" वज़ीरे-दफ़ाअ ने झुककर सात बार सलाम अर्ज़ करते हुए कहा।

"मगर माबदौलत इस फटीचर आर्किटिक्ट के मकान में नहीं जाएँगे। पहले वह मकान हमारी मल्कियत में दाख़िल किया जाए..."

"ज़र्रा-नवाज़ी है, सरकार," वज़ीरे-दफ़ाअ ने निहायत मरियल आवाज़ में कहा और इस बार उसने चौदह सलाम किए और वज़ीरेआज़म ने जल्दी-जल्दी फ़रमाने-मुबारक सुनहरे फ़्रेमवाले क़िर्तास (काग़ज) पर सोने के...

"यह...यह...किसकी आवाज़ है...? क्या कोई फ़रियादी हमसे इंसाफ़ माँगने आया है ?" ज़िल्ले सुबहानी ने चौंककर नीचे की तरफ़ देखा।

एक भिखारी लड़का अपनी टूटी हुई रकाबी को बजाता हुआ गा रहा था।

अल्लाह दिलवाए, सो देवेगा
अल्लाह का प्यारा कोई देवेगा

"यह तो कोई भिखारी है, आलीजाह ! सुबह-सबेरे अल्लाह मियाँ से अपना रिज़्क़ माँग रहा है, "होम मिनिस्टर ने अपनी गंजी चुँदिया पर से पसीना पोंछकर अर्ज़ किया।

"नहीं, यह लड़का बाग़ियों के गिरोह से मालूम होता है," ज़िल्ले-सुबहानी ने बड़े मुफ़क्किराना (चिन्तनपूर्ण) अन्दाज़ में आहिस्ता से कहा, "ऐसा लगता है, कुछ लोग मुल्क में हमारे ख़िलाफ़ अल्लाह मियाँ से साज़िश कर रहे हैं।...वज़ीरे आज़म ! इन तमाम भिखारियों को पकड़कर उम्रक़ैद की सज़ा दो, जो हमारी बजाय डाइरेक्ट अल्लाह मियाँ से अपना रिज़्क़ माँगते हैं !"

"जी, मुनासिब, बन्दापरवर !" वज़ीरेआज़म ने अपनी ढीली-ढाली पतलून ऊपर सरकाकर जल्दी-जल्दी सुनहरे फ्रेमवाले क़िर्तास (काग़ज़) पर...

अब मोसीक़ार ने अँधेरे को मुकम्मल शिकस्त दे दी थी और किरणोंवाले देवता ने चारों ओर उजियारे की पिचकारियाँ छोड़नी शुरू कर दी थीं।

ज़िल्ले-सुबहानी अब कुर्सी के तकिए से टेक लगाए बड़े मुदव्विराना (कूटनीतिज्ञपूर्ण), और मुफ़क्किराना अन्दाज़ में दाढ़ी खुजाने लगे। फिर किसी ख़याल के आते ही वे चौंक पड़े और सोने के नक्शो-निगारवाली कुर्सी के हत्थे पर हाथ मारकर फरमाया, "वज़ीरे आज़म ! हमारे मुल्क में किसी के साथ नाइंसाफ़ी तो नहीं हो रही है। कोई ज़ालिम हमारी रियाया को परेशान तो नहीं कर रहा है ?"

"बिल्कुल नहीं, आलीजाह !" तमाम दरबारियों ने ज़िल्ले-सुबहानी की तरफ़ झुककर बा-आवाज़े-बुलन्द कोरस गाया।

ज़िल्ले-सुबहानी यह सुनकर मुस्कुराए और इधर-उधर देखकर फ़रमाया, "यह...यह गर्मी क्यों हो रही है इस वक़्त...?"

यह सुनते ही मोरछल थामनेवाली पत्थर की मूर्तियों के हाथ आहिस्ता-आहिस्ता मोरछल हिलाने लगे।

"आलीजाह ! आज अगर निकलते सूरज का जश्न मुलाहज़ा फ़रमा लेते, तो बेहतर था, क्योंकि अब धूप में तेज़ी आ रही है," शायर ने बड़े अफ़सोस के साथ हाथ जोड़कर कहा।

"अच्छा, यह गुस्ताख़ सूरज हमारे सामने तेज़ी दिखा रहा है..." अचानक ज़िल्ले-सुबहानी चिल्लाने लगे, "वज़ीरे-आज़म ! सूरज को अभी शूट कर दो हमारे सामने, और इस अहमक़ शायर का भी सर क़लम कर दो, जिसने हमें इस ख़ुदसर (उद्दंड) सूरज को दिखाने की ज़हमत दी !"

ढीली-ढाली पतलून को तोंद पर सरकाकर वज़ीरे-आज़म ने फ़ौरन दो फ़ायर किए। धाएँ...धाएँ...अचानक सारे मुल्क में अँधेरा छा गया, क्योंकि दूसरे फ़ायर की ज़द में सूरज की बजाय भैरवी के वे सुर आ गए थे, जो रोज़ाना आकाश और पाताल की गहराइयों से सूरज को खोज निकालते थे।

कहाँ है मंज़िले-राहे-तमन्ना

खड़...खड़...खड़, मुख़्तसर-सी ट्रेन, मुसाफ़िरों से लदी-फँदी यूँ चल रही थी, जैसे अब रुकनेवाली हो।

"अम्मा गाड़ी इतनी आहिस्ता-आहिस्ता क्यों चल रही है...?" एक बच्चे ने अपनी मोटी, फूले गालोंवाली माँ से पूछा, जो बच्चे की हर हरकत पर एक थप्पड़ मारती और दस-पाँच कोसने देती थी, मगर इसके बावजूद होनों हाथों से बच्चे को थामे बैठी थी।

"अब चुपका बैठ, मनहूस..." उसने लड़के को झँझोड़ डाला, "देखता नहीं, आज गाड़ी में कितने बहुत से लोग बैठे हैं !"

लड़का इस जवाब से मुत्मईन (सन्तुष्ट) होकर बारी-बारी केबिन में ठुँसे हुए मुसाफ़िरों को देखने लगा।

महीने की शुरू तारीख़ें थीं और इतवार की रात। इसलिए शहर जाने-आनेवाले मज़दूरों, क्लर्कों और छोटा-मोटा कारोबार करनेवाले ताजिरों (व्यापारियों) से पूरा डिब्बा भरा हुआ था।

अभी रात के ग्यारह बजे हैं और गाड़ी साढ़े पाँच बजे हैदराबाद पहुँचेगी...यह अहसास इन लोगों को थकाए डाल रहा था, जो एक पाँव पर मुर्ग़ की तरह खड़े थे और अपनी बाँगों से नाक में दम किए देते थे। ऊपर की बर्थ पकड़े लटक रहे थे। सिकुड़े-सिमटे बैठे थे। अपने हाथों में बक्स, होलडाल और गठरियाँ थामे यूँ खड़े थे कि रेल के हर झटके पर किसी का बक्स किसी के सिरे से जा टकराता। किसी का पाँव किसी औरत के सिर पर जा लगता। किसी की लाठी किसी की आँख में घुस जाती।

मगर वे लोग जो दो-चार स्टेशनों के आगे उतरनेवाले थे, बड़े मूड में थे। दो आवारा मिज़ाज के लड़के सिर जोड़े इस तरह खड़े थे कि एक बाहर का हैंडल पकड़े, स्टैंड से लटक रहा था और उसका सिर खिड़की के अन्दर था। दूसरा खिड़की से लगा अन्दर खड़ा था, मगर उसका आधा धड़ बाहर लटका हुआ था। वे दोनों एक दूसरे को इन्तहाई लाड में फ़ुहश (अश्लील) गालियों से नवाज़ रहे थे। धींगामुश्ती कर रहे थे जिसमें बार-बार बाहरवाले के हाथ से हैंडल छूट जाता था। फिर वे दोनों मिलकर कोई फड़कता हुआ-सा फ़िल्मी गीत गाते थे। इसके बाद अन्दर बैठी हुई किसी औरत को देखकर उनकी हँसी किसी तरह थमती ही न थी।

पाँच लम्बाड़नें, 'लैटर्न' के क़रीब फ़र्श पर बैठी एक मर्द से लड़ रही थीं। वह मर्द

अपने ज़ालिम दामाद के घर से बेटी को ले आया था। जिस मर्द से पाँच औरतें लड़ रही हों, उसकी मज़लूमी पर ज़ुल्म भी आँसू बहाता है। वह बार-बार अपनी सफ़ाई में कुछ कहने की कोशिश करता, मगर उसके होंठ बेबसी से फड़फड़ाकर रह जाते। फिर वह खिड़की से बाहर स्याह दौड़ते हुए आसमान की जानिब (तरफ़) परवाज़ (उड़ते) करने की सोचने लगता।

मेरे क़रीब एक दुबली-पतली झाँकड़-सी बूढ़ी औरत खड़ी थी। ऐनक के अन्दर चमकनेवाली उसकी बेक़रार आँखों को एक पल क़रार नहीं था। वह लोगों के चेहरे, कपड़ों और चाल-ढाल से लेकर उनकी आँतों में पड़ी हुई ग़ज़ा (खुराक़) तक को टटोल रही थी। उसके हाथ में एक गठरी थी, जिसमें उसके बेटे के वह कपड़े थे, जो उसने अपने हाथ से धोए थे। उसके बेटे की वह किताबें थीं, जो उसका बेटा गाँव में भूल आया था। बहू के लिए दो सेर तिल थे, जो दो सेर पर छटाँक-भर ज़्यादा तो होंगे, मगर उसकी बेईमान बहू भी उन्हें दो सेर से कम तोलकर नहीं बता सकती थी। वह सफ़ेद हैंडलूम साड़ी पहने थी, जो सिर्फ़ एक बार धुली थी। यह साड़ी उसके बेटे ने हैदराबाद से गुज़श्ता (पिछली) दीपावली पर भेजी थी। वह सिर्फ़ एक महीने के बाद हैदराबाद से लौटनेवाली थी, क्योंकि उसकी भैंस किसी और को दूध नहीं दोहने देती। उसके यहाँ दूध-दही की इतनी इफ़रात (अधिकता) है कि एक बार उसने पाव-भर दही...यह सब बातें उसने बग़ैर पूछे हर उस शख़्स को सुना दी थीं, जिस तक चीख़-चीख़कर वह अपनी आवाज़ पहुँचा सकती थी।

अपने मुतअल्लिक़ (सम्बन्ध में) यह चन्द बातें सुनाने के बाद जब वह लोगों की लापरवाही से दिल-शिकस्ता हो गई, तो उसने अपने पड़ोसियों से उनके माज़ी (अतीत), मुस्तक़बिल (भविष्य) और हाल (वर्तमान) के बारे में मालुमात हासिल करना शुरू कर दीं। आसपास के लोगों ने जब उसके सवालों का जवाब देना छोड़ दिया, तो वह मेरी जानिब (तरफ़) मुड़ी।

"तुम कहाँ जा रही हो, बेटी?" उसकी चमकती हुई आँखों ने मेरी चाल-ढाल और किताबों को बड़ी मुश्तबह (सन्दिग्ध) नज़रों से घूरा।

"हैदराबाद !"

"किसके पास...? तुम कहाँ से आ रही हो ?...अकेली हो ?...तुम्हारे साथवाला मर्द कौन है ?" उसने मेरा साथी बनने के लायक़ मर्द सारे केबिन में ढूँढ़ा और फिर दीदे ऐनक से बाहर निकल पड़े।

"तुम हमेशा अकेली सफ़र करती हो ?" इस बार उसके लहजे में पुलिस-इंस्पेक्टर की तफ़तीश का अन्दाज़ था।

मैंने बेहद ख़ौफ़ज़दह (भयभीत) होकर मोपासाँ की कहानियाँ उठा लीं, ताकि जब तक उसके सवालों की फ़ेहरिस्त (सूची) मुकम्मल (पूर्ण) हो ले, एकाध कहानी ख़त्म कर लूँ।

मेरे आसपास ख़ालिस घी की तेज़ बू फैली हुई थी। एक दुबला-पतला ज़र्द-रो (पीले

रंग का) आदमी घी के बारह कनस्तरों पर यूँ हाथ रखे बैठा था, जैसे ज़रा भी हाथ की गिरफ़्त ढीली पड़ी, और एकाध कनस्तर कबूतर की तरह उड़ा। अभी-अभी उसने ऐनकवाली को बताया था कि वह शहरवालों के लिए ख़ालिस घी बेचने हर महीने हैदराबाद जाता है। फिर वह बड़ी देर तक बताता रहा कि ख़ालिस घी बनाने में एसेंस, चर्बी और तेल की कितनी आमेज़िश (मिलावट) होनी चाहिए ? बात करते वक़्त उसके मुँह पर चुन्नटों का जाल-सा बिछ जाता था। उसकी खुश्क खाल प्यासी ज़मीन की तरह तड़खी हुई थी, जैसे उसने अपने बदन की सारी चिकनाहट निचोड़कर उस घी में मिला दी हो। घीवाले के पास एक शायर बैठा था। शायर और चेहरे पर बरसते हुए नहूसत-आमेज़ (मनहूस भरा) ख़ुमार का तो ख़ैर हमेशा साथ रहा है, मगर उसके चेहरे पर कुछ ऐसी बेचारगी भी थी, जैसे वह अभी उस स्टेज से उतरा है, जहाँ लोगों ने उसे ख़ूब हूट किया हो। ऐनकवाली से तआरूफ़ (परिचय) के वक़्त जब 'शायर' का मतलब पूरे डिब्बे में कोई न समझ सका, तो शायर का चेहरा सुर्ख़ पड़ गया। उसने बड़ी बेबसी से आसमान की जानिब देखा, जैसे सोच रहा हो कि अल्लाह ही है, जो ऐसे बद-ज़ौक़ों (कुरुचिपूर्ण) की गाड़ी मंज़िले-मक़सूद (गन्तव्य) को पहुँचे।

शायर, निहायत रिवायती शायराना अन्दाज़ में बिल्कुल बे-सरो-सामान (बिना सामान के) था, अलबत्ता उसके हाथ में एक लकड़ी की रंगीन चिड़िया थी, जिसकी चोंच किसी मुसाफ़िर के धक्के से टूट चुकी थी। अचानक आ गिरनेवाले बुढ़ापे ने उस ख़ूबसूरत चिड़िया को पोपला बना दिया था। इसके अलावा शायर के पास संगमर्मर का एक बुद्ध का मुजस्समा (बुत) भी था। दोनों खिलौने वह अपने भानजे के लिए ले जा रहा था, जो अभी सिर्फ़ दो माह का था, मगर उसकी बहन हर ख़त में लिखती थी कि वह दिन-रात अपने मामू को पुकारता है।

जिस वक़्त ऐनकवाली के सवालों की बौछार ज़रा कम होती, और वह अपने हवासों में होता था, तो उँगलियों से एक ख़याली चोंच चिड़िया के लगा देता। फिर बुद्ध पर जमी हुई धूल साफ़ करने लगता।

बड़ी देर के बाद जब मैं, 'ए नाइट टाउट' पढ़कर चौंकी, तो ऐनकवाली अपनी लाउडस्पीकर जैसी आवाज़ में कह रही थी, ''यह रंडी है...''

किताब मेरे हाथ से छूट गिरी। मैंने सहमकर देखा, मगर उसका रूए-सुख़न (सम्बोधन) एक स्याह-फ़ाम (काली) नौजवान औरत की जानिब (तरफ़) था। वह औरत उन पाँच औरतों की जगह लैटर्न के क़रीब फ़र्श पर बैठी थी। उसके घुटने पर सिर रखे एक अधेड़ उम्र का मर्द बैठे-बैठे ऊँघ रहा था। उसका चेहरा औरत ने बड़े प्यार से अपने हाथों में थाम लिया था। मर्द के गले में एक रस्सी लिपटी हुई थी और कान में एकाध जला सिगरेट उड़ुसा हुआ था।

''इसका नाम सोना है, हमारे गाँव के क़रीब रहती है। गाँव के सारे मर्द इसके दीवाने हैं। मैंने अपने बेटे को इसी के लिए तो गाँव से बाहर भेज दिया था। हुआ यह कि...'' ऐनकवाली ने सोना और अपने बेटे के मुआशक़े की हिकायत (कहानी) घीवाले

को सुनाना शुरू कर दी थी और वह आँखें बन्द किए ग़ालिबन (शायद) कहीं तेल और चर्बी की आमेज़िश (मिलावट) में जुटा हुआ था।

मैंने बड़े ग़ौर से सोना को देखा। उसकी दिलकशी पुकार-पुकारकर कह रही थी कि वह कई मर्दों के दिल अपनी मुट्ठी में पकड़े हुए है। अगर तिलंगाने में हुस्न की मौजूदगी का इक़रार किया जा सकता है, तो सोना से ख़ूबसूरत औरत का तसव्वुर (कल्पना) मुमकिन नहीं है।

यूँ लगा था, जैसे एक ख़ूबसूरत पत्थर के मुजस्समे (मूर्ति) पर किसी ने बड़ी नफ़ासत से स्याह पॉलिश कर दिया हो। वह डिब्बे में बैठे हुए हर शख़्स को ऐसी सहमी हुई निगाहों से देख रही थी, जैसे यहाँ बैठा हुआ हर शख़्स उसे लातें मारने पर आमादा है।

"क्या तेरा मर्द बीमार है...?" बच्चे की माँ ने बच्चे का उठा हुआ हाथ अपनी गोद में रखकर पूछा।

"हाँ," उसने इनकार के अन्दाज़ में इक़रार किया।

ऐन उसी वक़्त मर्द ने अपना सिर ऊपर उठाया। उसकी फटी हुई सुर्ख़ आँखों से दरिन्दगी टपक रही थी, जैसे वह ज़िन्दगी-भर कुल्हाड़ियों से दरख़्त चीरता रहा हो। उसकी अकड़ी हुई मूँछों में तहक्कुम (रोब) का शदीद अहसास था। वह भौंहें सिकोड़कर यूँ देख रहा था, जैसे आसमान से उस चलती गाड़ी में आन गिरा हो।

"सेंधी कहाँ है ?" उसने सेंधी में डूबी हुई आवाज़ में सोना से पूछा। वह घबराकर इधर-उधर देखने लगी। फिर बड़ी लज़ाज़त (प्यार) से उसकी ठोड़ी पकड़के बोली, "तूने सब सेंधी स्टेशन पर पी ली थी न ?"

"क्यों...? क्यों पी ली थी ?" उसने सोना का हाथ पकड़कर ज़ोर से झटक दिया। फिर उसके बाल पकड़के खिड़की की दीवार से दे मारा, मगर सोना ने बड़ी नरमी से फिर उसके हाथ पकड़ लिये, "अच्छा, अच्छा ! अभी लाती हूँ !" सब लोग इधर मुतवज्जेह (ध्यानाकृष्ट) हो गए।

"यार, जी चाह रहा है इस साले को उठाकर नीचे फेंक दूँ," एक क्लर्क ने अपने साथी से कहा। ये दोनों क्वाँरे थे। ऐनकवाली को उन्होंने बताया था, कि जब तक उनकी बहनों की फ़ौज न छँट जाए, वे क्वाँरे ही रहेंगे।

दूसरे ने उसके जवाब में खिड़की से बाहर थूका, जो तेज़ हवा की वजह से उड़कर फिर से उसके गाल पर आन गिरा।

"अब चुप रहो ! सब लोग हमीं को देख रहे हैं," सोना ने आहिस्ता से कहा। इसलिए मर्द का तना हुआ मुक्का हवा में मुअल्लक़ (लटका) होकर रह गया। वह यूँ डरके सिकुड़ गया, जैसे उसका हाथ अंगारों को छूनेवाला था। उसने चौंककर लोगों को देखा, और फिर चीख़ने लगा, "तू मुझसे झूठ क्यों बोली ? अच्छा, ठहर, आज तेरी खाल उधेड़ूँगा !" हिचकियों और डकारें बार-बार उसकी आवाज़ को तोड़ देती थीं। फिर वह सोना के घुटने पर झुक गया।

"यह रंडी है," ऐनकवाली ने क्लर्कों की नदीदी (भूखी) नज़रों को ताड़कर दोबारा ऐलान किया। उसकी आवाज़ इतनी ऊँची थी कि डिब्बे में बैठे हुए हर शख़्स तक यह इत्तिला पहुँच गई।

उसके रंडी होने से तो मैं मुत्तफ़िक़ (सहमत) थी, मगर यह मर्द कौन था, जिसके ऊपर वह अपना तन-मन-न्योछावर किए दे रही थी। यह अधेड़ उम्र का मज़दूर हरगिज़ इतना अमीर नहीं हो सकता, जो गाँव की सबसे मशहूर तवायफ़ से अपनी नाज़-बरदारी करवा सके। वह तो पत्थर फोड़नेवाला मज़दूर था, जो एक दिन में सेंधी की लुटिया ख़रीदने के लिए भी नहीं कमाता।

छोटे-छोटे स्टेशनों पर भीड़ छँट चुकी थी। अब सिर्फ़ उस काली रात को पार करनेवाले मुसाफ़िर रह गए थे। सब मुसाफ़िरों ने हसब-नसब (वंशावली) और ज़िन्दगी के अहम वाक़ेयात से वाक़िफ़ होने के बाद ऐनकवाली अब बड़े इत्मीनान से गठरी का तकिया बनाए सो रही थी। मोटी औरत ने बर्थ के नीचे फ़र्श पर गद्दा बिछाके बच्चे को सुला दिया था, और ख़ुद खिड़की पर सिर रखे ऊँघ रही थी। कभी-कभी अचानक ख़ौफ़ज़दा होकर वह नीचे झुक जाती।

घी के ब्योपारी (व्यापारी) ने अब कनस्तरों की हिफ़ाज़त करना छोड़ दी थी। वह एक बर्थ पर सिर रखे, दूसरे पर पैर टिकाए, रेवले क्रासिंग-ब्रिज बना सो रहा था। सोते में बार-बार उसके खुश्क होंठों पर हँसी चमक उठती। ग़ालिबन (सम्भवतः) वह शहर में बड़ी भारी क़ीमत पर घी बेच चुका था।

दोनों क्लर्कों ने एक सालम बर्थ पर क़ब्ज़ा जमा लिया था और इस तरह सो रहे थे कि एक के जूते दूसरे के मुँह पर रखे हुए थे। शायर की खुली हुई आँखें छत पर जमी हुई थीं और वह किसी शे'र की तलाश में खोया हुआ था। उसकी गोद में बैठा हुआ बुद्ध हिल-हिलकर उस शे'र की दाद दे रहा था।

सोना अभी तक जाग रही थी। जब ट्रेन किसी स्टेशन पर रुकती थी, तो वह घबरा जाती, और फिर बड़े ग़ौर से स्टेशन की आवाज़ को सुनती।

ये दोनों टिकट के बग़ैर सफ़र कर रहे हैं। मैंने सोचा। अब यह होगा कि काचीगोड़ा स्टेशन पर टिकट-चेकर पुलिस को बुलवाएगा, और दोनों को ख़ूब जूते मारके स्टेशन से बाहर हाँक दिया जाएगा।

मगर काचीगोड़ा स्टेशन आने से पहले ही यह हुआ कि शोर के मारे मैं जाग पड़ी। घीवाला सोना को ताबड़तोड़ लातें मार रहा था, और वह बिलबिलाकर उन लातों को अपने हाथों पर रोकने की कोशिश कर रही थी। जहाँ पर कनस्तर रखे थे, वह जगह ख़ाली थी। सोना के घुटने पर सोनेवाला मर्द भी गायब था।

सबने आँखें मल-मलकर देखा और सारा मामला भाँप गए। ताज्जुब की बात थी कि घीवाले के जूतों की ज़र्बों (चोटों) से न तो वह चीख़ रही थी, न उसकी आँखों में आँसू थे। सिर्फ़ उसके बदन में लरज़ा (कँपकँपी) था और होंठ यूँ भिंचे हुए थे, जैसे बारह घी के कनस्तर उस मर्द समेत उसने अपने मुँह में छुपा लिये हों। घीवाले की इस हरकत

पर उन क्लर्कों ने भी न रोका, जो रात-भर सोना को देख-देखकर थूक निगलते रहे थे।

"कोई स्टेशन आ जाए, फिर तुझे मज़ा चखाऊँगा !" घीवाला मारते-मारते हलकान हो गया, तो बर्थ पर आन बैठा। उसके खुश्क मुँह पर अब पसीने की चिकनाहट यूँ चमक रही थी, जैसे पूरा एक कनस्तर घी उसके बदन पर लुढ़क गया हो।

"एक न दो, पूरे बारह डिब्बे पकड़ा दिए अपने यार को !"

"इसे पुलिस के हवाले कर दो," ऐनकवाली ने अपने मसूढ़े किचकिचाकर सोना को देखा और फिर लोगों को सुनाने लगी कि सोना ने उसके लड़के को किस तरह फाँस लिया था।

"पुलिसवालों की तो समझिए, आज क़िस्मत जाग उठेगी," एक क्लर्क ने मुस्कुरा के अपने साथी से कहा और फिर वे दोनों पैर हिलाने लगे। सोना सिर झुकाए बैठी थी। कभी अपने हाथों से रिसता हुआ ख़ून दीवार से रगड़ देती। कभी कमर पर से बहता हुआ ख़ून हाथ से पोंछकर खिड़की से बाहर झटक देती। उसके चेहरे पर किसी दर्द या तकलीफ़ का कोई निशान न था। ऐनकवाली की गालियाँ-कोसने उस तक पहुँच रहे थे। ऐसा लग रहा था जैसे वह हमसे बहुत दूर...हजारों मील नीचे पाताल में खड़ी है और लोग पत्थर फेंक-फेंककर उसे संगसार कर रहे हों।

अगले स्टेशन पर ट्रेन अभी रुकी भी न थी कि घीवाला हम सबकी हिफ़ाज़त में सोना को छोड़के नीचे कूद पड़ा। दोनों क्लर्क, ऐनकवाली, शायर और मोटी औरत, सब उसके गिर्द हिसार (घेरा) बाँधकर खड़े हो गए, मगर उसने घीवाले के जाने और लोगों का इस तरह घेरा डालने का कोई नोटिस न लिया। वह उसी तरह सिर झुकाए अपने ज़ख़्मी पाँव की उँगलियाँ चीर-चीरकर देखती रही।

"तू निरी पागल है," शायर ने कहा, "उसके साथ ख़ुद क्यों न उतर गई ?"

उसने सिर उठाके शायर को देखा—यूँ जैसे उससे बड़े चुग़द को देखने का इत्तेफ़ाक़ ज़िन्दगी में फिर कभी न आएगा।

"तो फिर लोग मुझे मारने-पीटने के बजाय उसी को पकड़ने दौड़ते..."

"अब तेरा जो क़ीमा बनेगा...?"

"ऊँह..." उसने लापरवाही से गर्दन हिलाई और सिमटके बैठ गई।

"तुम लोग भूखे थे, तो भीख माँग लेते," ग़ालिबन (सम्भवतः) शायर का दिमाग़ उस वक़्त मार्क्स-इज़्म, सरमायादारी और जागीरदारी की गुत्थियाँ सुलझा रहा था।

"ऊँ हूँ..." उसने सिर के इशारे से इनकार किया।

"वह सब घी बेचकर सेंधी पी लेगा। अपनी बेटी तक को एक पैसा नहीं देता। उस बेचारी के लिए भी मैं ही पैसे भेजा करती हूँ !"

"उसकी बेटी भी है ?" मैंने ताज्जुब से पूछा।

"हाँ," वह उचककर खिड़की में से पुलिस का इन्तज़ार करने लगी।

"तू उसकी दाश्ता (रखैल) है ?" मोटी औरत ने नफ़रत से नाक सिकोड़कर पूछा और बड़े ग़रूर से बच्चे को कलेजे से लगा लिया।

"अरी, मनहूस, तू क्यों उसके लिए मरती है? तेरा तो बगनूर में घर-बार सब है। वह तो ख़ुद फ़क़ीरों से बदतर है। दिन-रात तेरा क़ीमा बनाता है, और फिर रंडियों के लिए क्या मर्दों की कमी है, जो उसकी जूतियाँ खाती है !"

ऐनकवाली की ज़ुबान रेल से तेज़ चल रही थी।

मगर सोना की आँखों में अब पहली बार आँसू छलक पड़े। उसके नीले होंठ दर्द की शिद्दत से यूँ काँपे, जैसे ऐनकवाली की ग़ैर-मरई (अदृश्य) लात ठीक उसके दिल पर जा लगी हो। वह सबको घूर-घूरकर देखने लगी। शायद यहाँ उसे कोई इंसान् नज़र नहीं आ रहा था।

"वह मुझे चाहता भी तो है। अपने मर्द तो यही किया करते हैं। वह कोई ख़रीदार है, जो मेरे नख़रे सहेगा। उसने मुझे कभी रंडी नहीं कहा। तुम देखना, वह एक-न-एक दिन मुझसे ज़रूर ब्याह करेगा !"

"अरी वाह...क्या गधी है..." ऐनकवाली ने सिर हिलाकर कहा।

"अब दुनिया में ऐसा भी क्या मुहब्बत का अकाल है, जो हज़ार जूतियों के इवज़ (बदले) इतने से प्यार पर मिटी जा रही है !"

फिर उस कहानी में कोई दिलचस्पी न पाकर वह घीवाले की बीवी पर तरस खाने लगी जिसे घीवाले के बयान के मुताबिक़ इख़्तिलाज़ (हृदय-कम्पन) के दौरे पड़ते थे। ऐनकवाली ख़ुदा से दुआ माँगने लगी कि यह ख़बर उसे ज़्यादा सदमा न पहुँचाए। फिर घीवाला दो पुलिस-कांस्टेबलों को लाया, जो धक्के देते हुए सोना को उतारकर ले गए। घीवाला भी उनके पीछे-पीछे चला गया।

ट्रेन चलने लगी। यूँ जैसे किसी हादसे ने उसके पहियों को जकड़ लिया हो और वह आगे बढ़ने की क़ुव्वत (शक्ति) खो बैठी है।

सबने इत्मीनान की साँस ली, और उस वाहेयात से वाक़िए पर मज़ीद (और) वक़्त गँवाने के बजाय दोबारा सोने की कोशिश शुरू कर दी।

सिर्फ़ शायर उस जगह फ़र्श पर निगाहें गाड़े कुछ सोच रहा था, जहाँ से सोना उठकर गई थी, और जहाँ पर ख़ून के धब्बे अब खुश्क होते जा रहे थे। फिर उसने चौंककर अपने आसपास की दुनिया को पहचाना और कोई पचासवीं बार बुद्ध के मुजस्समे (मूर्ति) पर से धूल के वहम को झाड़ने लगा।

मुझे यूँ लगा, जैसे अभी-अभी किसी हादसे ने सहमाकर बुद्ध को पत्थर बना दिया हो। मैंने झुककर कपिलवस्तु के उस राजकुमार से पूछा, "नगर-नगर सच्चाई और मुहब्बत की तलाश में घूमनेवाले राजकुमार सिद्धार्थ, तुम यहाँ तक आकर पत्थर के बुत क्यों बन गए ? क्या आगे रास्ता इतना हौलनाक है कि तुम सोना की तरह उस राह में मसलूब (सूली पर चढ़ाना) नहीं हो सकते ?..."

ए दिल...ए दिल...

यह औरत-ज़ात भी अजीब गोरखधन्धा है। मिल जाए, तो नज़र नहीं आती। और न मिले, तो इसके सिवा कुछ सुझाई नहीं देता।

मुझसे कोई पूछे, कि मैंने ज़िन्दगी-भर क्या किया है, तो मेरा जवाब यही होगा कि मैंने सिर्फ़ औरत की ख़ूबसूरती का ज़हर पिया है। यह ज़हर मेरी रग-रग में दौड़ रहा है। यह मेरी सारी ज़िन्दगी में कड़वाहट घोल गया है।

आज कैसी सर्द रात है। हाथ-पाँव ठंडे बर्फ़ होते जा रहे हैं। बाहर हवा कितनी तेज़ी से चल रही है, जैसे बन्द दरवाज़ों और बन्द दिलों को आज झँझोड़ने पर तुली हुई हो। यह तेज़ हवा आज हर बदन को सर्द कर देगी। हर दिल की भड़कती हुई आग बुझा देगी।

आज दस बरस के बाद तारिक़ आया था, मगर वह अपने साथ क्या-क्या ले गया...मैं उस आदमी की तरह गिरा जा रहा हूँ, जिसके सिर पर दस बरस तक दस मन बोझ रखा हो।

मैंने शाम से अब तक शराब की दो बोतलें चढ़ा डाली है, लेकिन पता नहीं, आज शराब को भी क्या हो गया है ? आज मेरी शायरी कहाँ चली गई ? आज मेरे मूड को क्या हो गया ?

सब मेरा साथ छोड़ चुके हैं। कोई मेरे पास नहीं है, जमीला भी...वह अपने बच्चों को सीने से लगाए गर्म लिहाफ़ में दुबकी बड़े सुख की नींद सो रही है...कितना सुकून है मेरी बीवी के चेहरे पर...वह बिल्कुल नहीं जानती कि उसने अपनी उस मासूमियत, उस दहकते हुए हसीन चेहरे की आग से किसी की पूरी ज़िन्दगी तबाह कर डाली है...

कोई मुझसे पूछे...मैंने ज़िन्दगी-भर क्या किया है ? बस यही न कि एक औरत की एक झलक देखने के लिए इन्तज़ार करता रहा। उस इन्तज़ार में लड़कपन से बुढ़ापे की सरहद पर आ लगा। इसी धुन में ज़िन्दगी के सारे लुत्फ़, तमाम मज़े, उमंगों की उम्र का तमाम हुस्न...सब मेरे आसपास से मुझे छुए बग़ैर गुज़र गए।

अपने ऊपर लिहाफ़ खींचकर मैं तारीकी (अँधेरे) की गोद में छुप जाता हूँ। जैसे अब मुझे बाहर की रोशनी से, तीखी सर्द रात से, और बेख़ुद बना देनेवाली चाँदनी के जादू से कोई सरोकार न हो।

अँधेरे में पूरी तरह आँखें खोलकर मैं पन्द्रह साल पहले की ज़िन्दगी की एक-एक याद को सामने रख रहा हूँ। वक़्त की गर्द झाड़-पोंछकर उन्हें चमका रहा हूँ।

मैं इस वक़्त कहाँ हूँ ? कहाँ आ गया हूँ ? मेरे पास पलँग पर मेरे तीन बच्चे सो रहे हैं, और वह...वह औरत, जो मेरी बीवी है...वह हमेशा दूसरे पलँग पर अपने बच्चों के साथ सोती है, क्योंकि मैं हमेशा उससे बहुत दूर रहा हूँ। जब कभी दो पैसे की टकेहाई की तरह ज़रा देर के लिए मैं उसे अपने पास बुलाता, तो मेरे तसव्वुर (कल्पना) में कोई औरत होती, और उस वक़्त मैं यह सोच-सोचकर हसद (ईर्ष्या) की आग में जलने लगता कि वह भी किसी मर्द की बाँहों में होगी। फिर मैं जमीला को पलँग पर धकेल देता था और अपनी सिसकियों को हलक़ (गले) में दबाकर ख़ुद ही पलँग पर गिर जाता था।

कुछ दिन बाद जमीला इस भेद को समझ गई थी। ऐसे वक़्त वह मेरे बालों पर हाथ फेरने लगती। अपने गाल मेरे कन्धे से लगाकर कहती, "कभी मुझे भी तो बताइए, कि वह कौन थी ? कहाँ है ?"

उस रात हम दोनों जागते थे। मैं उसकी याद में, और जमीला मेरा साथ देने के लिए ! जमीला का हाथ मेरे हाथ में होता। जमीला के कन्धे पर मेरी गर्दन होती। उसके खुले हुए बाल मेरे आँसुओं से भीग जाते। कैसी अजीब औरत है यह जमीला ? ...मुझे अक्सर ताज्जुब होता कि वह मुझे छोड़कर क्यों नहीं चली जाती ? वह मुझसे क्या पाने की उम्मीद में बैठी है? जमीला की इसी अदा ने मुझे घेरे रखा था और इसी चक्कर में आकर मैं उसके तीन बच्चों का बाप बन गया, हालाँकि मेरा दिल अभी तक क्वाँरा था। मैंने अपनी चाहत, अपनी प्यास, अपनी मुहब्बत का हीरा अभी तक अपने ही दिल में छुपाए रखा था। मर्द की भी अजीब जात होती है। इश्क़ के धन्धे में वह कभी बीवी को शामिल नहीं करता। बीवी रोटी-सालन की तरह ज़िन्दगी की एक ज़रूरत बन जाती है, लेकिन उसकी ज़िन्दगी की तकमील (पूर्णता) हमेशा महबूबा से होती। वह अनकहा जज़्बा, वह बेनाम-सी तड़क, दिल की वह गिरहें, जो किसी के चाहने से खुल जाती हैं, मेरे दिल में बन्द पड़ी थीं, और मैं पुरवा में दुखनेवाले ज़ख़्म की तरह यादों के घाव को समेटे बैठा था...एक ऐसे दुख को, जो सिर्फ़ मेरा है...

मुझे ख़ुद याद नहीं था, कि यह क़िस्सा कब शुरू हुआ था !

मैं फ़र्स्ट इयर के लिए पहली बार कॉलेज गया, तो तारिक़ से दोस्ती हो गई। इससे पहले मैं अपनी अम्मा की सख़्त निगरानी में पला हुआ हाई स्कूल का एक भोला-भाला लड़का था। न कभी अकेले सिनेमा जाने की इजाज़त मिली थी, न रूमानी नॉवल पढ़ने की। अम्मा ज़ालिम बादशाहों की तरह निगरानी करती थीं और अब्बा कहते थे, कि लड़कों का काम सिर्फ़ यह है, कि दिन-रात आँखों से किताबें लगाए रखें। मैं भी अपनी इस हालत पर क़आने (सन्तोषी) हो चुका था कि शरीफ़ लड़कों का यही वतीरा होता है, मगर कॉलेज में तारिक़ क्या मिला कि मैंने अम्मा के सारे अहकाम (आदेश) दिमाग़ से निकाल फेंके ! तारिक़ बड़ा छटा हुआ था। वह मेरे सामने ऐसी-ऐसी बातें ले बैठता कि घबराहट के मारे मेरा बुरा हाल हो जाता था। वह दुनिया की हर बात जानता था।

मुहल्ले की लड़कियों से इश्क़ लड़ाता और छुप-छुपकर सिगरेट भी पीता था। मैं तारिक़ से दूर-दूर रहना चाहता था, मगर कोई अनजानी कशिश मुझे उसके क़रीब खींचकर ले जाती थी।

तारिक़ बड़ा बातूनी और बेबाक था। रास्ता चलती लड़कियों को देखकर बेझिझक सीटियाँ बजाता। उनके नाक-नक़्शे पर फिकरे कसता। उनकी अदाओं का ज़िक्र करके मुहब्बत के नारे लगाता। मुझे उसकी बातें सुनकर बड़ी शरम-सी आती थी। इसके बावजूद मैं गुमसुम उसके साथ-साथ चलता।

एक दिन हम दोनों कॉलेज जा रहे थे कि अचानक तारिक़ ने कहीं ऊपर देखते हुए कहा, "खड़ी है...खड़ी है...अरे ! हाय, हाय ! अन्दर चली गई !"

"कौन ? कौन थी ?" मैंने ऊपर देखते हुए पूछा।

"हाय...हाय...क्या चीज़ है ज़ालिम ! मैं तुझे बता नहीं सकता। यार, यह बता, तुझे शायरी करनी आती है ?"

"शायरी...?" मैंने डरते-डरते कहा, "बस थोड़ी-थोड़ी आती है। असल में अब्बा बड़े अच्छे शायर हैं !"

"अरे, हटा यार...हमें ऐसी बासी, फीकी, सोठी, फटीचर शायरी नहीं चाहिए... काश ! काश !...हाय, काश कोई शायर उसे देख ले !"

"किसे?" मैंने फिर डरते-डरते पूछा।

"अरे, उसी परी-रुख़, शोला बदन, माहे-पारा को...यार, ख़ुदा की क़सम, रंग तो ऐसा है, जैसे गुलाब जामुनों का खोया गूँधा रखा हो...और होंठ ऐसे रसीले कि..." वह बड़ी शरारत से मेरी तरफ़ देखने लगा।

मेरे तो न जाने क्यों हाथ-पाँव ठंडे होने लगे। उस दिन क्लास में मुझे कुछ सुनाई नहीं दिया। घर आया, तो इख़्तिलाज (हृदय-रोग) सा हो रहा था। मैंने खाना नहीं खाया और आँखें बन्द करके लेट गया। दो रस-भरे नाजुक-से होंठ मेरे बिल्कुल क़रीब आ जाते थे, और मैं काँप जाता। फिर घबराकर इधर-उधर देखता कि कहीं अम्मा को तो मेरे ख़यालों की आवारगी नज़र नहीं आ रही है। उस दिन अम्मा के साथ मैं खाना खाने बैठा, तो मैंने डरते-डरते कहा, "अम्मा, तुम गुलाब जामुन क्यों नहीं बनातीं ?"

"अच्छा, कल बना दूँगी," अम्मा को तरह-तरह की मिठाइयाँ बनाने का बड़ा शौक़ था।

"अम्मा, गुलाब जामुनों में खोया डालते हैं ?" मैंने न जाने क्यों पूछ लिया।

"हाँ, खोया...मैदा...शक्कर...और घी..."

खोया...मैदा...शक्कर और घी...मैंने अपने होंठ दाँतों में दबाकर सोचा कि मैं भी शायरी करूँगा।

उस दिन शाम होते ही मैं बड़ी बेताबी से बाहर निकला और उसी जगह खड़े होकर इधर-उधर देखने लगा।

एक मोटी सी अधेड़ उम्र की पंजाबिन सूप लिये बाल्कनी में आई और कद्दू के

बीज और छिलके नीचे फेंक गई...फिर दो बच्चे लड़ते हुए गुज़र गए। एक मोटा सा स्याह-फ़ाम (काला) मर्द रेलिंग से नीचे झुककर नाक साफ़ करने लगा। ऊपर देखते-देखते मेरी गर्दन दुख गई। ढीले-ढाले क़दमों से मैं घर की तरफ़ लौट आया।

"ला यार, मिला हाथ, गुलाब जामुनवाला...अभी-अभी जब मैं तुझसे मिलने आ रहा था, तो..." तारिक़ हाँफ रहा था।

"तो क्या हुआ ?" मेरा दम सीने में रुक रहा था।

"यार ! आज तो गुलाबी कपड़े पहने हुए है। बस कुछ पूछो नहीं...ख़ुदा की क़सम, मैंने तो आज उसके ऊपर से सूरज-चाँद, सितारे सब वारकर फेंक दिए ! शोले की तरह दहक रही है कमबख़्त !"

"चलो, देखें !" बेख़ुदी में तारिक़ का हाथ पकड़के मैं तक़रीबन भागने लगा।

"वह जो शर्ट अलगनी पर पड़ी है न, उसी की है। कल यही शर्ट पहने हुए थी !"

स्याह प्रिंटिड शर्ट। अलगनी पर झूम रही थी, इतरा रही थी, जैसे हँस-हँसकर हम दोनों को धत्ता बता रही हो।

"बस कमर तो इतनी सी है," तारिक़ ने अपने अँगूठे और पहली उँगली को मिलाकर दायरा-सा बना दिया। मेरी रग-रग में किसी तेज़ शराब का नशा-सा दौड़ रहा था। मेरे सामने एक ह्यूला (आकृति) एक शोला बदन, परी-रुख़, माहवश हसीना... मीठी-मीठे सहरअंगेज़ (सम्मोहक)...

"चल यार, गुलाब जामुन खाने को जी चाह रहा है," तारिक़ ने थूक निगलकर कहा।

हलवाई की दुकान पर जब हम दोनों खड़े गुलाब जामुन खा रहे थे, तो तारिक़ को बिल्कुल अहसास न था कि मेरे बदन पर कैसा लरज़ा तारी (कँपकँपी छाई) था।

इतनी पतली कमर...कैसी नाज़ुक होगी वह ?...बिस्तर पर लेटकर मैंने सोचा... गुलाबी लिबास में चमकती, गुलाब जामुन की तरह मज़ेदार...मेरे सीने में हल्का-हल्का सा दर्द होने लगा। लड़कपन की उदासी और तनहाई ने मुझे आ घेरा और एक ग़ैर-महसूस महरूमी (वंचना) पर मेरी आँखें छलक पड़ीं। मैंने उसे अभी तक नहीं देखा...हल्की-हल्की सिसकियों से मेरा बदन लरज़ने (काँपने) लगा। जब आदमी किसी एक का हो जाए, तो सारी दुनिया कितनी बेमानी-सी लगती है। कैसे अचानक बहुत दूर चली जाती है ! मेरे चारों तरफ़ अजनबी दीवारें उठने लगीं। कहानियों के भूले-बिसरे किरदारों की तरह मैं अम्मा, अब्बा और बहन-भाइयों को देखने लगा। अब मैं सिर्फ़ उसी का हूँ। एक दिन मैंने अपनी जवानी के तमाम अज़्म (संकल्प) को समेटकर इरादा किया...मैं उसी के लिए पढूँगा, उसी के लिए जीऊँगा...

"हाय, हाय ! हँसते वक़्त गालों में कैसे गढ़े से पड़ जाते हैं। जी चाहता है, पर लग जाएँ, और उसके पास पहुँच जाऊँ," तारिक़ आज फिर मूड में था।

"क्या तुम्हें देखकर हँसी थी ?" मैंने धड़कते हुए दिल के साथ पूछा।

"अरे नहीं, यार...मगर कभी-न-कभी वह दिन भी तो आ ही जाएगा। मेरा जी चाह

रहा था कि वहाँ से हाथ बढ़ाकर उसे नीचे उतार लूँ !"

हम दोनों खिसियाकर हँसने लगे।

"तूने अभी तक उसे नहीं देखा ?" एक दिन तारिक़ ने ताज्जुब से पूछा।

"नहीं...मगर...मैं तो...मैंने सोच लिया है कि...कि..." मैं हकलाने लगा।

"अरे, यार ! ख़ुदा की क़सम, सोचते हम भी बहुत हैं, मगर कमबख़्त हाथ कैसे लगे...!"

फिर कुछ सोचकर तारिक़ ने कहा, "सुन, महमूद...वह कमला नेहरू पॉलीटेकनिक में पढ़ती है...किसी दिन विद्या से मिलने के बहाने वहाँ पहुँच जाओ...विद्या से उसकी बड़ी दोस्ती है..."

"तुम्हें कैसे मालूम हुआ ?" मैंने ताज्जुब से सोचा कि तारिक़ कैसे इतने बड़े-बड़े मरहले (पड़ाव) तय कर डालता है ? विद्या हम दोनों की दोस्त थी और हमारी क्लास-मेट भी रह चुकी थी।

फिर एक दिन तारिक़ ने विद्या से कहा, "विद्या ! ज़रा उस शोला बदन, परी-रुख़, माहे-पारा की एक झलक महमूद मियाँ को भी दिखा दो...यह बेचारे बस उसके तसव्वुर (कल्पना) ही में अपना दिल धड़काते फिरते हैं।"

"तुम दोनों तो पागल हो गए हो..." विद्या ने बुरा मानकर कहा, "वह बड़ी शरीफ़ लड़की है। अगर उसे यह बात मालूम हो गई, तो सच कहती हूँ, कि वह तो बदनामी के डर से ज़हर-वहर खा लेगी !"

विद्या चली गई, तो मेरे पाँव मन-मन भर के हो गए। मीर, दर्द, ग़ालिब और दाग़ के न जाने कितने शे'र मेरे कानों में गूँजने लगे। चिलमनों के पीछे से देखनेवाले उस मुखड़े पे मैं सौ जान से निसार हो गया। एक पर्दानशीं हसीना के तसव्वुर (कल्पना) को मैंने अपने हवस-आलूदा (वासनापूर्ण) दिल से बहुत ऊपर बिठा दिया।

कई बार मैं कमला नेहरू पॉलीटेकनिक गया, मगर इस ख़याल से दिल दहल गया कि कहीं मेरी नज़र उस पर न पड़ जाए। वह एक मावराई (अलौकिक) हस्ती थी, जिसके गिर्द मैं घूम रहा था। मैं उसे पाने की जुस्तजू में मारा जा रहा था।

आज मैं सोचता हूँ कि यह कैसा अफ़लातूनी इश्क़ था मेरा, मगर उस वक़्त अंग्रेज़ी नवलों, उर्दू शायरी और न्यू थिएटर्ज़ की फ़िल्मों ने मेरी उठती जवानी को एक रूमानी-सा रंग दिया था, जिससे निकलना मुश्किल था।

जब दिल में कोई भेद हो, तो बदन कैसा भारी-भारी-सा लगता है। यादों के बादल हर वक़्त छाए रहते। फिर अचानक कहीं से अँधियारी-सी आ जाती, और मुझे कुछ सुझाई न देता। दूर कहीं से अपने आपको ख़्वाबों के दश्त (जंगल) में तनहा भटकते हुए देखता हूँ। यह सब कैसे हो गया ! मैं ख़ुद हैरान था।

जब अँधियारी रातों में अचानक कहीं से बादल आ जाते हैं और बिजलियाँ दिल दहलाने पर तुल जाती हैं, तो फ़ौरन रज़ाई में मुँह छुपाकर लेट जाता हूँ।

मेरी पाँच बरस की लड़की राशिदा हँस-हँसकर कहती है, "अब्बा बिजली से

डरते हैं।''

उसे क्या मालूम कि मैं न जाने किस-किससे डरता हूँ।

ठंडे मोतियों जैसे मेह की फुहार मेरे दिल में आग लगा देती है। उसे देखने के न जाने कितने मौक़े आ-आकर निकल गए, लेकिन मेरे दिल में उसका एक मद्धिम-सा तसव्वुर सलीब की तरह जम गया था। मैंने उस मौहूम-से ह्यूले (काल्पनिक-सी आकृति) को एक ज़िन्दा बदन दे दिया था। एक हया-परवर (लज्जापूर्ण) किरदार, जिसकी अज़मत (प्रतिष्ठा) उसे याद करने में थी, उसे छूने या पाने में नहीं।

फिर मैंने शायरी शुरू की। एक शकर-लब (मधुर होंठ) शोला बदन, परी रुख़ के लबो-रुख़सार (होंठ व गाल) की शायरी...तारिक़ ने सुनी, तो ख़ूब दाद दी !

जब मैंने इंजीनियरिंग का डिप्लोमा लिया, तो मेरी शायरी कॉलेज से निकलकर शहर के शायरों तक पहुँच गई है। मैं कॉलेज की लड़कियों का पसन्दीदा शायर बन गया, लेकिन मेरे दिल की आग और भी भड़क उठी। दुख और जुदाई के आँसुओं में डूबे हुए अपने अशआर (शे'रों) पर मैं ख़ुद ही रोता था।

तारिक़ मैडीसन में जा चुका था। इसलिए इस मौज़ू (विषय) पर बात करनेवाला अब कोई न रहा था...

कई बार मेरी सूरत पर बरसते हुए सवाल मेरी बहनों ने पढ़ डाले, और इसरार (आग्रह) किया कि मैं अपने लिए कोई लड़की तलाश करूँ, लेकिन मैं उसे कहाँ ढूँढ़ता ! वह बाल्कनी तो अब ख़ाली हो चुकी थी।

कई बार विद्या से मिला, मगर कुछ पूछने की हिम्मत न पड़ी। इतने बड़े शहर में न जाने वह कहाँ होगी ? एक मर्तबा (बार) मैं सरे-शाम कहीं जा रहा था, तो अचानक ऐसा महसूस हुआ, जैसे सारी काइनात (सृष्टि) गुलाबी रंग में नहा गई है।...ऐसा क्यों हो रहा है ? मैंने ताज्जुब से सोचा, ज़रूर वह यहीं कहीं मुस्कुरा रही होगी ! दीवानों की तरह मैंने सारे मुहल्ले को बाल्कनियाँ, खिड़कियाँ देख डालीं।

आख़िर एक दिन मेरी बहन ने फ़ैसला सुना दिया, ''हमने आपके लिए लड़की देख ली है। बहुत ख़ूबसूरत है। गोरी-चिट्टी, हज़ारों में एक ! हँसती है, तो गालों में गड्ढे-से पड़ते हैं। गुलाबी कपड़ों में बिल्कुल गुलाब की कली-सी लगती है !''

यह ख़ुसूसियात (ख़ूबियाँ) मेरी बहन ने मेरी नज़्मों से अख़ज़ (निकाली) की थीं।

फिर वही हुआ...शादी की रात मैं यूँ सिसक-सिसककर रोया, जैसे हर बाज़ी हार चुका हूँ।...फिर मैंने घूँघट उठाके अपनी दुल्हन को देखा। वह अच्छी-ख़ासी, क़ाबिले-बर्दाश्त थी...और मैं बर्दाश्त किए गया।

लेकिन अब मेरी तश्नगी (तृष्णा) और बढ़ गई थी...अगर वह मिल जाती तो...।

अपनी बीवी जमीला की जगह मैंने उसे तरह-तरह सजाकर देखा। मुझे अपने बच्चे उसकी गोद में हुमकते नज़र आए और मैं खोई-खोई नज़रों से हर तरफ़ उसे ढूँढ़े जाता। हर ख़ूबसूरत औरत में मुझे उसकी कोई-न-कोई अदा मिलती, और मैं चन्द दिन तक उसी औरत का दीवाना हो जाता।

उसे याद करने के लिए मैंने शायरी की और उसे भुलाने के लिए शराब चखी। फिर मैं शराब में डूबता चला गया, मगर वह मुझे और भी याद आने लगी। उसकी याद मेरी रगों में ख़ून बनकर दौड़ने लगी थी। मैं सारा दिन ऑफ़िस में गुज़ारता। शाम को क्लब जाकर शराब में ग़र्क़ होता। रात-भर टहल-टहलकर शायरी करता था। मेरी पहली बच्ची लेटे-लेटे उठकर बैठने लगी थी। वह भागते-भागते मुझे पकड़ने को दौड़ती, लेकिन मैं उसे कैसे थामता ? मैं तो ख़ुद ही लड़खड़ा रहा था। जमीला ने भी मुझे थामने की बहुत कोशिश की। पहले उसने अपनी शक्लो-सूरत से रिझाना चाहा। फिर अपनी मुहब्बत और ख़िदमत के फाहे मेरे जलते हुए ज़ख़्मों पर रखे और उसके बाद मायूस होकर घर के काम-धन्धों में खो गई, लेकिन मैंने कभी जमीला की चारों तरफ़ से घेरती हुई, कुछ माँगती हुई आँखों में कुछ नहीं देखा। मैं हमेशा उसकी तरफ़ से करवट बदलकर सोया।

और आज...आज दस बरस बाद तारिक़ आ गया।

वही रोशनियाँ बिखेरते हुए क़हक़हे, वैसा ही तेज़-तर्रार...उसने ज़िन्दगी के सारे मज़े चखे थे। छह-सात इश्क़ किए और फिर एक अजनबी औरत से शादी भी कर ली। इसके बावजूद वह मस्त था। गा रहा था, हँस रहा था। मुझे हँसाने की कोशिश कर रहा था। उसे देखते ही मेरे सब्र का पैमाना (प्याला) छलक उठा...मेरा जी चाहा, तारिक़ से लिपटकर ख़ूब रोऊँ...वही तो मुझे इस आग में धकेल गया था। मैंने तय कर लिया था कि आज अपनी महरूमी (वंचना) का सारा हाल उसे सुनाऊँगा।

मेरे उदास चेहरे और आँसुओं में भीगी हुई आँसुओं को देखकर उसने मुस्कुराते हुए पूछा, "और सुनाओ, यार ! अपने उस अफ़लातूनी इश्क़ का अंजाम ?"

मेरे जवाब देने से पहले जमीला अन्दर आ गई। हाथ में स्नेक्स की ट्रे लिये, नज़रें झुकाए, चुपचाप ! उसने झुककर तारिक़ को सलाम किया, तो तारिक़ ने बड़े ग़ौर से उसे देखा। फिर एक़दम उछल पड़ा। घबराहट में उसने कई सलाम कर डाले और जब जमीला चाय लाने अन्दर गई, तो वह चिल्लाकर बोला, "तो यह बात हुई ! यार, तू तो हमारा भी उस्ताद निकला !"

"क्यों ? क्या हुआ ?" मैं परेशान हो गया।

"तो बना डाला तूने उस परी-रुख़, शोला बदन, माहे-पारा को अपनी बीवी ! ला यार, मिला हाथ गुलाब जामुनवाला !"

अजायबघर में

साए की तरह वह उसके घर में कभी आगे रही, कभी पीछे...और कभी पानों तले... वह भगवान की तरह उस घर में किसी को दिखाई नहीं देती थी, मगर उसका ख़ौफ़ सबको दहलाए रखता था...घबराकर सबने उसे तक़द्दुस (पवित्रता) और बड़ाई के ऊँचे स्थान पर एक देवी की तरह एस्तादा (स्थापित) कर दिया। अब वह उसे श्रद्धांजलि पेश करते हैं। वह सिर झुकाए हँसती रहती है, जैसे बनानेवाले ने उसके मुँह पर एक हथौड़ी मारकर मुस्कुराहट को चिपका दिया हो।

उस घर में जिसे मशीनों से कभी गर्म, कभी ठंडा किया जाता है, घरवालों का मूड भी पल-पल बदलता रहता है। मसलहत (समझौते) के लॉकरों में छुपाई हुई नाजायज़ ख़्वाहिशों और समाज की इजाज़त के बग़ैर उभरनेवाले ख़ुदसर (उद्दंड) जज़्बों को दबाए, वे हर वक़्त उस पर कड़ी नज़र रखते थे।

उस आलीशान घर की रगों में उसके मकीनों (निवासियों) की रिवायतों का ख़ून दौड़ता था। इसलिए वे अपनी बरतरी का अहसास दिलाने के लिए ख़ूब चीख़ते-चिल्लाते थे। उन्होंने शे'र कहे, किताबें लिखीं, क़त्ल किए, अपने दुश्मनों को तहस-नहस कर डाला। वे दुश्मन से मुक़ाबला करने जाते, तो सबसे पहले अपनी औरतों को क़त्ल कर डालते थे। ऐसी आन-बान थी उनकी।

कुम्हार के घूमते हुए चक्कर में कोई कूज़ा अपने बस में थोड़ी होता है। वह कुम्हार की मन की मौज बनकर उभरता है। उसकी उँगलियों के इशारे पर जन्म लेता है, मगर कभी-कभी, एक पल के हज़ारवें हिस्से में उसकी नज़र चूक गई। मिट्टी का ढेला उसकी मनमानी शक्ल अख़्तियार करने से पहले फिसल गया।

"लो, गज़ब हो गया...पहलोठी की लड़की पैदा हो गई..."

ऐश-पसन्द जागीरदारों और मक़रूज़ (क़र्ज़दार) शायरों के घरों में औरत की पैदाइश हमेशा ही नई मुसीबतों को साथ लाती थी।

अब नूरी आ गई। सबको चौंकाने, दहलाने,...ख़ानदान की इज़्ज़त के लिए ख़तरे की घंटी...सब मर्द चौंक पड़े। उसे बाँधने के लिए जाल, बहलाने के लिए खिलौने और समझाने के लिए किताबें लिखी गईं।

"इसे तो रुई के गाले पर रखकर पालूँगी। पाँच फूलों की रानी है, मेरी बेटी," ज़माने की गर्म और सर्द हवाओं से बचाने के लिए माँ ने अपना आँचल उस पर फैला

दिया। फिर ताज़ा हवाओं, बहार के फूलों और बहकानेवाली चाँदनी का दाख़िला उस घर में बन्द कर दिया गया।

फिर वह कुछ ऊँची होने लगी, तब उसके कान में यह बात डाली गई कि ख़ानदान के अहकाम (आदेशों) की तामील (पूर्ति) उस पर वाजिब है।

"आहिस्ता चलो...तुम इस घर की आबरू हो। इस ऊँचे मकान में रहनेवाली ग़ैर-मामूली लड़की हो। इधर-उधर मत देखो। आसमान पर उड़नेवाले बादल और दरख़्तों पर फुदकनेवाली चिड़ियाँ तुम्हारे लिए नहीं बनाई गई हैं।" नूरी हँसती रहती थी।

चीख़-पुकार...मार-धाड़... एक्शन से भरपूर ड्रामे घर में चलते रहते थे। घर की ऊँची दीवारों पर तलवारें सूते, गलमुच्छे चढ़ाते, दस्तारें सजाते, उसके लकड़दादा, सकड़दादा, सुनहरे फ़्रेमों के पीछे गुर्राते रहते थे। अपने बाप की चीख़ों से सिर्फ़ वह काँप जाती थी।

ज़िन्दगी से हर ख़्वाहिश झपट लेने, दौलत कमाने के हथकंडों से घबराया हुआ उसका बाप बेटी से प्यार भी यूँ करता था, जैसे ज़रूरी फ़ाइल पर दस्तख़त कर रहा हो...नूरी को यूँ लगता, जैसे अब्बा ने अपने हाथों से छूकर उसे सोने की मूरत में ढाल दिया हो। अब वह चुपचाप, बेहिस व हरकत (निस्पन्द-निश्चल) किसी कोने में बैठी ख़ला शून्य में घूरे जाती। उधर उसकी माँ ने ख़ानदान का नाम झंडे पर चढ़ानेवाले शहज़ादों की पलटनें खड़ी कर दी थीं।

नूरी बड़ी हैरत से रोज़-ब-रोज़ ऊँचे होनेवाले अपने ख़ुदसर (उद्दंड) भाइयों को देखती थी। वे सब अपने पर खोलकर उड़ने लगे थे। उन्हें अपने ख़ूँख़्वार बाप के सामने जाने से डर लगता था, जैसे वे सोचते हों कि कहीं नूरी की तरह बाप के प्यार भरे लम्स (स्पर्श) से सोना न बन जाएँ। उन्होंने उस घर में रिवायतों की कीलों से बन्द की हुई खिड़कियाँ खोल दीं। वे इज़्ज़त और वक़ार की खिंची हुई लकीरों को उलाँघ गए।

नूरी को अपने भाई बहुत अच्छे लगते थे। उनके गीत, क़हक़हे, उछल-कूद सुनकर उसे हँसी आ जाती। वह उनकी ख़ुदसरी (उद्दंडता) पर ख़ुश होती थी, मगर उसके भाई नूरी का वजूद बर्दाश्त नहीं करते थे। उसकी निगरानी करनेवाली निगाहों में इज़ाफ़ा हो गया था। भाई छोटे हैं, तो क्या हुआ ! मर्द की ज़ात जो ठहरी ! वे उस ख़ानदान के चश्मो-चिराग़ थे, जिसके अफ़राद (सदस्यों) ने अपने ऊँचे कुलाह (पगडंडी) के लिए ख़ुद अपने हाथों अपनी औरतों का क़त्ल किया था।

न जाने बाग़ में कूकनेवाली कोयल कैसी होगी ? बहती हुई नदी, मेले-ठेले, पिक्चर-हाउस और शादी-ब्याह की महफ़िलें, सब उसकी नज़रों से दूर थीं। उस ख़ानदान की क्वाँरी बालियाँ कहीं नहीं जाती हैं। दुनिया क्या है ? यह भेद तो उस पर उसी दिन खुलेगा, जब कोई शहज़ादा उड़नखटोले पर बैठकर आसमानों से उतरेगा और भेद-भाव-भरे अमल का दरवाज़ा खोलकर सोती हुई शहज़ादी को जगाएगा। उस शहज़ादे की राह में न जाने कितनी कठिनाइयाँ हैं। कहीं पीछे मुड़कर देखने के जुर्म में वह पत्थर

तो नहीं बन गया ? वह हाथ में वरमाला थामे ख़्वाबों के महल में खड़ी थी। अपनी क़िस्मत का दर (द्वार) खोलनेवाले शहज़ादे के इन्तज़ार में। मगर उसके बाप का मियार बहुत ही ऊँचा था। उसकी ख़ानदानी नाक जैसा ऊँचा...कोई ऐसा फ़ौक़-उल-बशर (श्रेष्ठतम व्यक्ति) दुनिया की हर बुराई से पाक मर्द नहीं था, जिसे उसका बाप अपना दामाद बनाने के क़ाबिल समझे। दामाद जिसके आगे हमेशा सिर झुकाए रखना पड़ता है। इसीलिए तो उसके ख़ानदान में जब भी लड़की पैदा हुई, वह हाथों में ठोड़ी थामे, आसमान से उतरनेवाले शहज़ादे का इन्तज़ार देखते-देखते पत्थर की मूरत बन गई थी।

उस घर के मकीनों (निवासियों) को अनोखी बेमिसाल चीज़ें जमा करने का शौक़ था।

सब नूरी को भी बेमिसाल बनाने में जुट गए थे।

वह जब छोटी सी थी, तो हर किताब को प्यार करके कहती थी, "यह किताब मेरे अब्बा ने लिखी है मेरे लिए।"

आज भी वह समझती है कि वह बहुत अहम हस्ती है। जभी तो आसमानों से उसके लिए सहीफ़े (धर्मग्रन्थ) उतरे।

उसे बाँधने के लिए क़ानून बनाए गए। उसे जीने का कितना हक देना चाहिए। यह बात सबने अपनी-अपनी किताबों में लिखी। उन किताबों में सारे जानदारों के साथ उस पर भी रहम करने की हिदायत थी।

"पागल है," सब यह बात कहकर जैसे अपने आपको तसल्ली देते थे। मुँह पर बाल बिखराए किसी अँधेरे कमरे में बैठी वह किताबें पढ़े जाती थी। कभी-कभी उसके होंठ बड़ी मुश्किल से खुलते और वह हकलाते हुए कहती, "अब्बा, आपकी किताबों में यह क्यों नहीं लिखा है कि औरतों को मर्दों के साथ कैसा सलूक करना चाहिए ?"

उसका बाप चौंक पड़ा। अपनी भोली-भाली सोने की मूरत जैसी बेटी को उसने ग़ौर से देखा और उसके हाथ से किताब छीन ली, "ये किताबें लड़कियों के पढ़ने की नहीं हैं।"

वह सोचती है...वह देखती है। यह ख़ौफ़ उसे दहला गया।

मगर नूरी हँसती रही...हँसती रही।

"पागल है !"

"तुम हर वक़्त खिड़की में क्यों खड़ी रहती हो ?" एक दिन उसके भाई ने गुस्से में पूछा।

"यह...यह सड़क किधर जाती है ?"

उसके सवाल पर सब घबरा गए...तो क्या वह रास्तों के बारे में सोचती है ?

आज से खिड़कियाँ बन्द...रोशनदानों पर ग़िलाफ़ चढ़ा दो...खिड़कियों में ताला लगा दो..."मेरी बच्ची बहुत मासूम है। उसने घर से बाहर क़दम नहीं रखा। वह क्या जाने...शादी-ब्याह के क्या झमेले होते हैं ?" उसकी माँ बड़े फ़ख़्र से कहती थी।

यह सुनकर वह शर्म से गर्दन झुका लेती। उसे हँसी आ जाती थी। तब सब अक़्लमन्दों ने अपनी ग़ैर-मामूली सलाहियतों (योग्यताओं) से सजाकर उसका एक मुजस्समा (प्रतिमा) बनाया। ज़िन्दगी की आलायशों (मलिनताओं) और ख़्वाहिशों से पाक (पवित्र) करने के लिए उसे पारसाई की कठिन राह पर चलने की हिदायत दी। उस पर फ़तवों के पत्थर गिरने की एक तक़रीब (समारोह) हुई, जब यह ऐलान किया गया कि नूरी आम लड़कियों से बुलन्द कोई माफ़ौक़लफ़िरत (अलौकिक) शै है। पहला पत्थर उठानेवाला उसका मामू था, जिसकी एक साल पुरानी बीवी ख़ुदा की कुदरत से ख़ुद-ब-ख़ुद ही मर जाती और वह नई दुल्हन ब्याह लाता था।

"हमारे खानदान की लड़की का चेहरा पहली बार देखनेवाला मर्द उसका शौहर होता है," नूरी ने अपने सिर का पल्लू चेहरे पर खींच लिया।

"लड़कियाँ फ़िल्मी गीत नहीं सुनती हैं," नूरी ने अपने कानों पर हाथ रख लिये।

"लड़कियाँ बातें नहीं करती हैं," अपनी माँ के हुक्म पर उसने अपने लब सी लिए।

मशीनों से कभी गर्म और कभी ठंडा करनेवाले उस घर में अब नूरी के लिए सारे मौसम एक-जैसे थे। फूलों के खिलने का मौसम और पत्तों के झड़ने का मौसम उसे छुए बग़ैर ही गुज़र जाते थे।

उसे अपनी फ़िक्र करने की ज़रूरत ही क्या है। उसके सिर पर चार भाइयों का साया है। तब वह सिर उठाकर देखती कि सचमुच उसके दो भाई क़हर-भरी बिजलियों के साथ गरजते-कड़कते बादलों की तरह उसके सिर पर सवार हैं।

"तुम बात-बात पर क्यों हँसती हो ?" उसके एक भाई ने घबराके पूछा। तब नूरी को और हँसी आई...

उसे तो अपने तेज़ मिज़ाज ऊँचे तगड़े भाई बहुत अच्छे लगते थे। उनकी ख़ुशियाँ, उनकी आज़ादी, उनके क़हक़हे सुनकर उसे हँसी आ जाती थी।

जैसे वह अपने आपको उनमें घोल रही हो...

दो भाइयों के लिए अचार और मिर्चोंवाले चटपटे कबाब बनाती। तरह-तरह के मीठे...मज़ेदार खाने...

"मज़े का सालन है न...?"

"हाँ, बहुत मज़े का...तुम भी खाओ न ?"

"नहीं...वह नहीं खाएगी। इतनी अच्छी-अच्छी चीज़ें पकाती है, मगर मजाल तो है कि अपनी ज़ुबान पर धरे !"

अपनी माँ की बात सुनकर वह अपना बढ़ा हुआ हाथ खींच लेती थी। पिक्चर कैसी थी ?...पार्टी में मज़ा आया ?...तुम्हारी दोस्त नरगिस कल क्यों नहीं आई ? तुम पिकनिक पर जाओगे, तो मैं समोसे बनाकर दूँगी...धीरे-धीरे सब उस पर हुक्म चलाने लगे।

और वह उस घर में साए की तरह कभी आगे दौड़ती, कभी पीछे...और कभी पाँव

तले। अब उसके अक़्लमन्द भाइयों ने धीरे-धीरे उसके इर्द-गिर्द तक़द्दुस (पवित्रता) का हाला (दायरा) खींच दिया, क्योंकि वह तो घर की शहरग बन गई थी। हर काम उसने सँभाल लिया था। हर बात की ज़िम्मेदार वही थी। आनेवालों को उसके ग़ैर-मामूली सब्र व शुक्र की बातें यूँ सुनाई जातीं, कि वह एक भेदों-भरी कहानी लगती। अपने बारे में यह कहानियाँ सुनकर वह मुस्कुराए जाती।

रफ़्ता-रफ़्ता (धीरे-धीरे) वह एक ऊँचे स्थान की तरफ़ जा रही थी, जहाँ उसे धीरे-धीरे एक पत्थर की मूरत बनकर बैठना है। नेकी और पाकीज़गी की देवी के रूप में। सबको यक़ीन था कि वह अब रंगीन ख़्वाबों और मचलती ख़्वाहिशों को अपने ऊपर हराम करेगी। अपने ख़ाली हाथों को थामे, वह हँसती रही।

''पागल है...'' सब अपने आपको यह कहकर तसल्ली देते थे।

हमें तो उस पर रश्क आता है। कितने ठाठ से वह जी रही है !

कान बन्द हों, तो यक़ीन और ना-उम्मीदी दोनों बेकार हैं।

अब सब उसकी तरफ़ से मुत्मईन (निश्चिन्त) हो चुके थे, मगर उसका बाप सोते-सोते आधी रात को चौंक पड़ता था, ''नूरी...नूरी कहाँ चली गई ?'' सब मिलकर उसे ढूँढ़ते मगर वह तो उस घर में भगवान की तरह रहती थी। किसी को नज़र नहीं आती, मगर उसका ख़ौफ़ सबको दहलाए रखता था। वह सिर झुकाए हँसती रहती थी।

उस ख़ानदान की मोजिज़ा (चमत्कार) जैसी रिवायतों, अटल फ़ैसलों से बनाए हुए उसूलों, इल्म व फ़न से हासिल की हुई तदबीरों को सुन-सुनकर वह हँसे जाती थी। उस पर किसी जिन्न का साया है। यह जो हँसती है, तो आप थोड़ी हँसती है। कोई उसे हँसाए जाता है।

''तुम देखना, चन्द दिन बाद वह बिल्कुल चुप हो जाएगी,'' सब उसके पत्थर होने का इन्तज़ार कर रहे थे। उसे एक ऊँचे स्थान पर देवी की तरह रखने का एहतिमाम (प्रबन्ध) शुरू हो चुका था।

''वह अब शादी हरगिज़ नहीं करेगी,'' उसकी भाभी ने कहा।

''हाँ, ऐसी लड़कियाँ तो बस ज्ञान-ध्यान में डूब जाती हैं।''

पाँव तले रौंदी जानेवाली चीज़ें कब नज़र आती हैं। जब ठोकर लगे न तब...मगर दुख देने की सलाहियत (योग्यता) नूरी में न थी। वह तो ख़ुदा की तरह चुपचाप उस घर की काइनात (सृष्टि) को देखे जाती थी।

''अम्मा...अम्मा...'' नूरी ने एक दिन किसी अनोखी ख़ुशी से बेताब होकर अम्मा को पुकारा।

''शानो की शादी कब है ?''

''अगले महीने...'' अम्मा ने ज़र्द-से कपड़े में सुई चुभोकर कहा।

''मुझे शानो के लिए एक तोहफ़ा ख़रीदना है। मैं बाज़ार जाऊँगी।''

''तुम...? तुम घर से बाहर निकलोगी ?'' सुई अम्मा की उँगली में चुभी दिल के

पार निकल गई, ''लोग क्या कहेंगे ?...आज तक तुमने घर से बाहर क़दम नहीं रखा, और अब...और अब...?

''तुम्हें बाज़ार जाने की क्या ज़रूरत है? जो चीज़ कहोगी, हम ला देंगे,'' भाइयों ने उसे तसल्ली दी।

सुबह हुई।

सब लोग मज़ेदार गर्मागर्म नाश्ता कर चुके। ताज़ा अख़बार पढ़ चुके...उन अख़बारों में अनहोनी ख़बरें पढ़कर अपना ब्लडप्रेशर बढ़ा चुके, तब सबने ग़ौर किया कि देवी का स्थान ख़ाली है।

''नूरी कहाँ ? गई...कहाँ गई ? कहाँ गई ?''

चली गई।...सारे घर की उम्मीदों पर ख़ाक डालकर...सबके मुँह पर कालिक (कालिख) लगाकर...अब तक कभी घर नहीं आ सकती। उसे रास्ते ही नहीं मालूम...

सफ़े-मातम (सोग का बिछौना) 'बिछाकर' अम्मा ने नौह (शोक) का पहला मिसरा उठाया और सब छाती पीट-पीटकर रोने लगे।

उलझे रास्तों में बहकानेवाली गलियों के जादू वह क्या जाने...गई नूरी...अनदेखे रास्ते पर चली गई...वह तो एक देवी थी...रफ़्ता-रफ़्ता धुआँ बनकर फ़िज़ाँ में खो जाएगी अब...

मगर शाम का अँधेरा बढ़ गया, तो ख़्वाहिशों के फ़ानूस चेहरे पर जलाए, वह हँसती-मुस्कुराती घर में आ गई। सब मुँह खोले ताज्जुब से उसका ख़ुशी से तमतमाया हुआ चेहरा देख रहे थे।

''देखो...देखो, मैं शानो के लिए कितना प्यारा तोहफ़ा लाई हूँ। सारा दिन मैंने इसे अपने हाथों से सजाया है,'' उसके हाथ में दूल्हा बना, सेहरा सिर से बाँधे एक गुड्डा था। उसे नूरी ने अपने कलेजे से लगा रखा था।

''तुम अकेली गई थीं ? तुम्हें घर का रास्ता कैसे मिला ? क्या तुम बाज़ार का रास्ता जानती थीं ?''

''हाँ,'' उसने सिर झुकाकर अपने जुर्म का इक़रार किया।

''अरे...?'' उसके जवाब पर पहले सब हैरान हुए। फिर पशेमान और उसका बाप कलेजा थामकर यूँ रो पड़ा, जैसे नूरी फिर खो गई हो...चुप-चुप...किसी के सामने मत कहना। लोग सुनेंगे, तो हँसी उड़ाएँगे...उसकी माँ ने सीने से लगा हुआ गुड्डा छीनकर फेंक दिया और सब मिलकर उसे तक़द्दुस की सीढ़ियों की तरफ़ हाँकने लगे।

''देखो...यह भारतमाता है। सदियों से रो रही है। इसके आँसुओं की धार से गंगा बहती है।''

एक अमेरिकन अपने कैमरे का फ़ोकस उस पर करके अपनी गर्ल-फ्रेंड से कहता है। चारों तरफ़ लोग सिर उठाए उसे देख रहे हैं।

हुजूम में एक छोटी सी लड़की अपने सीने से एक गुड्डा लगाए उसे देख रही है।

"मम्मी ! यह औरत का स्टेचू कितना अच्छा है। हाथ फैलाए मुझे घूर रही है, जैसे मेरा गुड्डा छीन लेगी।"

नन्ही लड़की के साथ-साथ नूरी भी हँसती है।

"सुनो...सुनो...लोग कहते हैं, इस मुजस्समे (मूर्ति) से कभी-कभी हँसी की आवाज़ भी आती है !"

लुटेरा

रोशन ने दुनिया की हर अहम चीज़ हमें सौंप दी थी। आप ही सोचिए ! यह तसव्वुर (कल्पना) भी कितनी ख़ूबसूरत है कि दुनिया के किसी इंसान की नज़र में हम इस काइनात (सृष्टि) के मालिक हैं। यूँ लगता है, जैसे टाँगों में किसी ने ऊँचे बाँस बाँध दिए हों। मम्मी तो दौलत के उस नशे में चूर, थिरक-थिरककर चलने लगी थीं।

रोशन दुनिया की हर ख़ूबसूरत और अहम चीज़ उठा-उठाकर मुझे दे रही थी, और मैं उससे नफ़रत बढ़ाए जाती।

मैंने कई बार कोशिश की कि मम्मी रोशन और उसकी माँ मालिन बी को निकाल दें, मगर वे दोनों माँ-बेटी इस घर के मकीनों (वासियों) की रगों में ख़ून बनकर दौड़ने लगी थीं और जब बहता हुआ ख़ून कहीं रुक जाए, तो हैम्रिज या हार्ट-अटैक हो सकता है...किसी दिन मालिन बी काम करने नहीं आतीं, तो मम्मी का ब्लडप्रेशर बढ़ जाता है। ज़रा-सी मेहनत करते ही घबरा जाती हैं।

दस-बारह साल पुराने नौकर घरवालों के हाथ-पाँव बन जाते हैं। यह बात सिर्फ़ मालिन बी जानती थी कि डैडी के खाने में कितना नमक, कितनी चिकनाई होना चाहिए। फिर मम्मी की बच्ची के समान अदाएँ, बच्चों का काम, धोबी का हिसाब और सब्ज़ीवाले से लड़ाई-झगड़े, शानो और छोटू के नख़रे, मेरी फ़रमाइशें, सबसे निबटना मालिन ही का काम था। मम्मी तो अब चाय बनाना भी भूल गई थीं, हालाँकि डैडी के दोस्तों में यह बात मशहूर थी कि वे बहुत अच्छ खाना बनाती हैं। मम्मी अब घर-बार मालिन बी के हवाले करके इत्मीनान से डैडी के साथ शहरों-शहरों की सैर करने निकल जातीं। फिर शाम को क्लब जाना ! मुझे उन दोनों से बड़ी चिढ़ थी। मैं चाहती थी, घर में कोई स्मार्ट-सा कुक हो। बदसूरत, मैले-कुचैले कपड़े पहने, फटी साड़ी से सिर ढाँपे, हमारे इतने मार्डन किचन में खड़ी मामा कितनी बुरी लगती थी। मेरे दोस्त मज़ाक़ उड़ाते, "शमी ! जी चाहता है तुम्हारी इस एनटीक मामा को किसी शो-केस में सजा दिया जाए !" फिर साथ में रोशन का दुमछल्ला भी लगा हुआ था।

मैंने जब से होश सँभाला, रोशन टूटी रकाबी थामे, सेहन में बैठी मुझे घूरती रहती थी। वह मेरी हमउम्र थी। बेहद काली, बदशक्ल, मोटी, भद्दी ! उसे किचन में या वरांडे में आने की इजाज़त नहीं थी। सबके खाने के बाद जूठी प्लेटें पोंछकर मालिन बी उसकी रकाबी में डाल देती थी। जूठी हड्डियाँ, ब्रेड के टुकड़े, केले के छिलके, वह सब चीज़ें

ख़ूब मज़े ले-लेकर खाती थी कि अब मेरे घूरने की बारी आ जाती। मैं स्कूल का यूनिफ़ार्म पहने, कन्धे पर बैग लटकाए, वरांडे में कार का इन्तज़ार करती थी। लेकिन मेरी नज़रें रोशन पर टिक जातीं। जब हमने खाया था, तो वह खाना इतने मज़े का न था। वह कैसे चटख़ारे भर रही थी। मैं उसे हर वक़्त डाँटती रहती थी। उसकी चोरियाँ और ग़लतियाँ ढूँढ़े जाती, मगर मेरी उस डाँट-फटकार के बावजूद वह हर वक़्त मेरी ख़ुशामद किए जाती थी। उसकी माँ कहती थी, यह थोड़ी सी पागल है। इसका बाप भी ऐसा ही सनकी है। शराब पीकर सड़कों पर घूमता फिरता है। स्कूल जाते वक़्त मेरा बैग उठाकर कार में रखना और आते ही मुझे देखकर तालियाँ बजाना रोशन के फ़राइज़ (कर्तव्यों) में दाख़िल था। कभी वह मेरा सफ़ेद जूता छू लेती, तो मैं उसे डाँट देती थी।

वरांडे तक आकर वह रुक जाती थी, क्योंकि उसे ऊपर आने की इजाज़त नहीं थी। क्या पता कोई चीज़ उठा ले ! इन नीच ज़ातवालों का क्या भरोसा !

इसके बावजूद मम्मी मालिन बी को पूरा घर-बार सौंपकर लन्दन और पेरिस की सैर करने निकल जाती थीं। मम्मी अपने दोस्तों से अंग्रेज़ी में कहतीं, "यह झोंपड़ियों में रहनेवाले सब लुटेरे होते हैं। फिर भी यह औरत आजकल के नौकरों से बेहतर है !"

मगर मालिन बी पर वे हर वक़्त अहसान जताती रहती थीं कि उसके आवारा शौहर की वजह से उन्होंने मालिन बी को घर में पनाह दी है, और फिर रोशन मुफ़्त में पल रही है। अगर आज मम्मी उन्हें निकाल दे, तो दर-दर भीख माँगनी पड़ेगी—जवान बेटी के साथ। इसीलिए बग़ैर तनख़्वाह दिए मम्मी ने रोशन को भी छोटे-मोटे काम पर लगा दिया था। बच्चों के कपड़ों पर इस्तिरी करना, घंटी की आवाज़ पर गेट की तरफ़ दौड़ना, ड्राइंग-रूम में चाय ले जाना, छोटी-मोटी चीज़ें लाने बार-बार बाज़ार के चक्कर...रोशन यह सब काम बड़ी ख़ुशी के साथ दौड़-दौड़कर करती थी। बड़ी एहतियात के साथ, जैसे मम्मी ने यह काम उसे सौंपकर कोई इज़ाज़ (सम्मान) बख़्श दिया हो।

एक दिन मैं स्कूल से आई, तो देखा, लॉन के बीचवाली रविश की मिट्टी इकट्ठी करके रोशन ने बहुत ख़ूबसूरत नन्हा-सा घर बनाया था। छोटी-छोटी डालियाँ तोड़कर नन्हा-सा बाग़ लगाया था, और अब मेहरानी की लड़की अमोली के साथ बैठी बड़े जतन के साथ मिट्टी के नन्हे-नन्हे बर्तन बना रही थी।

"अरे ! तूने हमारे लॉन की मिट्टी क्यों ली ?"

मैंने लात मारकर उसका बनाया हुआ घर तोड़ दिया। इतना अच्छा घर रोशन का हो, मैं यह बात बर्दाश्त नहीं कर सकती। रोशन सहम गई। मिट्टी में सने हुए हाथ झटककर वह सिर झुकाए मुजरिमों की तरह खड़ी हो गई। आँखों में आँसू भरे हुए थे। इतना ख़ूबसूरत घर तोड़ देने पर मुझे भी दुख हुआ था।

"ख़बरदार, जो फिर कभी हमारे बाग़ की किसी चीज़ को हाथ लगाया !" नन्ही-नन्ही डालियों से सजाया हुआ उसका बाग़ भी मैंने सैंडल से रौंद डाला।

"चल रोशन ! अपन रेड्डी साब के लॉन में खेलेंगे," उसकी सहेली अमोली ने गेट के बाहर जाकर पुकारा।

"नहीं," मैं ज़ोर से चिल्लाई, "रेड्डी अंकल का लॉन भी हमारा है। तुम दोनों वहाँ गईं, तो मैं ख़ूब मारूँगी !"

मेहतरानी की छोकरी ने मेरा मुँह चिढ़ाया और हँसती हुई चली गई। रोशन बड़े ताज्जुब से मुँह खोले मुझे देखने लगी। थोड़ी देर बाद उसने पूछा, "रेड्डी साहब का लॉन भी आपका है ? यह सब घर भी आपके हैं न ? यह सब फूल, माटी, हर चीज़ आपकी है...?"

"हाँ, और क्या !" मैंने बड़े ग़रूर से एक शहज़ादी के अन्दाज़ में जवाब दिया।

दूसरे रोज़ मैं अपने कमरे में होम-वर्क कर रही थी, तो रोशन ने खिड़की से झाँककर कहा, "शमी बीबी, जल्दी आइए, एक लड़का आपकी सड़क पर पेशाब कर रहा है !"

मुझे बहुत हँसी आई। यह अहमक़ समझती है कि उस कालोनी की सड़कें भी हमारी हैं।

शाम के खाने पर मैंने मम्मी को यह बात सुनाई, तो सब बहुत हँसे। ख़ासतौर से मम्मी तो बहुत ख़ुश हो गईं। मम्मी मेरे चाचा के मकान के एक हिस्से के लिए दस बरस से मुक़दमा लड़ रही थीं। अब अचानक इतनी दौलत मिल जाने के तसव्वुर (कल्पना) ही ने उन्हें मालामाल कर दिया। असल में मम्मी को लोगों पर रोब डालने का बहुत शौक़ है। वह अपने मिलनेवालों, दोस्तों पर हर वक़्त, रोब झाड़ती रहती हैं कि 'आबड्स' पर फ़र्नीचर की दुकान हमारे रिश्तेदारों की है। उस कालोनी के सब ख़ूबसूरत मकान हमारी फ़ैमिली के हैं। वह जो सड़क पर सुर्ख़ मारुति जा रही है, वह हमारी है।

ज़मीन पर बैठी, जूठे चावल खाते में रोशन मम्मी की बातें बड़े ग़ौर से सुनती थी। नीचे गिरे हुए चावलों के साथ-साथ मम्मी की तमाम बातें भी चुन-चुनकर उसने अपने दिल में सँभाली थीं। मम्मी का रंगों में डूबा चेहरा, पेंसिल की नोक जैसी एड़ीवाले सैंडल्ज़ और जगमग करती साड़ियाँ रोशन को बहुत अच्छी लगती थीं। वह मम्मी को बड़े शौक़ से देखे जाती। जब मम्मी कार स्टार्ट करके चली जाती थीं, तो वह गेट बन्द करके कहती, "आहा...अभी तक बेगम साहिबा की ख़ुशबू आ रही है...."

शाम को जब टी.वी. पर प्रोग्राम शुरू होते हैं, तो रोशन दूर आँगन में ज़मीन पर बैठी बड़ी दिलचस्पी से सारे प्रोग्राम देखती...किस दिन किस वक़्त कौन सा प्रोग्राम होता है, और उसमें काम करनेवाले कौन एक्टर हैं, रोशन को सब याद था। कई बार डैडी ने मम्मी से कहा कि बाहर बहुत सर्दी है। रोशन को कमरे में बैठने दो, मगर मम्मी ने मुँह बनाकर इनकार कर दिया। मम्मी का ख़याल था कि ग़रीब लोगों को सर्दी नहीं लगती...तभी तो वे स्वेटर पहने बग़ैर आराम से फिरते हैं।

टी.वी. प्रोग्राम देख-देखकर रोशन को बहुत से फ़िल्म-स्टारों का नाम मालूम हो गया है। राजेश खन्ना उसे बहुत पसन्द है। जब कभी किसी अच्छे मर्द की बात होती, तो वह कहती, "बिल्कुल राजेश खन्ना की सूरत है वह।" अमोली उसकी पक्की सहेली थी। दोपहर को वे दोनों मेरे कमरे की खिड़की के नीचे बैठी 'पंच गिटे' खेलतीं या

क्रोशिया पर रंगीन धागों से बेलें बुनती थीं। रोशन ख़ूब शेख़ी बघारती, ''अमोली ! तुम्हें मालूम है, हमारी शमी बीबी की शादी राजेश खन्ना से होगी !''

''चल झूठी,'' अमोली हमारी बड़ाई और शानो-शौक़त को बिल्कुल न मानती थी।

''अरे, सच्ची, तेरे को मालूम, बेगम साहिबा की दोस्ती तो गब्बर सिंह से भी है। जब शमी बीबी की शादी होगी न, तो हेमामालिनी नाचने को आएगी !''

''हेमामालिनी...?'' अमोली ने ताज्जुब से कहा और फिर रोशन की ख़ुशामद करने लगी, ''रोशन ! हेमामालिनी का नाच मैं भी देखूँगी !''

''हटो, तू वहाँ झाड़ू देने के बहाने आ जाना।''

एक दिन रोशन ने अपना आँचल खोलकर फ़र्श पर बिखेर दिया। टूटी चूड़ियों के नग, उनमें मोती, कपड़ों से झड़ जानेवाली चमकियाँ और रंगीन बटन, वह फ़र्श पर सब बिखेरकर अच्छी-अच्छी चीज़ें अलग कर रही थी।

''अमोली ! तेरे को मालूम है, यह चमकदार चूड़ियों के टुकड़े शमी बीबी के हैं,'' वह सब ख़ूबसूरत चीज़ें मेरे हिसाब में शामिल कर रही थी। मेरे हर हुक्म की तामील उस पर वाजिब थी। एक दिन वह दौड़ती हुई आई, ''बीबी, वह जो ख़ूबसूरत से साहब सड़क पर जा रहे हैं, वे आपके दोस्त हैं न ?'' उफ़्फ़ोह ! इतनी गर्मी में यह छोकरी सड़कों पर जानेवाले ख़ूबसूरत लड़कों को घूर रही है। ''रोशन, अन्दर आकर ज़रा मेरे कपड़ों पर इस्तिरी तो कर दे !''

''आपके कमरे में आ जाऊँ ?'' उसने ताज्जुब से पूछा।

उसके लिए यह बहुत बड़ा इज़ाज़ (सम्मान) था कि मैंने उसे अपने कमरे में बुलाया था। पागलों की तरह वह चारों तरफ़ देखने लगी, ''आपके कमरे में गर्मी क्यों नहीं है ? इतनी ठंड कैसे हो रही है ?'' वह छत पर देखने लगी, जहाँ पंखा बन्द था।

''मैंने कमरा बन्द करके यह मशीन खोल दी है न, ताकि ठंडी हवा कमरे से बाहर न जाए,'' मैंने उसे एयरकंडीशनर का काम समझाया।

''अच्छा ?'' उसने ताज्जुब से कहा, ''ठंडी हवाएँ भी आपकी बात मान लेती हैं ?'' मुझे हँसी आ गई। उसकी माँ कहती है, रोशन पर कोई साया है। जभी तो वह हर वक़्त हँसे जाती है। थोड़ी सी पागल लगती है।

वह मेरे कमरे की चीजों को यूँ छू रही थी, जैसे उन्हें कोई दुख न देना चाहती हो। मम्मी हर वक़्त सब पर ख़ूब रोब जमाती रहती हैं अपने अख़्तियारात (अधिकारों) का। खिलनेवाले फूलों और चलनेवाली हवाओं को भी मम्मी रोक सकती हैं। इस बात का अन्दाज़ा मुझे उस दिन हुआ जब मम्मी ने बड़े सुकून के साथ मुझे हुक्म दिया कि ख़ालिद से मैं अब कभी न मिलूँ। ख़ालिद एक आर्टिस्ट था। बहुत मशहूर आर्टिस्ट, जिसकी शोहरत मुल्क से बाहर भी पहुँच चुकी थी। बड़ा लाउबाली (स्वच्छन्द) सा नौजवान, बेहद सादगी-पसन्द। खुले दिलो-दिमाग़ का आदमी। अपने आपमें गुम, अपनी शोहरत से लापरवाह। क्लब में उसका रिसेप्शन हुआ, तो मम्मी सबसे आगे थीं। उस रात खाने पर मम्मी डैडी से बहस किए गईं, कि आर्ट का हमारी ज़िन्दगी से कितना गहरा ताल्लुक़

है और आर्टिस्ट लोग कितने अज़ीम होते हैं।

डैडी बेचारे बिज़नेसमैन, दो और दो चार से ज़्यादा कुछ न सोचते। वे अपने ऑफ़िस में सितारे की तरह जगमगाते थे, मगर घर में जब मम्मी तुलूअ (उदय) होतीं, तो अपना सारा उजाला समेटकर ग़ुरूब (अस्त) हो जाते थे। उनके सोचने, बोलने और ख़ुश होने के सारे हक मम्मी की मसलहतों (हितों) के लॉकर में बन्द रहते थे। मम्मी जितना कहतीं, डैडी उतना ही बोलते। जैसा कहतीं, वैसा ही करते। रोशन ठीक कहती है, इस काइनात (सृष्टि) में हर चीज़ मम्मी की है।

एक दिन मम्मी ख़ालिद से मुझे मिलाने ले गईं, और जब वह पहली बार मेरे घर आया, तो मम्मी ख़ुशी के मारे खिल उठीं...बिला ज़रूरत उन्होंने अपने कई दोस्तों को फ़ोन करके बताया कि इस वक़्त उनके घर में मुल्क का एक मशहूर आर्टिस्ट बैठा है।

मम्मी को ग़ैर-मामूली चीज़ें बहुत अच्छी लगती हैं। ख़ालिद को एक कप चाय पिलाने के बाद उन्होंने फ़ौरन ड्राइंग-रूम के लिए एक पेंटिंग की फ़रमाइश कर डाली। उसके लिए उन्होंने बड़ी-से-बड़ी क़ीमत का ऑफ़र किया। मैं सामने बैठी थी। इसलिए ख़ालिद ने अपनी पेंटिंग की कीमत मुक़र्रर (तय) कर ली। मम्मी इस फ़न में माहिर हैं। किससे, किस वक़्त, किस तरह कुछ हासिल करना चाहिए, यह बात मम्मी अच्छी तरह जानती हैं।

उस दिन मम्मी बार-बार मुझसे कह रही थीं, "शमी ! ख़ालिद साहब को अपना घर दिखाओ ! अपनी नज़्में सुनाओ। अपने गार्डन में ले जाओ..." मैंने ख़ालिद को अपना घर दिखाया। अपना कमरा दिखाया। अपनी शायरी सुनानी चाही, मगर वे कुछ सुनें भी...वे तो सिर्फ़ मुझे देखते रहे...ये आर्टिस्ट लोग न जाने कहाँ जीते हैं। इनका कोई ओर-छोर नहीं होता। इनसे मिलो, तो इंसान नीचे-ही-नीचे कहीं चला जाता है। घुप अँधेरे में टामक टोइयाँ मारता है, मगर कहीं राह सुझाई नहीं देती।

मेरा दम घुटने लगा। मैं घबराकर ख़ालिद को थामना चाहती, तो वह ह्यूला (साया)-सा बन जाता। मुझे ऐसा लगता, जैसे मेरे अन्दर जो कड़वाहट, ख़ुदसरी (उद्दंडता) थी, वह हल्के-हल्के, मीठे-मीठे रंगों में घुलकर एक नदी-सी बन गई है। रंगों, उमंगों और भावनाओं की नदी, जिसमें डूबकर मैं उभरना नहीं चाहती।

ड्राइंग-रूम में ख़ालिद की पेंटिंग लग गई। उस पेंटिंग को दिखाने के लिए मम्मी ने एक शानदार पार्टी की, जिसमें शहर के तमाम मुअज़िज़ (सम्मानित) मेहमानों ने मान लिया कि मुल्क का इतना मशहूर आर्टिस्ट भी हमारा है। उसके बाद मम्मी को बार-बार ख़ालिद का घर आना अच्छा नहीं लगता था। कई बार मैं घर में होती, लेकिन ख़ालिद आते, तो मम्मी रोशन से कहतीं, "कह दो, घर में कोई नहीं है।"

और मैं घबराकर मम्मी को देखती। वह कितनी आसानी के साथ मेरे वजूद से इनकार कर देती थीं।

बड़े गन्दे होते हैं ये आर्टिस्ट ! बेचारे निचले तबक़े के लोग...सिगरेट तक पीने का सलीक़ा नहीं। सारा ड्राइंग-रूम गन्दा कर जाते हैं।"

और मैं रोशन की तरह मुँह खोले मम्मी की तरफ़ देखने लगी। अब मुझे यक़ीन-सा होने लगा कि चलती हवाओं को रोकने की ताक़त भी मम्मी के पास है।

"लोग तुम्हारे और ख़ालिद के बारे में कुछ कहें, यह मुझे अच्छा नहीं लगता," मम्मी ने बुरा सा मुँह बनाकर कहा।

मगर मुझे अच्छा लगता है, मम्मी ! मैं मम्मी से कहना चाहती थी, कि ख़ालिद ने मुझे अपने रंगों में घोल दिया है। अब मेरा अपना न कोई रंग है, न वजूद। फिर हम लोगों से क्यों डरें !

लेकिन रोशन ठीक कहती है, वक़्त भी मम्मी का कहना मानता है। हवाएँ उनके इशारे पर चलती हैं। जभी तो मैं भी एक नज़र न आनेवाली डोरी से बँधी मम्मी के इशारों पर नाच रही थी। फिर एक दिन ख़ालिद ऊटी जाने के लिए दो टिकट लेकर आया, तो मैंने आहिस्ता से कहा, "ख़ालिद ! मम्मी को हमारा यूँ घूमना-फिरना अच्छा नहीं लगता, लेकिन...अगर तुम...तुम कहो, तो मैं..." ख़ालिद ने टिकट फाड़ दिए। सिगरेट मुँह में रखकर माचिस जलाई। कुछ देर उसके जले हुए शोले को देखता रहा। फिर बुझा दी।

मेरे बदन पर तो जैसे फ़ालिज गिर गया...मैं अपने बेजान बदन को घसीटती हुई, घर आई, तो मम्मी मालिन बी के साथ ख़ुश-गपियों में मसरूफ़ थीं। रोशन की शादी का ज़िक्र चल रहा था...एक दरज़ी का पैग़ाम था...रँडवा है...चार बच्चों का बाप...एक हज्जाम है। पहले से एक बीवी और छह बच्चे घर में मौजूद हैं। एक जमाल है, रोशन का पड़ोसी। कोई आगे न पीछे। न ज़ात-बिरादरी का पता, न घर-ठिकाना ! लोग कहते हैं, लुटेरा है—वह कहता है, रोशन से निकाह न किया, तो उसे ज़बर्दस्ती उठाकर ले जाऊँगा। सब हँसने लगे...मम्मी को ग़ुस्सा आ गया।

"दस बरस के लिए जेल में सड़वा दूँगी उस लुटेरे को...डी.एस.पी. साहब रोज़ क्लब में आते हैं..." हाँ, शायद लोग नहीं जानते कि मम्मी हक़ के लिए उन लड़नेवालों में से हैं, जो किसी और को सूली पर चढ़ा सकते हैं।

मैंने पलटकर देखा। वरांडे में झाड़ू लगाते-लगाते रोशन रुककर बड़े ग़ौर से मम्मी की बातें सुन रही थी।

"अरे, मैं उसको बहुत डराती हूँ, बेगम साहिबा ! कितनी बार बोली कि हमारी बेगम साहिबा किसी मिनिस्टर को बोलके तेरे को हवालात में डाल देंगी, मगर वह लुटेरा बड़ा ज़िद्दी है। उजाड़ सूरत...शाम होते ही कुत्ते के जैसा दरवाज़े पर आ खड़ा होता है।"

"उस लुटेरे से कह दो कि शहर के तमाम गुंडे हमारी मुट्ठी में हैं। जब कहो, उसे ठिकाने लगा देंगे।"

हाँ, मम्मी ठीक कह रही हैं, रोशन...मैंने सहमी हुई रोशन से कहना चाहा, तू तो जानती है न, इस काइनात (सृष्टि) को चलाने और रोकने की चाबियाँ मम्मी के पर्स में हैं।

इतने छोटे लोगों की ऐसी बातों पर मम्मी को बहुत ग़ुस्सा आता है, जो उन्हें पसन्द न हों, और अगर रोशन की शादी हो गई, तो मुफ़्त में काम करनेवाला दूसरा नौकर कहाँ मिलेगा...मम्मी की लॉकरों में छुपाई हुई मसहलतें (हित) और बग़ैर सूद अदा किए पूरी की जानेवाली ख़्वाहिशों से सिर्फ़ मैं वाक़िफ़ थी।

थोड़ी देर बाद मम्मी का ब्लडप्रेशर बढ़ गया और इंजाइना के दर्द से वे हाँफने लगीं।

कई दिन बाद...

मैं अपने कमरे में सो रही थी, मगर रोशन की सिसकियों ने उठा दिया। वह मेरे कमरे के सामने झाड़ू गोद में रखे रो रही थी।

"क्यों रो रही है ? क्या हुआ ?"

रोशन बड़ी देर तक रोती रही। फिर सिसकियाँ रोककर बोली, "मुझे...मुझे डर लगता है शमी बीबी ?"

"डर लगता है ? किससे ?" मैं आज पहली बार रोशन से इस तरह बातें कर रही थी।

"वह कहता है, आपको मालूम है, वह क्या कहता है ?"

रोशन बेहद ख़ौफ़ज़दह (भयभीत)-सी थी।

"हाँ, बता न, मुझे। वह मुझसे क्या कहता है ?"

रोशन और जमाल के इश्क़ का मज़ेदार हाल मैं सुनना चाहती थी।

"बीबी...वह कहता है, मैं बेगम साहिबा से नहीं डरता..." रोशन अपनी बात कहकर यूँ काँपने लगी, जैसे उसने ख़ुदा के वजूद से इनकार किया हो।

जैसे वह अब मेरी लात खाने की मुन्तज़िर (प्रतीक्षा में) हो।

मगर जमाल की लात तो मेरा मुँह बिगाड़ चुकी थी।

मेरे सारे फूल, ठंडी हवाएँ, नरम मिट्टी और ख़ूबसूरत रंग, सब उस लुटेरे जमाल ने मेरे हाथों से छीन लिये थे।

खाड़ी युद्ध का आख़िरी समाचार

(यह कहानी 1991 में लिखी गई है)

नमस्कार !

आज के मुख्य समाचार :

खाड़ी में युद्ध की तैयारियाँ ज़ोरों पर हैं !

इस युद्ध को टेलीकॉस्ट करने के लिए अमेरिका ने एक बहुत बड़ी फ़र्म से सत्तर लाख मिलियन डालर का कंट्रेक्ट किया है। इन कम्पनियों ने शर्त यह रखी है कि तबाही और बर्बादी के ऐसे मनाज़िर (दृश्य) दिखाए जाएँ, जो कभी पहले नहीं देखे गए। वे सारे ख़तरनाक हथियार इस्तेमाल किए जाएँ, जिनका नाम ले-लेकर गुज़श्ता (पिछले) पचास बरस से सारी दुनिया को दहलाया जा रहा है।

इसलिए आज दुनिया में किसी जगह बच्चे स्कूल नहीं गए। अमिताभ बच्चन के मार-धाड़वाले वीडियो कहीं किसी ने नहीं ख़रीदे। बच्चे दहशत और बर्बादी का एक्शन से भरपूर ड्रामा देखते रहे। आप भी देखिए...

अमेरिकी सदर (राष्ट्रपति) ने कहा है कि इराक़ का यह इल्ज़ाम बिल्कुल झूठा है। हम एक कल्चर्ड क़ौम के नुमाइन्दे किसी मुल्क के मुक़द्दस (पवित्र) मुक़ामात (स्थानों) को तबाह नहीं कर सकते। सिर्फ़ मकानों, बाज़ारों, हास्पिटल और स्कूलों पर ही मिज़ाइल गिरा रहे हैं।

अमेरिकन टी.वी. से वसूल होनेवाली एक वृत्त-चित्र देखिए :

यह समन्दर में बहनेवाले तेल की वजह से परेशान होनेवाले आबी परिन्दे (जल-पक्षी) हैं...इन परिन्दों के दुखी हो जाने पर सारी अमेरिकन क़ौम परेशान है। इन्हें सेहत और सुकून देने के लिए लाखों डालर ख़र्च किए जा रहे हैं। इनके परों से तेल पोंछकर बड़े-बड़े हौज़ों में नहलाकर, इन्हें इंजेक्शन और दवाएँ देकर फिर ज़िन्दगी की तरफ़ बढ़ाया जा रहा है।

युद्ध से मुतआस्सिर (प्रभावित) होनेवाले ख़ानदानों का नफ़सियाती (मनोवैज्ञानिक) इलाज करने के लिए दुनिया-भर के डॉक्टरों से टेंडर तलब किए गए हैं।

खाड़ी में तेल के चश्मों की आग बुझाने के लिए सबसे ज़्यादा बोली लगानेवाली फ़र्म को ठेका दिया जाएगा।

खाड़ी में जो तेल बहाया गया है, उसे साफ़ करने के लिए भी दुनिया-भर की कम्पनियों ने अपने दाम बढ़ा दिए हैं।

जो मुल्क इस युद्ध में अमेरिका के ख़िलाफ़ कुछ न कहेंगे, वे भी क़ीमत के टेंडर भर सकते हैं।

जो मुल्क इस युद्ध के ख़िलाफ़ कुछ कहने को मुँह खोलेंगे, मिज़ाइल का रुख़ उन्हीं के चेहरे की तरफ़ होगा।

इस युद्ध से दुनिया के सभी मुल्कों को लाखों मिलियन डालर की आमदनी होने की सम्भावना है।

सऊदी अरब व क्वेत (कुवैत) के शाहों ने इस युद्ध से लुत्फ़-अन्दोज़ (आनन्द लेने) होने के लिए इस युद्ध से सैकड़ों मील दूर अपने लिए शानदार महल बना रखे हैं, जिस पर किसी मिज़ाइल का असर नहीं होता। इन हमलों में दुनिया की हर आसाइश (सुख-सुविधा) मुहैया की गई है और तमाम शाह और उनके ख़ानदान के आइन्दा बननेवाले शाह-बच्चे, अपने शानदार टी.वी. सेट पर इस युद्ध को देखते हैं। वे पल-पल की ख़बर रखते हैं कि इनके मुल्क पर कब और कहाँ कितने स्कड मिज़ाइल गिरे और कितने अवाम मरे...उन्होंने अपने लिए ऐसे साउंड-प्रूफ़ तहख़ाने बनवाए हैं, जहाँ किसी मरनेवाले की चीख़ नहीं पहुँच सकती।

हमारे संवाददाता के एक सवाल के जवाब में मुल्क के एक प्रधान ने कहा, यह मिज़ाइल्ज़ ऐसे नापाक इरादे रखनेवाले बच्चों के लिए हैं, जो स्कूल में मास्टर से पूछते हैं, ''मुस्तक़बिल (भविष्य) किसको कहते हैं ?''

''आइए, अब हम आपको ऐसी खन्दक़ के पास ले चलते हैं, जो अमेरिकन फ़ौज ने क्वेती (कुवैती) अवाम की हिफ़ाज़त के लिए बनवाई है। कितना लम्बा फ़ासला है...! अब कितनी लम्बी क़तार...न जाने किन वादियों, किन मंज़िलों से गुज़रता हुआ यह क़ाफ़िला सख़्त-जान उस अमेरिकन खन्दक़ तक आ पहुँचा है...यह देखिए...खन्दक़ की तरफ़ भागते हुए अवाम का हुजूम...बेचारे मौत से बचकर छुप जाना चाहते हैं। वे जियाले लोग, जिन्हें ज़िन्दगी से बेपनाह इश्क़ था। उन्होंने इश्क़ को ज़िन्दगी समझा और मौत अपने ऊपर हराम कर ली थी। एक अमेरिकन सिपाही उन्हें हुक्म दे रहा है :

''जल्दी-जल्दी अन्दर चले जाओ।''

''बूढ़ों, बच्चों और नकारा जानवरों को बाहर ही छोड़ो।''

''अपने चेहरों पर मास्क चढ़ा लो। फिर तुम कुछ नहीं देख सकोगे, कुछ नहीं सुन सकोगे। इन खन्दकों में पाँच लाख सऊदी सिपाहियों को रखा गया है, जो युद्ध में अमेरिकन फ़ौज़ के लिए ढाल बन जाएँगे।''

''मेरा नम्बर कौन सा है ?'' सोलह बरस का लड़का टी.वी. के स्क्रीन पर आकर पूछ रहा है।

''यह तो चन्द सेकेंड बाद आनेवाला मिज़ाइल बता देगा, नौजवान ! जाओ, खन्दक के अन्दर उतर जाओ। अपनी आँखें बन्द कर लो और नींद लानेवाली वह दवा खा लो, जो तमाम सऊदी नौजवानों को मुफ़्त दी जाती है, ताकि वह सियासी बाज़ीगरों से हर बात के मानी न पूछें।''

ये सो जाएँ, तो वे मुत्मईन (निश्चिन्त) हो जाते हैं।

"खन्दक के अन्दर उतरनेवाले नौजवानो ! अपने वसीयतनामे हमारे हवाले कर दो। अन्दर जानेवालों में कोई नहीं है, जिसे कल ज़िन्दा रहना हो..."

हमारे दर्शक देख रहे हैं कि हमारे कैमरे के सामने से कई बार एक औरत भागती फिर रही है। वह चिल्ला रही है, "नजफ़ अशरफ़ पर तो कोई बम नहीं गिरा ? मौला अली मुश्किल कुशा पर तो कोई आँच नहीं आई ? क्या कूफ़े से कोई हमारी मदद के लिए आ गया...?"

"स्कड मिज़ाइल से मरनेवालो ! तुम अकेले नहीं हो। तुम्हारी मदद को अहले-कूफ़ा (कूफ़ावाले) आ रहे हैं ? उन्होंने हमसे वायदा किया है।"

हमारा संवाददाता, काली चादरवाली उस औरत की तरफ़ बढ़ता है, "ठहरो...तुम कौन हो ?"

"मैं हसन की माँ हूँ...वे लोग मेरे शौहर को ज़बर्दस्ती पकड़कर ले गए हैं...

"क्या तुम कूफ़े से आए हो ?...क्या हमारी मदद करनेवाले आ रहे हैं ?"

वह औरत उम्मीद-भरे लहजे में पूछ रही है।

"ए सर-बरहना (सिर से नंगी) पाक बीबी, तुम क्वेत के सिपाही की बीबी हो। तुम क्वेत (कुवैत) की माँ हो...तुम इस दश्त (जंगल) की वह लैला हो, जिसका मजनू कोई नहीं है...सब ख़रीदार हैं...क्षमा कीजिए...यह औरत बार-बार हमारे कैमरे के बीच में आ रही है। बहुत ज़ोर-ज़ोर से चिल्ला रही है। आप तो जानते हैं कि जब युद्ध छिड़ जाए, तो सबसे ज़्यादा औरत चिल्लाती है...सारे वार उसकी ज़ात पर होते हैं न ?

"बीबी ! तुम अपने बारे में हमें कुछ बताओगी ?"

ख़ौफ़ और ग़म से काँपती हुई वह औरत जैसे पागल हुई जा रही है। अपनी फटी हुई चादर में एक बच्चे को छुपाए वह चारों तरफ़ देख रही है। बार-बार कहती है, "ठहरो...मुझे क़िब्ला (काबा) की तरफ़ मुँह करके दुआ माँगने दो... क़िब्ला किधर है ?"

(औरत पलटकर मेरी तरफ़ देखती है) या अल्लाह...इतनी आग...इस धुएँ में मेरा क़िब्ला छुप गया है...अब मैं अज़ान की आवाज़ कैसे सुनूँगी...? या अल्लाह...अब क्या होगा ! अरे ज़ालिमो...! तुमने स्कड मिज़ाइल के शोर में अज़ान की आवाज़ खो दी है...

तुम मेरी आवाज़ अर्श (आकाश) तक क्यों नहीं जाने देते !

"बीबी...अपना नाम बताओगी ?"

"**तुम क्या जानो, मैं कौन हूँ**? इस ज़मीन की माँ हूँ, जहाँ ग़रूर का हर आईना शिकस्त हुआ है।"

फिर वह अपने बच्चे से कहती है, "देख मेरी जान ! ऊपर की तरफ़ देखो।

(वह औरत बच्चे को ऊपर की तरफ़ कुछ दिखाती है।) हर माँ अपने नन्हे से बच्चे को हमेशा ऊपर की तरफ़ कुछ दिखाती है—कोई वायदा, उम्मीद का जगमगाता हुआ

चाँद, अमन और मुहब्बत का पैगाम लेकर आनेवाली रंगीन चिड़िया...

बच्चा ऊपर की तरफ़ देखता है...क़हर बरसाता हुआ स्कड मिज़ाइल और सारे अरब पर छा जानेवाले धुएँ का स्याह बादल...अब कोई भला आदमी, कोई मुकद्दस (पवित्र) पैकर (आकार) उस स्याह धुएँ को हटाकर कैसे आएगा !

"क्या अहले-कूफ़ा हमारी मदद को आ रहे हैं ?" पागल औरत उम्मीद-भरे लहजे में पूछ रही है, "या अल्लाह...इन सबकी ख़ैर हो... या मौला अली मुश्किल कुशा... हुसैन...हुसैन...हुसैन...सुनो, भाई," (वह औरत मेरी तरफ़ मुड़ जाती है।)

"इस जंग में तुम्हें हुसैन जैसा कोई सिपाही नज़र आता है क्या ? इराक़ की न्यूज़ एजेंसी ने इस ख़बर को ग़लत ठहराया है कि सद्दाम हुसैन का महल तबाह हो गया है और सद्दाम हुसैन मारे गए हैं। सदर सद्दाम हुसैन सेहत व सलामती के साथ एक ऐसे शानदार आरामदेह महफ़ूज़ महल में जा छुपे हैं, जिन पर किसी आफ़त-मुसीबत का कोई असर नहीं होता। एक इराक़ी संवाददाता ने बताया कि एक सद्दाम हुसैन के मरने से कोई फ़र्क़ नहीं पड़ेगा, क्योंकि इस वक़्त इराक़ में चार सद्दाम हुसैन घूम रहे हैं। ये चारों मर जाएँ, तब न जाने और कितने सद्दाम हुसैन इराक़ में पैदा हो जाएँगे। यह संवाददाता इस बात का जवाब नहीं दे सका कि अमेरिका में इस वक़्त कितने जार्ज बुश हैं और कितने पैदा होनेवाले हैं ?"

सदरे मोहतरम (आदरणीय) सद्दाम हुसैन, इस महल में महफ़ूज़ हैं और नहीं जानते कि एक नन्हे से बच्चे की माँ मोजिज़ों (चमत्कारों) की इस सर-ज़मीन पर खड़ी है। घोड़ों की टापों से उड़नेवाली इस गर्द को देख रही है, जो एक जवाँ-हिम्मत हुसैन जैसा बहादुर उड़ाएगा। वह सर-बुलन्द इंसान, जिसका इज़्म (संकल्प) ख़ुदा को अर्श से कोहे-तूर पर खींच लाया था, आज इस औरत के आसपास कर्बला की फिर वही रात आ पहुँची है, जब अहले-कूफ़ा ने इमाम हुसैन को अपनी रफ़ाक़त (साथ) का यक़ीन दिलाकर कर्बला की रेत पर तनहा छोड़ दिया था...

अब हमारे खाड़ी के संवाददाता से एक ताज़ा-तरीन ख़बर सुनिए—नमस्कार, मैं फारूक़ अहमद बहरे-हिन्द (हिन्द-सागर) के किनारे सऊदी अरब की सर-ज़मीन पर खड़ा हूँ। (मैंने दिल में सोच रखा था कि इस धरती पर पहुँचा तो सिर के बल जाऊँगा।) यह ज़मीन, जो इंसान की अज़मत (प्रतिष्ठा) की मुज़हिर (द्योतक) है। यह ज़मीन, जो दुनिया में आनेवाले पैग़म्बरों का ज़ीना बनी। यहीं से वह राह मिलती है, जो अर्शबरों (स्वर्ग) तक होती है। जब कभी दुनिया में ज़ुल्म ने सिर उठाया, तो यहाँ एक मोजिज़ा (चमत्कार) तुलूअ (उदय) हुआ। एक सीना ताने हुसैन बातिल (असत्य) क़ुव्वतों (शक्तियों) के ख़िलाफ़ उठ खड़ा हुआ...वह ज़लालत मआब (प्रकाशमान) इंसान...मौला अली मुश्किल कुशा...मैं इस ज़मीन को देखना चाहता हूँ, जिसकी अज़मत पर आसमान ने झुककर सजदे किए हैं...

क्षमा कीजिए...मैं कुछ दूसरी बातें करने लगा। मुश्किल यह आ पड़ी है कि मैं जो कुछ देख रहा हूँ, वह आपको नहीं दिखा सकता। मेरे चारों तरफ़ काले धुएँ के बादल

और हर तरफ़ लाशों और इमारतों के बिखरे हुए टुकड़े हैं। मेरे पाँव तले की उस दलदल में डूब गए हैं, जिसके एक-एक क़तरे के लिए लाखों इराक़ी और क्वेती (कुवैती) सिपाहियों ने अपनी जान गँवाई है...

अब यहाँ टूटे हुए अहम व पैमान (प्रतिज्ञाएँ व वचन) है...अक़ीदों (श्रद्धाओं) की बिखरी हुई किरचियाँ...और असलाफ़ (पूर्वजों) के शिकस्ता निशान....

जैसा कि हमारे दर्शक देख रहे हैं। यहाँ हर तरफ़ ज़हरीली गैस का धुआँ है और हर सेकेंड स्कड मिज़ाइल का शोला लपक रहा है...

आज दजला के किनारे स्याह रात ने फिर मासूम निहत्थे लोगों को घेर लिया है। हाथ को हाथ सुझाई नहीं देता। जले हुए ख़ेमों में सर-बरहना (नंगे सिर) बे-यारो मददगार (असहाय) पाक (पवित्र) बीवियाँ चिल्ला रही हैं। आज शहर पर क्या आलमे-तनहाई है....

यह आवाज़ हमारे दर्शक सुन रहे होंगे ?

हर तरफ़ लोग चिल्ला रहे हैं...कोई ख़बर आई...?

अहले-कूफ़ा हमारी मदद को क्यों नहीं पहुँचे ? अपने असलाफ़ (पूर्वजों) के मकबरों के मजावर अपने वायदे तेल के चश्मों में डुबो चुके हैं।

पैग़म्बरों और मोज़िज़ों की इस सर-ज़मीन पर मैं तनहा खड़ा हूँ...

मैं दूरदर्शन का संवाददाता...फारूक़ अहमद...जब कभी दिल डूबने लगता था, मुझे इस ज़मीन की तरफ़ मुँह करके सुकून मिल जाता था। मैं फिर इस तरफ़ ताक़ रहा हूँ। दिल को ठंडक पहुँचनेवाली कोई दुआ याद कर रहा हूँ, मगर मेरे ज़ेहन में क़ुरआन की सिर्फ़ एक आयत गूँज रही है :

"तू उस दिन का इन्तज़ार कर, जब आसमान से खुला-खुला धुआँ निकलेगा और लोगों पर छा जाएगा। आसमान जा-ब-जा फट जाएगा और उसमें दरवाज़े खुल जाएँगे।"

कहाँ हैं वे दरवाज़े ? मैं अँधेरे में चारों तरफ़ टटोलता हूँ, "कौन...? कौन हो तुम...?"

"मैं उस क़ाफ़िले का एक फ़र्द (व्यक्ति) था, जो मुहब्बत और दोस्ती का हाथ बढ़ाने को दश्त (वन) की ओर चले थे, मगर धोखेबाज़, बदनीयत यज़ीदों ने हमारे ऊपर आफ़तों के गोले बरसाए और मेरे चारों ओर कर्बला की रात छा गई।

क्या अहले-कूफ़ा ने अमन का कोई पैग़ाम भेजा है ? कोई ख़बर आई है ?

यह कौन है ? सिरों पर फटनेवाले मिज़ाइल की रोशनी मैं देख रहा हूँ ?... वह ख़ाक व ख़ून में नहाया एक इराक़ी सिपाही था। तेल के खौलते हुए लावे ने उसे यहाँ ला पटका था।

"इराक़ के जवान हिम्मती सिपाही ! मैं दूरदर्शन का एक संवाददाता हूँ...

क्या तुम बता सकते हो कि क्वेत (कुवैत) का तेल सस्ते दामों ख़रीदने के लिए तुमने अपनी क्या-क्या चीज़ें सस्ते दामों में बेच दी हैं ?"

"मैं कहाँ हूँ...?" ज़ख़्मों से चूर सिपाही लड़खड़ाते हुए मुझसे पूछ रहा है, "तुम

इस जगह हो, निडर जाँबाज़...जहाँ पर दोनों तरफ़ से आनेवाले मिज़ाइल तुझे अपना निशाना बना रहे हैं, क्योंकि तेरी मौत सदर मोहतरम के सीने पर जगमगानेवाले तमग़ों में इज़ाफ़ा करेगी...''

''तुम संवाददाता हो...?'' वह थका हुआ सिपाही चौंक पड़ा।

''क्या तुम दजला के उस पार भी गए थे ? क्या तुमने किसी काली चादरवाली औरत को देखा ? उसकी गोद में मेरा बच्चा होगा। वह इन्तज़ार कर रही होगी, उन लोगों का, जो हमारी मदद को आनेवाले थे।''

मैं दूरदर्शन का संवाददाता सिपाही की इस बात का जवाब नहीं दे सकता।

''कर्बला-ए-मुअल्ला (कर्बला का मुख्य उच्च स्थल) पर तो कोई बम नहीं गिरा है न...? तुम मेरी बात का जवाब क्यों नहीं देते ?'' वह अपने माथे से बहता हुआ ख़ून पोंछकर मुझसे पूछता है।

''कर्बला का मैदान तो अब सारी खाड़ी पर फैल गया है, सिपाही ! तुम जैसे मासूम, निडर, इंसानों की जुर्रत तो हर मुकाम पर कर्बला की रात ले आती है।''

''मुझे पानी दे दो...मैं प्यासा हूँ,'' वह लड़खड़ाके अपनी गन थाम लेता है, 'पानी अब तुम्हारे लिए नहीं बचा...' बे-कराँ (असीम) समन्दर में बहते हुए तेल की चादर एक सराब की तरह जगमगा रही है।

''मुझे पानी दे दो। मैं पानी पीकर ज़िन्दा रहना चाहता हूँ। दुश्मन से मुझे मुक़ाबला करना है।''

''तुम्हारे दुश्मन...? कौन हैं वे ?'' मैं चाहता हूँ, मेरी बातों में उलझकर वह अपनी प्यास भूल जाए।

''मैं उन्हें नहीं पहचानता। मेरे दुश्मनों की लिस्ट...मेरे मुल्क की हर आन बदलनेवाली सियासत के साथ बदल जाती है।''

''कभी तुम सोचते हो कि तुम्हारी गोली का निशाना कौन बन रहा है ?'' मैं उसकी तरफ़ अपना माइक झुका देता हूँ, मगर वह हाथ से माइक को धकेल देता है।

''नहीं,...यह बात मेरे सोचने की नहीं है। सिपाही सोचा नहीं करते।''

फिर वह अपनी गन के सहारे खड़ा होकर अपने ज़ख़्मी पैरों को देखता है। अपने सिर से बहते हुए ख़ून को हाथ से पोंछता है, और फिर बड़े उम्मीद-भरे लहजे में कहता है, ''दूरदर्शन के संवाददाता...तुम तो बहुत कुछ जानते हो...बड़ी दूर तक देख सकते हो...क्या मोज़िज़ोंवाली सर-ज़मीन की तरफ़ से कोई क़ाफ़िला हमारी सम्त (तरफ़) बढ़ता आ रहा है ?''

''नहीं...'' मैं ज़मीन की तरफ़ निगाहें झुकाकर बड़ी शर्मिन्दगी के साथ कहता हूँ, ''हर मुहाज़ पर सोचे बग़ैर लड़नेवाले दिलेर सिपाही...आनेवाले क़ाफ़िला-ए-हजाज़ में एक भी हुसैन नहीं है...''

खाड़ी युद्ध के आख़िरी समाचार के साथ अब हमें आज्ञा दीजिए...नमस्कार...

खेल का तमाशाई

ड्रामा शुरू हो रहा था।

दूसरों की कही हुई बातों पर होंठ हिलाने की प्रैक्टिस कर ली थी मैंने।

स्याह दाढ़ीवाला हमारा ऊँचा पूरा डाइरेक्टर भगवान दास स्टेज के बीच में खड़ा चिल्ला रहा था। उसी के इशारे पर मुझे मुड़ जाना था। आगे बढ़ना था। थम जाना था।

प्रोम्प्टर अपनी किताब खोले मेरी तरफ़ झुका हुआ था।

"तुम भूले-भटके इस गाँव में आ निकले हो। वह तुम्हारे पीछे दौड़ेगा अगर तुम अपना बचाव नहीं कर सके, तो मारे जाओगे।"

मेरे क़त्ल का मंज़र देखने के लिए हज़ारों तमाशाई मुन्तज़िर (प्रतीक्षा में) हैं।

मुँह पर मुखौटा बाँधे, हाथ में तलवार लिये, वह मेरे सिर पर आ खड़ा हुआ, जैसे मुझ पर वार करना था।

"बचाओ...बचाओ..." मैं दोनों हाथ सिर पर रखकर चिल्लाया।

"भागो...भागो," यह मेरे डायलाग्स थे, मगर मेरी बजाय हाल में बैठे हुए तमाशाई चिल्लाने लगे। हर तरफ़ भगदड़ मच गई।

(हम यह ड्रामा नुक्कड़ पर नहीं कर रहे थे।)

राइटर ने बड़े सोच-विचार के बाद स्क्रिप्ट लिखा था। भगवान दास ने बड़ी मेहनत से सेट तैयार किए थे, जैसे भगवान इस दुनिया को सँवारता है, मगर हाल में बैठे एक आदमी ने दूसरे को चाक़ू मारके ड्रामे को क्लाइमिक्स पर पहुँचा दिया था। अब हर तरफ़ अँधेरा छा गया। तमाशाई हमारा ड्रामा छोड़कर भागने लगे। भगवान दास घबरा गया, क्योंकि शहर के मंच पर भगवान ने एक दूसरा ड्रामा शुरू कर दिया था। लोग गोलियों की ज़द से बचने के लिए चिल्लाते हुए दौड़ रहे थे।

तबाही का इतना बड़ा सेट ऊपरवाला भगवान जल्दी न जाने कैसे तैयार कर लेता है !

वह भी हमारे डाइरेक्टर की तरह ज़माने का रुख़ पहचान गया। क़त्ल व गारतगरी के हमेशा नए और अनोखे मंज़र दिखाए जाने लगे हैं।

"लोगों का जमालियाती ज़ौक़ (सौन्दर्य सम्बन्धी रुचि) बुलन्द हो गया है," भगवान दास यह बात बार-बार अपने आर्टिस्टों से कहता है।

"अब तुम यहाँ से भाग जाओ। मैं कल सुबह तुम्हें नेहरू स्क्वायर पर मिलूँगा," घुप अँधियारी में कहीं से भगवान दास की आवाज़ उभरी और डूब गई। (भगवान के वायदे मुझे हमेशा आगे की तरफ़ ढकेलते रहे हैं)

"बचाओ..बचाओ..." मैं चिल्लाता हुआ भाग रहा था। घुप अँधियारी में रोते-चिल्लाते लोगों के साथ-साथ...कुछ चीज़ें मुझसे दूर हो जाती हैं, मगर क़रीब कुछ नहीं आता...अब मेरे साथ-साथ कर्फ़्यू की काली रात भाग रही है और ऊपर तारों से झिलमिलाता हुआ आसमान फैला है। हर चौराहे पर वे मुझे घेर लेते हैं। मेरा ख़ौफ़ से ठंडा बदन छूकर पूछते हैं, "क्या यह ज़िन्दा है ?"

"नहीं, मैं मर चुका हूँ," मैं उनसे इल्तिजा (निवेदन) करता हूँ।

उन्हें मेरी बात पर यक़ीन आ गया। मर जाने का एतिराफ़ (स्वीकृति) ही तो मौत है।

वे आगे बढ़ गए। ज़िन्दा लोगों को मारने के लिए।

थोड़ी देर बाद अँधेरे में बरछे चमकाता हुआ एक और हुजूम मेरे पीछे-पीछे आने लगा। वे सब मेरी तलाश में हैं, क्योंकि उन्हें मुझे मारने का अख़्तियार है। वे मुझे कब से ढूँढ़ रहे हैं। कब से मेरा पीछा कर रहे हैं ! वे मुझसे बेहतर हैं कि अपने मिशन की तकमील (पूर्ण) कर रहे हैं। एक मैं हूँ कि बार-बार सोचता हूँ...रुक जाऊँ,...भागता रहूँ...

मौत मेरे पीछे आ रही है, तो कितने दुख, कितने पछतावे मेरे सामने आन खड़े होते हैं। मैंने अपने मज़हब के उसूल भी भुला दिए थे, मगर स्टेज पर अवतारों, देवताओं, के विचार चिल्ला-चिल्लाकर तमाशाइयों को सुनाता रहा हूँ...वे सब भोले-भाले तमाशाई, जो मुझे भगवान के रूप में देखकर ख़ौफ़ से सिर झुका लेते थे। राम बनकर चौदह बरस के वनवास की एक्टिंग मुझे इतना थका देती थी कि पर्दा गिरते ही राम का वस्त्र उतार फेंकता था। लोगों की तालियाँ मेरा सिर ऊँचा कर देती थीं।

मगर मैं राम के रूप में थोड़ी देर जाने की हिम्मत कभी न कर सका। स्टेज के पीछे जाने के बाद मुझे संसार में फैला अन्याय न नज़र आया, न मैंने किसी की एक छोटी सी ख़ुशी पूरी करने के लिए अपने मन को मारने की बात सोची।

मगर अब मैं चिल्ला-चिल्लाकर लोगों को सुनाना चाहता हूँ कि मुझे मत मारो। मैंने भगवान के रूप धारे हैं। तुमने मुझे राम की शक्ल में देखा है।

हर तरफ़ मेरी आवाज़ गूँज रही है। हर तरफ़ से मारनेवाले मुझे घेर रहे हैं।

ऊँची बिल्डिंगोंवाले लोग अपनी खिड़कियाँ खोलकर मेरे मरने का तमाशा देख रहे हैं। उन्होंने अपने कैमरों का फ़ोकस मेरे ऊपर कर दिया है। उस फ़िल्म को वह दुनिया की महँगी मार्किट में बेचकर इस साल का नेशनल एवार्ड हासिल करेंगे। (दुनिया आर्ट की क़द्र करती है) इसीलिए तो मुझे इस दुनिया से इतना प्यार है, जैसे यह दुनिया ख़ुदा ने नहीं, मैंने बनाई है। अभी थोड़ी देर पहले मेरी मौत और हयात (ज़िन्दगी) भगवान दास के हाथ में थी।

"अगर अपना बचाव न कर सके, तो मारे जाओगे..." स्टेज पर तलवार उठानेवाला मेरा दुश्मन शायद अब भी मेरा पीछा कर रहा है। इसलिए मैं भाग रहा हूँ। कहीं छुप जाना चाहता हूँ। अब सिर्फ़ उसके वार से बचना ही मेरी ज़िन्दगी का मक़सद रह गया है।

"कौन है तू...?" मेरा दुश्मन मुझसे पूछ रहा है।

"यह सवाल तो मैंने भी अपने आपसे कई बार किया है। जब भी भगवान दास ने मेरा चेहरा मेकअप में छुपाकर मुझे एक नए किरदार में ढाला, मैं अपने आपको भूल जाता था। मुझे जो डायलाग्स बोलने थे, वह कोई और लिखता था।"

"मैं उसे क्या जवाब देता, भागता रहा। जब हमारे पास कोई जवाब न हो, तो भाग जाना ही बेहतर है..."

"बचाओ...बचाओ..." मैं चिल्लाने लगा।

अब वह मेरी गर्दन पर वार करनेवाला है। इससे पहले कि वह अपनी तलवार से मेरी गर्दन उड़ा दे, मेरा घूँसा उसका मुँह तोड़ देगा। उसे मार डालने के ख़ौफ़ से मैं लड़खड़ाने लगा हूँ।

"मुझे मत मारो..." मैं अपने पीछे आनेवाले साये से कहता हूँ।

"क्यों...क्यों न मारूँ ? तुम्हें ज़िन्दा रखने का कोई जवाज़ (औचित्य) तो होना चाहिए !"

यह बात तो मैंने भी कई बार सोची थी। मेरे ज़िन्दा रहने का मसरफ़ (मक़सद) क्या है...? मेरी माँ कहती थी कि ख़ुदा की तरह मेरे माँ-बाप भी मेरी पैदाइश नहीं चाहते थे। शायद उन्हें भी इस झमेले का अन्दाज़ा था कि इस ज़िद्दी इंसान के लिए एक काइनात (सृष्टि) तख़्लीक़ (सृजन) करनी पड़ेगी उन्हें। सहीफ़े (धर्मग्रन्थ) उतारने होंगे। अवतारों-पैग़म्बरों का ताँता बँध जाएगा—मुझे राहे-रास्त (सीधे रास्ते) पर लाने के लिए ...कौन सी राह पर...

"अगर मैंने तुम्हें मार डाला, तो मेरा क्या होगा ?..." मैं घबराकर उससे पूछता हूँ।

"भूल जाओ इस ख़ुशफ़हमी को," वह हँसकर कहता है, "तुम मेरे वार से नहीं बच सकते। अब..."

मुझे कहाँ-कहाँ नहीं होना चाहिए। मैं उन जगहों को उलाँघता हुआ भाग रहा हूँ, मगर मौत मेरे बहुत क़रीब आ गई है...अब भगवान दास के स्टेज पर मुझे अपनी मौत का सीन नज़र आ रहा है। हज़ारों सोगवार (शोकग्रस्त) मर्द हाथों में फूल-मालाएँ लिये रोती हुई औरतें। टी.वी. पर नेताओं के भाषण।

"बहुत अज़ीम फ़नकार था वह ! हज़ारों दिलों को ख़ुश करनेवाला अज़ीम आर्टिस्ट...उसकी मौत देश का बहुत बड़ा नुक़सान है।"

अब मैं लोहे का बुत बना शहर के किसी चौराहे पर खड़ा हूँ। हाथ उठाए! दुनिया को फ़न के लाज़वाल (अमर) होने का यक़ीन दिला रहा हूँ। हाल में बैठे हुए तमाशाइयों

से कह रहा हूँ, "क्या तुम गवाही दोगे कि कर्फ़्यू की उस काली रात में कहाँ-कहाँ भागता फिरा ! मैंने कितने लोगों को पुकारा कि मुझे बचा लो...तुम सबको...जो मेरी उम्दा अदाकारी पर तालियाँ पीटते रहे हो, मगर जब पर्दा गिर जाता है, तो घुप अँधियारी में डूब जानेवाले फ़नकार को भूल जाते हो...माज़ी (अतीत) के स्टेज पर कितने स्वाँग रचाए मैंने...कभी बहादुर सूरमा बना। कभी जी-जान से गुज़र जानेवाला आशिक़ और कभी ऐसा देवता, जिसके आगे सब सिर झुका देते हैं....

मैंने अपने आपको कितने मानी दिए, मगर दुनिया ने मुझे बे-मानी ही समझा।

अब मेरे आगे सिर्फ़ आज है, और...अब कुछ नहीं...

"शायद मैं पहले उसे मार डालूँ...फिर मेरा क्या होगा ?..."

हम दोनों में से किसी एक को क़ातिल बनना है। जब मैं अपने आपको क़त्ल होते हुए देखता हूँ, तो रोने लगता हूँ...जब उसे क़त्ल कर देता हूँ, तो चिल्लाने लगता हूँ, "बचाओ...बचाओ..."

किसी के रोने की आवाज़ आ रही है। यह मेरी आवाज़ है। हर तरफ़ से मेरे रोने की आवाज़ आ रही है, जैसे भगवान दास ने स्टेज के सब माइक बन्द करके सिर्फ़ मेरे रोने की आवाज़ उभार दी है। अब मैं ख़ुद ही अदाकार था। ख़ुद ही इस खेल का तमाशाई बना। एक निहत्थे इंसान को भागते हुए देख रहा हूँ। उसके मुँह पर बँधे हुए मुखौटे गिर चुके हैं। स्टेज पर अदा करनेवाले डायलाग्स वह भूल चुका है। एक-एक करके वे सारे लबादे गिर चुके हैं, जो उसने देवताओं और सूरमाओं का स्वाँग रचाते वक़्त अपने ऊपर डाल लिये थे।

"भगवान...ओ भगवान दास...तुम कहाँ हो ?"

मेरी चीख़ें सुनकर वह हँसने लगता है।

"भगवान को पुकारकर मेरी हमदर्दी हासिल करना चाहता है...!"

मगर उसकी बात अधूरी रह गई। अमन का प्रचार करनेवाले हाथों में बड़ी-बड़ी तख़्तियाँ उठाए, दुखों का ब्योपार (व्यापार) करनेवाले सड़कों पर नारे लगा रहे थे।

ये लोग सिर्फ़ लाशें गिनने के लिए आते हैं। सड़कों पर बहते हुए ख़ून को अलग-अलग नाम देने के लिए...तो इसका मतलब है कि मौत आ गई है...

चमकते हुए बरछे लहराते, लाठियाँ घुमाते, मारनेवाले हमारे सिर पर पहुँचे थे।

"हमें मत मारो..." हम दोनों ख़ुशामद करने लगे।

"मैं हिन्दू नहीं हूँ...मैं मुसलमान नहीं हूँ...अल्लाह की क़सम...भगवान की सौगन्ध...हम दोनों अपने डायलाग्स भूलकर एक-दूसरे के मुकालमे (संवाद) दुहराने लगे।

"हटाओ, यार ! इन्हें क्या मारें ? ज़मीर से ख़ाली बदन हो चुके हैं सालों के..."

यह किसके डायलाग्स थे। स्टेज पर तो यह अदाकार नज़र नहीं आते। बस सिर्फ़ इनकी आवाज़ हमेशा क्लाइमिक्स सीन का मज़ा ख़राब कर देती है...

"अगर मैं आज तेरे साथ न होता, तो अभी ढेर हो जाता तू..."

"अब तू ढेर हो जाने को तैयार हो जा ! वह सामने नेहरू स्क्वायर नज़र आ रहा

है। वहाँ मुझे भगवान मिल जाएगा !"

"और मेरे लोगों की बस्ती आ गई है !"

"नहीं, नहीं...तू मुझे छोड़कर नहीं जा सकता," मैंने डर के मारे चिल्लाकर कहा।

उसके हमले से बचाव करते-करते मैं अपने क़ातिल का आदी हो गया था। आगे कुछ सुझाई नहीं दे रहा। अपने क़ातिल की ललकार ही तो मुझे आगे की तरफ़ दौड़ा रही है।

फिर न जाने किधर से वे सब निकल आए। राम और रहीम के रखवालों ने हमें घेर लिया। वे सब चारों तरफ़ से हम पर झपट पड़े, तो वह मुझसे यूँ लिपट गया, जैसे साया अपने बदन में समा जाए।

अब मैं एक हाथ से उसे थामे हुए था। दूसरे हाथ से उसे ढकेल रहा था।...आगे कहाँ पाँव बढ़ाता...सामने एक लाश पड़ी थी।

"यह तुम्हारी लाश है !"

"मेरी...नहीं, तुम्हारी..."

हमने लात मारकर लाश को गटर में ढकेल दिया...

क़ब्ल-अज़्-मर्ग बयाँ*

"तुम पर पहला वार किसने किया...?" डिटोल की बू में डूबी हुई आवाज़ें पूछ रही हैं।

पुलिस-इंस्पेक्टर, नर्सें, डॉक्टर और तमाशाई उसे घेरे खड़े हैं, जैसे वह जले हुए बदन की पट्टियाँ, ऑक्सीजन और गुलोकोज़ की नलियाँ झटककर कहीं भाग न जाए।

इन सबको उसकी ज़िन्दगी सिर्फ़ चन्द लम्हों के लिए बढ़ाना है, ताकि पुलिस की डायरी मुकम्मल हो सके। उसके साथ हमेशा यही हुआ है। सबको उसके चन्द लम्हों की ज़रूरत थी। अपनी दुनिया उजालने के लिए...कई बार जब डॉक्टर ने यह तय किया कि अब मज़ीद (और) ऑक्सीजन बर्बाद नहीं करना चाहिए, पुलिस-इंस्पेक्टर उसे पीछे धकेल देता है, जैसे वह डॉक्टर के हाथ में लिखा हुआ उसकी मौत का सर्टीफ़िकेट नहीं मानेगा, जब तक वह अपना फ़र्ज़ पूरा न कर ले...यह उसकी ड्यूटी है, मरते हुए इंसानों के पास पहुँचना...कई बार उसे ज़िन्दा इंसान भी पुकारते हैं, मगर उनकी आवाज़ पर कान धरना उसकी ड्यूटी में शामिल नहीं है।

"बोलो..., तुम पर पहला वार किसने किया ?"

पहला वार...! गले में कोई फन्दा कसता जा रहा है। साँसें उलझ रही हैं।

पहला वार करनेवाला कभी नहीं पहचाना जाता। पहला वार अचानक होता है न ! उसने भी गर्दन उठाने की कोशिश की थी, लेकिन मारनेवालों को अलग-अलग न पहचान सकी। वह अपनी शिनाख़्त खो चुके थे। सब मारनेवाले एक जैसे थे...एक-से चेहरे, एक-से हथियार !

"क्या तुम सो रही हो शाहिदा ? डॉ. शहिदा हुसैन...बोलो...बोलो न...!"

"नहीं, जाग रही हूँ, पहले वार करनेवाले को ढूँढ़ रही हूँ..." जब वह छोटी सी थी, तो उसकी ज़िद से तंग आकर अम्मा अपनी सहेलियों से कहती थीं, "यह पेट में आई थी, तो मैंने बहुत दवाइयाँ खाईं कि इससे जान छूटे, मगर यह तो मेरी कोख को चिमट गई थी..." उसके बाद जब कभी अम्मा बड़े लाड से उसे प्यार करने झुकतीं, तो वह ख़ौफ़ के मारे पीछे हट जाती। उसे यूँ लगता, अम्मा आज भी उससे जान छुड़ाना

---

*मरने से पूर्व का बयान

चाहती है...एक बार वह स्कूल से घर आ रही थी, तो सड़क के किनारे बहुत लोग जमा थे। उसने झाँककर देखा। कूड़े के ढेर पर एक नन्ही-सी बच्ची की लाश पड़ी थी। कुत्तों ने उसके हाथ-पाँव चबा डाले थे। उस रात वह बड़े डरावने ख़्वाब देखती रही, जैसे गन्दे कपड़ों में लपेटकर अम्मा ने उसे कूड़े के ढेर पर फेंक दिया है। कुत्ते उसके हाथ-पाँव को चबा रहे हैं और वह मीराबाई का मेकअप किए इक़तारा सँभाले टी.वी. के स्क्रीन में बैठी गा रही है...यह दो नयना मत खाइयो...पिया मिलन की आस...हुँह...पिया मिलन की आस...यह दो नयना...

क्या...? क्या कहा तुमने ?...आँखों पर मारा था ? किसने ?...किसने ?... किसने...?

"नहीं, नहीं..." वह अपनी ज़ख़्मी गर्दन ज़ोर-ज़ोर से पटकती है। मेरी आँखें ! वह तो अभी तक खुली हुई हैं। यह तमाशा देख रही हैं ! कागा से कहो, सब तन चुन-चुन बाद में खाए, पहले इन नयनों को चुन ले, जिनमें किसी से मिलन की कोई आस नहीं है। फिर मैं जब्र और क़हर के वार करनेवालों को नहीं देख सकूँगी।

ऐ लोगो !...उस पर तरस खाओ कि यह तुम्हारी खेती है। तुम्हारा दिल बहलाने के लिए पैदा की गई है। इसके साथ जैसा सुलूक चाहे, कर सकते हो, उसे सत्ती कर दो कि वह यह त्याग के हिसार (घेरे) में क़ैद रहने के बजाय ख़्वाहिशों के सुनहरे हिरन की तरह भागती है। इसीलिए तो भगवान बुद्ध उसे सोता छोड़कर निर्वाण लेने चले गए, कि इनमें दुख सहने की यशोधरा जैसी शक्ति न थी, और जब यशोधरा की आँख खुली, तो उसने संसार में फैला हुआ कलयुग देखा, जब बोलनेवाले चुप हो जाते हैं और जिन्हें चुप रहना था, वे बोल रहे थे।

तब उसने गला साफ़ करके क्लास-रूम में कहा, "आज मैं आपको काम्यू (कामू) और सार्त्र के हवाले से फ़लसफ़ा वजूदियत (अस्तित्व-दर्शन) समझाऊँगी !"

यह सारे फ़िलासफ़र, जो सूखे चमरख कनूती बुड्ढों, हेरोइन और चरस के नशे में गुम मदक़ूक़ (क्षयग्रस्त) लड़के-लड़कियों के पसन्दीदा अदीब थे। वे सार्त्र की इस बात पर यक़ीन रखते थे कि ना-उम्मीदी के दूसरी तरफ़ ज़िन्दगी शुरू होती है। उस दूसरी ज़िन्दगी के इन्तज़ार में अपने वजूद को फरामोश (भुला) कर चुके थे और अमली ज़िन्दगी से इनकार करनेवाले सुस्त, काहिल और जाहिल लड़के-लड़कियों के दरम्यान दो आँखें मेरे बदन के आर-पार देखा क़रती थीं। एक क़ातिल की तरह मेरा पीछा करती और मुझे नए ख़याल की तरह नई सूरतों से भी बहुत डर लगता था...

"अच्छा...कौन था...वह तुम्हारा पीछा करनेवाला ? उसका नाम बताओ। हाँ, नाम जल्दी से बता दो...इंसाफ़ करनेवाले तुम्हारे सिर पर खड़े हैं, मगर मेरे उबलते हुए दिमाग़ को सुकून तो मिले, मेरा दिमाग़ बड़ा ज़िद्दी था...तजस्सुस (जिज्ञासा) से भरा हुआ...उसने मुझे बहुत उलझाया...बहुत थकाया...मैं पहले इतनी शक्की नहीं थी। यह शक और अन्देशे तो मुझे फ़्रायड और हेगल ने सिखाए थे। इसलिए जो मर्द मुझे दिलचस्पी से देखता था, तो मैं उसकी ज़ात के बख़िए उधेड़ने बैठ जाती थी। जब मुझसे

कोई मीठी बात करता, तो मैं अपने पीछे पड़ जाती। इल्म (विद्या) ने मेरे हाथ में तराज़ू थमा दी थी...हर जज़्बे की नाप-तौल के लिए...क्योंकि तुम बड़ी हक़ीक़तपसन्द थीं। डॉक्टर शाहिदा हुसैन...फिर किसी मर्द का झूठ कैसे बर्दाश्त कर लेतीं ? क्या सचमुच कोई मर्द तुम्हारी ज़हानत पर मर सकता है ? तुम्हारी ज़हानत जो ज़हीन मर्दों को ज़हर लगती थी। फ़िलासफ़ी झाड़नेवाली औरतें कितनी मज़्हक़ाख़ेज़ (हास्यास्पद) लगती हैं ! जब तुम क्लास में फ़सलफ़े पर लेक्चर देती हो, तो एक़दम शाहिदा से मैडम बन जाती हो। सूखी, साँवती, बदरंगी साड़ी पहने, मेकअप से बेनियाज़ (बेपरवाह) चेहरा। इसीलिए तो सारी क्लास की आँखें एहतिराम (सम्मान) से झुकी रहती हैं।

''मैडम ने जर्मनी से डॉक्टरिएट किया है। पाँच बरस यूरोप में रही हैं। तीन किताबें लिख चुकी हैं। जब मैं यूनिवर्सिटी के कोरीडोर से गुज़रती थी, तो दूसरे प्रोफ़ेसर दूर हट जाते थे, जैसे उन्हें न मुझे कुछ देना है, न मुझसे कुछ लेना है...रोमांस में खोए हुए, हँसते क़हक़हे लगाते लड़के-लड़कियाँ अचानक चुप हो जाते थे। इन सबने मुझे पत्थर की देवी की तरह ऊँचे स्थान पर बिठा दिया था। अब मैं न हँस सकती थी, न रो सकती थी। अपने पत्थर हो जाने का इन्तज़ार कर रही थी। जब उन्हें यक़ीन हो जाएगा कि मैं बेजान हो चुकी हूँ, तो फिर मैं उनकी नज़रों में बड़ी अहम हो जाऊँगी। बड़े-बड़े क़ाबिल, दानिशवर (विद्वान) मुझ पर बहस करने आएँगे। फिर किसी मन्दिर के ऊँचे स्थान पर मेरी मूर्ति को हीरे-मोतियों से सजा दिया जाएगा। लोग मेरे सामने झोली फैलाएँगे, जबकि मैं ख़ाली हाथ खड़ी होऊँगी। इसलिए मैं ऊँची उठती गई। उम्र के सत्ताईस साल गुज़रने के बावजूद मुझे ज़मीन पर ऐसी कोई कशिश नज़र न आती थी, जो चाँद को ज़मीन के गिर्द घुमाए जाती है।

हालाँकि मैं सात बरस तक ज़ाकिर की मँगेतर रही, जो बहुत बड़ा बिज़नेसमैन था। वह हर हफ़्ते लन्दन से मुझे बड़े रूमानी ख़त लिखा करता था। यह ख़त उसकी सेक्रेटरी टाइप करती, जिसके नीचे हमेशा मुझे चाहनेवाले ज़ाकिर के दस्तख़त होते थे। उसके नाम की अँगूठी सात बरस तक मेरी उँगली में पड़ी रही थी। अब भी मैं अपना हाथ देखती हूँ, तो छोटी उँगली पर एक सफ़ेद हल्का (दायरा) सा नज़र आता है, जैसे कोढ़ का धब्बा...मैंने ज़ाकिर का कोई रंगीन ख़्वाब न देखा। ऐसी कोई डोर न बाँध सकी, जो मुझे उससे जोड़ती। इसलिए बन्धन आप-ही-आप खुल गया। क्या करती ! मैंने ज़ाकिर के साथ जितने धागे बाँधना चाहे, उनमें कोई-न-कोई गाँठ पड़ जाती थी...मगर अम्मा इस सदमे से निढाल हो गईं।

अम्मा ने बरसों मेरे नसीब जागने की दुआएँ माँगी थीं, तो कहीं ज़ाकिर जैसा नायाब हीरा पाया था। ऐसा लड़का, जो मेरे अब्बा जैसे दूरअन्देश, उसूलपरस्त, दौलतमन्द इंसान के मियार पर पूरा उतरता था। आसमानों पर रहनेवाला ख़ुदा भी अब्बा की तरह उसूलपरस्त और रिवायतों का पासबान है। किसी ने ख़ुदा को माँ का तसव्वुर क्यों नहीं दिया। फिर वह मोम की तरह पिघलाया जा सकता था। अम्मा की तरह मेरे चेहरे पर लिखी हुई महरूमियों (वंचनाओं) को पल-भर में पढ़ लेता।

"बहुत प्यास लगी है बेटा को...! क्या बहुत थक गईं आज ?"

मेरी प्यास को अम्मा कैसे जानती थीं ? मैंने इस बात पर बहुत ग़ौर किया फिर वह मेरे पास आ बैठीं।

"ज़िन्दगी में कई बातों पर समझौता करना पड़ता है, बेटा। औरत की क़िस्मत में सब्र करना लिखा है।"

अम्मा ने फ़लसफ़ा नहीं पढ़ा, मगर वह ज़िन्दगी के बारे में बहुत कुछ जानती हैं, क्योंकि उन्होंने सब्र का ज़हर घूँट-घूँट पिया है। हर-हर क़दम पर समझौते किए हैं, जो एकतरफ़ा थे, मगर वह जानती थीं कि इनकी बेटी न झुक सकती है, न टूट सकती है, इसलिए वह सिर्फ़ ख़ुदा से मेरे लिए रहम की भीख माँग सकती थी, मगर अम्मा की इतनी इल्तिजाएँ (प्रार्थनाएँ) भी आसमानों से उस अज़ीम मर्द को ज़मीन पर न उतार सकीं, मैं जिसके गले में वरमाला डालूँगी। मेरे आसपास तो निहायत सतही ख़याल रखनेवाले फ़िज़ूल-से लोग थे। चारों तरफ़ झूठ की धुन्ध से, जिसमें मेरी शख़्सियत एक वहम (भ्रम) की तरह तहलील (लोप) हो रही थी, टुकड़े-टुकड़े होकर बिखर रही थी, एक वह मैं, जो दुनिया-भर के फ़िलासफ़रों के बीच खड़े होकर अपना नज़रिया पेश करती हूँ और एक...

"क्या सो गईं ? आँखें खोलो...अभी तुम क्या कह रही थीं ?....तुम्हें किसने टुकड़े-टुकड़े किया ?...यह कहानी कितने सस्पेंस से भरी हुई है !" इंस्पेक्टर दिलचस्पी से सुन रहा है। उसने अपने लहजे की सारी शक्कर अपनी ज़ुबान में घोल ली है, ताकि वह मेरे क़ातिल की शिनाख़्त कर सके, और फिर अदालत को...उफ़्फ़ोह...! कितनी लम्बी रस्सी है यह...इसके फन्दे से मेरा दम घुटा जा रहा है...और जनाब सदर ! हम अपने आसपास होनेवाले रद्दे-अमल (प्रतिक्रिया) से अपने वजूद की शिनाख़्त करते हैं और यूँ अपनी पहचान के अमल से गुज़रते हैं। मेरी पहचान, जो दूसरों के वजूद के बीच से होकर गुज़रती है, मगर हक़ीक़त वही थी, जिसे मैंने कड़वे तजुर्बों के बाद महसूस किया।

नाउम्मीदी के दूसरी तरफ़ ज़िन्दगी शुरू होती है। आपने सार्त्र की इस बात पर ग़ौर किया है...? मैंने नया सिगरेट सुलगाकर गिलास पर नज़र डाली।

अपने वजूद के अमल से इनकार करनेवाले काहिल और जाहिल लड़के-लड़कियाँ सिर झुकाए नोट्स ले रहे थे। उन्हें न सार्त्र से दिलचस्पी थी, न मैडम से...वे सब मेरी क्लास ख़त्म होते ही एक दूसरे को धक्के देते तेज़ी से बाहर निकलते थे और बाहर जाते ही उनके रुके हुए क़हक़हे उबल पड़ते।

"एक्स-क्यूज़ मी मैडम...वह...आप...मैं...मैं..."

ख़ाली क्लास-रूम में एक अकेला लड़का खड़ा घबरा रहा था। परिविस का एक कुन्द-ज़ेहन (मन्दबुद्धि)-सा लड़का। इतना दुबला-पतला कि तेज़ हवा में उड़ सकता था। सिर पर बालों का बोझ और आँखें...

अचानक मुझे ऐसा लगा, जैसे उसके चेहरे पर आँखों के सिवा कुछ न हो...वह बड़ी

दिलचस्पी से मेरी तरफ़ देख रहा था.. लेकिन वक़्त नए ख़याल की तरह नए चेहरे भी मुझे उलझा देते हैं।

"आज आपने गुलाबी साड़ी पहनी है न...तो...तो...यह रंग आप पर बहुत अच्छा लग रहा है..."

"क्या...?" मैं उछल पड़ी ! बाज़ वक़्त (कई बार) दूसरों के मुँह से निकले हुए मामूली से लफ़्ज़ दिल में उतर जाते हैं। मैंने घबराकर अपनी साड़ी को देखा। फिर उस लड़के को...क्लास से बाहर लड़के-लड़कियाँ किसी बात पर हँस रहे थे। अच्छा, तो यह इन सबकी मिली-जुली साज़िश है, मगर वह मुझे देखे जा रहा था। उसकी आँखों में मेरे लिए जो पसन्दीदगी की सच्चाई थी, वह मुझे पहचानते देर न लगी। घबराकर मैंने पर्स से सिगरेट ढूँढ़ा, मगर मुझे ऐसी कोई चीज़ न मिली, जो जलाने के क़ाबिल हो...अचानक मुझमें भरी हुई ऑक्सीजन ख़ारिज होने लगी और फ़िज़ाँ में फैली हुई ताबकारी (ऊर्जा) गैस ख़त्म होने लगी। जब मैं कार की तरफ़ बढ़ रही थी, तो यूँ लग रहा था, जैसे चंचल हवाएँ मुझे गुलाबी साड़ी समेत उड़ाए लिये जा रही हों। जैसे मेरे सारे बदन पर उस लड़के की आँखें चिपक गई हों। उस दिन मैं न जाने कितनी बोझल-सी हो गई थी, कि घर तक जाते मैं हाँफ गई। फिर सबसे पहले मैंने अपनी गुलाबी साड़ी उतारकर फेंकी। मेरे साँवले रंग के लिए सिर्फ़ सफ़ेद साड़ी चाहिए। सफ़ेदी जो कोई रंग नहीं है, सिर्फ़ ख़ला (रिक्त स्थान) है, सराब, बेज़ायक़ा, बस यही कड़वी हक़ीक़त है। डॉक्टर शाहिदा हुसैन...अब तक मेरी ज़िन्दगी में जितने रंगीन लम्हे आए, उन्हें इस गुलाबी साड़ी में लपेटकर रख दूँगी...बचपन में हर एक खेल खेलते थे...चोर बननेवाला बच्चा पूछता...तुम्हें कौन सा रंग चाहिए ?

जीतनेवाला बच्चा कहता...सुर्ख़...तब वह बच्चा हर तरफ़ सुर्ख़ रंग की कोई चीज़ ढूँढ़ता फिरता...मैं भी चोरों की तरह क्लास-रूम में न जाने क्या ढूँढ़ती रहती थी...कोई बात हुई, जो मुझे भूल जाना था...मेरा वजूद कितना हक़ीर-सा होकर रह गया था। मेरे चलने का अन्दाज़, पुर-वक़ार (प्रतिष्ठापूर्ण) नज़रें, ऊँची गर्दन, हँसनेवालों पर...सब न जाने कहाँ खो गया था !

"शाहिदा...! शाहिदा ! तुम्हें कौन सा रंग चाहिए ?"

"उठो...उठो...आँखें खोलो...बताओ, तुम्हें मारनेवाले कौन थे ? घाव कहाँ-कहाँ लगे हैं ?"

दर्द की शिद्‌दत से वह होंठ भींच लेती है। मौत की अज़ीयत (यातना) कितनी नाक़ाबिले-बर्दाश्त है, और फिर भी उन लोगों की बेरहमी, जो मुझे बार-बार काँटों पर उछालकर खींच लेते हैं, क्योंकि इंस्पेक्टर यह जानना चाहता है कि मेरा क़ातिल कौन है ? घाव कहाँ-कहाँ लगे हैं...?

"ज़रा बेटा को गहने-वहने पहना दो, भई !" वह बड़ा रंगीन मिज़ाज है। आख़िर नवाब का लड़का जो ठहरा !"

"और फिर विलायत से आ रहा है..."

"हाँ, गहनों में से बेरंग चेहरे को छुपा दो...गुलाबी सूट लाओ। (गुलाबी रंग की साड़ी आप पर बहुत अच्छी लगती है !)"

"फिर क्या हुआ...आग किसने लगाई ?"

गुलाबी रंग ने...मुझमें न जाने कैसे एक नई हिस (संज्ञा) पैदा हो गई थी, जैसे मेरी पीठ पर भी आँखें थीं और मैं वहाँ भी देख सकती थी, जहाँ मैं मौजूद न थी। रात जब-जब वह मेरे बारे में सोचता था, मैं उठकर बैठ जाती थी। मेरे ख़्वाबों में भीनी-भीनी-सी खुनकी छाई हुई थी। क्लास-रूम में जाती, तो सारे लड़के-लड़कियाँ जैसे अचानक खड़े होकर पूछते थे, "मैडम...आपको कौन सा रंग चाहिए ?"

"अरे...यह तो काँपने लगी...शायद गुलोकोज़ ओवर-डोज़ हो रही है," डॉक्टर किसी से कह रहा था।

हाँ, अब ख़ुशी ओवरडोज़ हो गई थी। उस अहमक़ लड़के ने एक ऐसी बात कह दी थी, जिसके मानी वह ख़ुद नहीं जानता था, मगर अब मैं पहचान के हिसार (घेरे) से निकल चुकी थी। अब मैं दूसरों से जो बातें करती थी, उन पर मुझे ख़ुद ताज्जुब होता। बाज़ काम हम अपने लिए करते हैं, मगर लगता है, दूसरों के लिए कर रहे हैं, मगर तुमने तो ज़िन्दगी में कुछ नहीं किया, डॉक्टर शाहिदा हुसैन ?... दूसरे फ़लसफ़ियों के जूठे ख़याल क्लास में उगलती रहीं। हर वक़्त दूसरों की कमज़ोरियाँ ढूँढ़ती रहीं। गन्दगी टटोलती रहीं। जो इंसान हर बात की हक़ीक़त ढूँढ़ता फिरेगा, उसके पास क्या बचेगा ! तुम्हें जो रंग चाहिए, वह नहीं ढूँढ़ सकीं...तुम चोर हो, चोर...चोर...

उस दिन कार जिस रास्ते पर जा रही थी, वह बिल्कुल नया था। मैं एक ऐसी दुनिगा में पहुँच गई थी, जहाँ की तेज़ रोशनी में कुछ भी नहीं छुपा सकती थी मैं ! वह तेज़ हवा की ज़द में काँपनेवाला ख़ालिद बहुत भारी निकला। कॉलेज में यूँ इत्मीनान से घूमता फिरता—जैसे कुछ भी न हुआ हो। जब वह मुझसे बात करता, मैं पसीने में नहा जाती...जब मैं सोचती, अब वह गेट के अन्दर दाख़िल होगा, वह ज़रूर आ जाता और फिर यह वहम कि आज शायद वह कॉलेज न आए...उस दिन ख़ुदा जाने उसे कौन जिन्न उठा ले जाता था...

कहीं इस वक़्त वह भी लाइब्रेरी में न हो....!

मैंने धड़कते दिल से अन्दर क़दम रखा। इतने बड़े हॉल में वह अकेला सिर झुकाए बैठा था और मैं अपनी ज़हानत का लबादा ओढ़े किसी मुजरिम की तरह काँप रही थी। मुझे ऐसा लगा, जैसे वह अपनी बड़ी-बड़ी आँखों से मेरा डिसेक्सन (DISACTIAN) कर रहा हो।

वह नौ-उम्र (किशोरायु) कुन्द-ज़ेहन (मन्दबुद्धि) सा लाउबाली (बेपरवाह) लड़का, जो शायद सैकेंड डिवीजन में एम.ए. भी न कर सके, आज कुछ होकर रहेगा...मेरी छठी हिस बेदार हो चुकी थी...शाम को सुनहरी धूप अन्दर आकर मेरे और उसके बीच एक साँप की तरह फैल गई। उसके ऊपर दरख़्तों के साए काँप रहे थे। मैं अपने सिगरेट

के धुएँ में ख़ुद ही लिपट गई थी। लाइब्रेरी में शीशे के केस के पीछे सार्त्र, काम्यू (कामू), फ्रायड और जानसन गुमसुम थे, जैसे सोच रहे हों कि मैं अपना क़दम कहाँ रखूँगा। तुम्हें कौन सा रंग चाहिए ?...वे मुझसे पूछ रहे थे। आज कुछ होकर रहेगा...बाज़ हादसों की बू हम जानवरों की तरह पहले सूँघ लेते हैं। इतने बड़े हाल में जब वह खड़ा हुआ, तो मुझे लगा, जैसे उसका क़द आसमान को छू लेगा, जैसे वक़्त की यह तेज़ हवाएँ उन लम्हों को ग़ारत (नष्ट) करने पर तुली होती हैं।

''आप यहाँ ! अभी मैं आप ही के बारे में सोच रहा था, डॉक्टर साहिबा...!''

मगर...मगर...वह बेबसी से हाथ मलने लगा...

''कभी जी चाहता है कि आपसे कुछ बातें करूँ...'' वह मेरे क़रीब आ गया...नज़रें झुकाए, हाथ बाँधे...और मैं घबरा के सिगरेट जलाने के सिवा कुछ न कर सकी...जलाना और बुझाना...मुझे दो ही तो काम आते थे।

''मगर हिम्मत नहीं पड़ती, मैडम ! आप इतनी जीनियस हैं। यूरोप देखा है। सारी दुनिया देखी है। एक बार आपके घर आया था...सारा ड्राइंग-रूम किताबों से भरा हुआ था। इतनी किताबें पढ़ी हैं आपने...कमाल है...मैं तो इन किताबों तले दब गया...सोचता हूँ, डॉक्टरिएट करने यूरोप चला जाऊँ...कोई तो सीढ़ी मिले...अपना क़द ऊँचा करने के लिए...बताएँ न...आपकी क्या राय है, डॉक्टर साहिबा ?''

इतनी जुर्रत ! मैं बड़े ताज्जुब से उसे देख रही थी। मेरी दोनों उँगलियों के बीच में काँपनेवाला सिगरेट सुलग रहा था...वह कितनी जल्दी-जल्दी क्या-क्या कह गया आज ? वह इतनी जल्दी-जल्दी कह रहा था, जैसे अपनी बात पूरी न कर सका, तो उसका दम घुट जाएगा। बीस-बाईस बरस का एक ना-तजुर्बेकार लड़का, जिसने इन डायलाग को घंटों रटने की मश्क़ की होगी, जैसे मेरी किताबों के अम्बार तले वह अभी तक दबा हाँफ रहा हो। मैं उसे देखती रही। वह बातें भी सुनती रही, जो वह नहीं कह रहा था। कभी नहीं कहेगा।

''क्या आप सुन रही हैं, डॉक्टर शाहिदा हुसैन...आँखें खोलिए...ज़रा देखिए...''

अब क्या देखूँ...! मुझे अपने क़द जितने लम्बे तो बहुत से अहमक़ मिले थे, मगर सब हवा के झोंकों की तरह मेरे पास से गुज़र गए...मेरी गुलाबी साड़ी का आँचल किसी ने न थामा...

मुझे कितनी प्यास लगी थी...पानी...पानी...पानी...

''नहीं...नहीं...उसे अभी पानी मत देना...फिर यह होश में नहीं आएगी...''

फिर पुलिस-इंस्पेक्टर हाथ मलता रह जाएगा। मक़तूल का बयान कैसे लिखा जाएगा...सब यही सोचते थे, इसीलिए किसी ने मेरी प्यास नहीं बुझाई...

''जिस दिन तुम्हारे कपड़ों को आग लगी, उस दिन तुम्हारी किसी से लड़ाई हुई थी ?''

''नहीं...उस दिन तो मैं दुनिया से दोस्ती करने निकली थी। कॉलेज में फ़िलासफ़ी झाड़ने के बाद थकी हुई घर आई, तो बड़ी आपा ने कहा, वह तुम्हारा स्टूडेंट ख़ालिद

चार बरस बाद लन्दन से आया है। सुबह से दो बार फ़ोन कर चुका है।"

ख़ालिद ?...कौन ख़ालिद...? मेरे अन्दर एक सवाल गूँज रहा था।

दूर कहीं बच्चों के खेलने की आवाज़ें आ रही थीं...शाहिदा...शाहिदा...तुम्हें कौन सा रंग पसन्द है...गुलाबी...गुलाबी...मुझे अचानक अहसास हुआ कि मैं चार बरस से एक राज़ का बोझ उठाए हुए थी।

एक उम्मीदवाली माँ की तरह, जो रोज़-ब-रोज़ अपनी कोख में रेंगनेवाली जान की सरकशी (विद्रोह) महसूस करती है, मगर आज अम्मा और बड़ी आपा के आपस में इशारों ने मुझे समझा दिया कि यह कोई राज़ न था। मैंने अपने ऊपर जितने लबादे डाल रखे थे, वह बड़ी आपा ने एक ही झटके से उतार फेंके।

"चलो, थोड़ी देर के लिए ख़ालिद के यहाँ चलते हैं।"

"लेकिन मुझे तो अब एक ज़रूरी मीटिंग..."

और मुद्दतों से हैंगर में लिपटी हुई साड़ी बाँधने में एक घंटा लग गया। यह साड़ी बेशुमार तहों में मुड़ चुकी थी, जैसे उसका डिज़ाइन, उसका रंग उड़ाने के लिए किसी ने उसे धूल में छुपा दिया था।

क्या अन्दर चली जाऊँ ?...कार से उतरके मैं पोर्टिको में खड़ी सोच रही थी...दिल इतनी ज़ोर-ज़ोर से धड़क रहा था, कि मैं घबराई जा रही थी, जैसे मेरे दिल का यह तमाशा सब देख रहे हों। मेरी गुलाबी साड़ी से गिर-गिरकर रंग की बूँदें हर चीज़ को गुलाबी किए दे रही थीं। आपा की कार का डोर ख़राब हो गया था। वह उसे बन्द करने के झंझट में हलकान हो रही थीं। लॉन में खेलनेवाले बच्चे आँखमिचौली खेलना छोड़कर मुझे देख रहे थे कि मैं अन्दर जाऊँगी या बाहर आऊँगी !

यह मैंने क्या हिमाक़त की...इतनी अहम मीटिंग छोड़कर यहाँ आने की क्या तुक थी?

बाज़ वक़्त मैं तेज़ धारा पर बहनेवाले तिनके की तरह न चाहने पर भी किसी जगह पहुँच जाती हूँ। (कार का दरवाज़ा बन्द नहीं हो रहा है) तो वापस चली जाऊँ ? कल मीटिंग में शिरकत न करने का क्या जवाब दूँगी...बहुत से जवाब पहले से तैयार करने पड़ते हैं, मगर आज मैं बग़ैर किसी तैयारी के चल पड़ी।

"परसों आपकी वह प्रोफ़ेसर यूनिवर्सिटी में नज़र आई थीं..." अन्दर ड्राइंग-रूम में कुछ लोग हँस रहे थे, ऊँचे क़हक़हे, जो बियर में डूबे हुए थे।

"हाँ...मैं भी उन्हें देखना चाहता हूँ, यार..." यह ख़ालिद की आवाज़ थी, मैंने घबराकर सिगरेट सुलगा लिया। कोई-न-कोई तो सहारा ज़रूरी था इस धक्के को रोकने के लिए...

बेशक़ीमत स्टिक है यार वह...उन्हें तो अब आरकाईवज़ में सजा देना चाहिए...मैंने ज़ोर से कश लिया, मगर सिगरेट अपने आप बुझ गया था।

"हाँ, तुम्हारे अब्बा को नवादिरात (दुर्लभ वस्तुएँ) जमा करने का बहुत शौक़ है न...हा हा हा...!"

''मगर एक बात है यार...उन्होंने मुझ जैसे चुग़द को 'पुश' किया था, वरना, हम तो उनमें से थे, जो डाल ही पर सूख जाते हैं।''

मेरे गैस-सिलेंडर में फिर लीकेज हो गया। ज़हरीले ताबकारी (ऊर्जा) धुएँ ने सारी ऑक्सीजन ख़त्म कर दी...मैंने अपना सिगरेट जलाना चाहा, मगर मेरी गुलाबी साड़ी अपने आप भड़क उठी...

''अपनी नोट-बुक अन्दर कर लो, इंस्पेक्टर साहब...अब यह कुछ नहीं कहेगी...''

प्रीमैच्योर बच्चे

"अगर आज मेरी फ़ाइल ऊपर नहीं आई, तो मेरी मौत है।"

बाबू के डैडी नाश्ते की मेज़ पर बाबू की मम्मी से कह रहे थे।

बाबू ने यह सुनकर अपनी किताब बन्द कर दी। अपने आपको खोल दिया।

वह धीरे-धीरे चलता हुआ डाइनिंग-टेबल पर आ बैठा।

अब क्या होगा ?

बाबू की मम्मी ने जामवाले स्लाइस प्लेट में रख दिए। सब बच्चे जल्दी-जल्दी खाने में मसरूफ थे, जैसे उनकी बला से डैडी की फ़ाइल ऊपर आए, या नीचे, स्कूल की बस न निकल जाए...

मगर बाबू न जाने कहाँ था ? शायद कहीं नहीं था।

आशू भैया ! बबलू, शबी—सब अंडों के लिए छीना-झपटी कर रहे थे।

बाबू के डैडी ने ब्रेड का स्लाइस उठाया और छुरी से मक्खन लगाने लगे...और और...इतना मक्खन...डैडी के होंठों को मक्खन लग गया। कुछ नीचे भी गिर पड़ा। जल्द ही उन्होंने हलक़ (गले) में फँसे हुए निवाले को निगलकर कहा, "कोई तिकड़म लड़ाना पड़ेगा...सत्तर-अस्सी हज़ार रुपए खिलाने पड़ेंगे।"

"सत्तर अस्सी हज़ार...?" बाबू की मम्मी ने मुँह खोल दिया। निवाला उनके हाथों से छूटकर नीचे गिर पड़ा, "फिर तो बैंक में हमारा कुछ भी नहीं रहेगा," ओह ! तो फिर दूसरे स्कूल में मेरा एडमिशन कैसे होगा ? बाबू फ़िक्रमन्द हो गया। यह स्कूल बहुत ख़राब है। अब छठी क्लास के लिए उसे दूसरे स्कूल में एडमिशन लेना होगा। वहाँ पाँच हज़ार डोनेशन दो, तो एडमिशन मिलता है।

ग्यारह बरस का बाबू, दोनों हाथों में सिर थामे चुपचाप बैठा था। वह हर वक़्त वहाँ रहता है, जहाँ ख़ौफ़ और दहशत हो। उसके हज़ारों मसाइल (समस्याएँ) घेरे रहते हैं।

"असल में हमारे पार्टनर मुझे कुचल डालने की साज़िश कर रहे हैं," बाबू के डैडी ने काँटे से उबलते हुए अंडे को कुचल डाला। न जाने क्यों बाबू काँप गया। इस तरह जैसे वह अब प्लेट में डैडी के टुकड़े देख रहा हो और एक ख़ौफ़नाक जिन्न उन्हें काँटे में फँसाकर निगल रहा हो।

"आज तुझे नाश्ता नहीं करना है। स्कूल नहीं जाना है ?" मम्मी ने उसे चुपचाप

बैठे देखकर घूरा।

बाबू चौंक पड़ा। उसने एक अंडा उठाया, मगर जैसे अंगारा छू लिया हो। अंडे के टुकड़े करने के ख़ौफ़ से वह काँप गया। फिर उसने स्लाइस पर मक्खन लगाने के लिए छुरी उठाई। उसके हाथों में थरथराहट-सी हो रही थी। फिर मतली मालूम होने लगी, ''मम्मी, पेट में दर्द हो रहा है !'' उसने न खाने का बहाना किया।

''आज ऑफ़िस में सुधाकर साहब से कहूँगी कि वह आपकी फ़ाइल के लिए सेक्रेटरी से बात करें,'' मम्मी ने प्याली में चाय डालते हुए कहा।

''नहीं,'' बाबू के डैडी इतने ज़ोर से दहाड़े कि सब बच्चे चौंक पड़े, ''मैंने तुमसे क्या कहा है कि आइन्दा तुम कभी सुधाकर से नहीं मिलोगी। उस बदमाश के साथ कहीं नहीं जाओगी।''

''क्यों ? क्यों न जाऊँ ?'' मम्मी ने चाय की प्याली पटक दी, ''मेरा बॉस है। मुझे उसकी बात माननी पड़ती है।''

''बॉस ?'' डैडी ने एक तेज़ नज़र उठाकर किसी फ़िल्मी विलेन की तरह बड़े तंज़िया (व्यंग्यात्मक) अन्दाज़ में मम्मी की तरफ़ देखा, ''वह सिर्फ़...तुम्हारा बॉस ही है न ?''

मम्मी ने घबराकर इधर-उधर देखा—आशू भैया, बबलू, शबी सभी बच्चे मम्मी और डैडी की लड़ाई से घबराकर चले गए थे। एक बाबू था कि उन दोनों की बातों को बड़े ग़ौर से मुँह खोले सुन रहा था।

''आज तू कितना खाएगा ?'' मम्मी ने डैडी को जवाब देने के बजाय बाबू को घूरा, ''स्कूल नहीं जाना है क्या ? जी चाहता है, किसी दिन आत्महत्या कर लूँ। सारे दिन ऑफ़िस में मरो। घर आकर इन बच्चों की ख़िदमत करो। फिर भी यह इनाम मिलता है। मैं बदचलन हूँ, आवारा हूँ।''

मम्मी का आख़िरी हथियार रोना था और ऐसे वक़्त में डैडी अचानक आग से बर्फ़ बन जाते थे। फिर डैडी की बाँहें होतीं और मम्मी का मुस्कुराता हुआ चेहरा, मगर चिट्टी दीदी को आते देखकर दोनों अलग-अलग ही बैठे। चिट्टी दीदी दो दिन से घर नहीं आई थी। उसने फ़ोन पर बताया था कि वह अपनी सहेली ज़ोहरा के यहाँ है—मगर डैडी वहाँ गए, तो न ज़ोहरा थी, न चिट्टी। डैडी ने फ़ौरन फ़ैसला कर लिया कि अब वह या तो चिट्टी को मार डालेंगे या ख़ुद मर जाएँगे...लेकिन चिट्टी दीदी अन्दर आई, तो डैडी झट अख़बार उठाकर पढ़ने लगे।

चिट्टी दीदी से सब क्यों डरते हैं ?...बाबू किताब सामने रखकर सोचता रहा।

''आई एम वेरी सारी, मम्मी !'' दीदी आते ही मम्मी की गर्दन में बाँहें डालकर झूल गई, ''असल में अचानक पिकनिक का प्रोग्राम बन गया। मैं डैडी की परमिशन भी न ले सकी...'' वह घबराकर डैडी की तरफ़ देखती जा रही थी, ''फिर रास्ते में कार ख़राब हो गई—ज़ोहरा के भाई की...मगर पिकनिक में बड़ा मज़ा आया। अबकी छुट्टियों में सब मिलकर चलेंगे, नगरजूना सागर ! इतना पानी है वहाँ। मम्मी, मुझे तो बड़ा डर लगा,

जैसे...जैसे मैं डूब गई हूँ !"

बाबू ने देखा। दीदी अभी तक डर के मारे काँप रही थी। डूब जाने...वालों की तरह...

सब चुप थे।

"पहले डैडी को चाय दे दूँ," वह जल्दी से नेक बेटियों की तरह चायदानी उठाने लगी।

"नहीं चाहिए मुझे चाय..." डैडी ने ग़ुस्से में दीदे निकालकर कहा और अख़बार में कोई ऐसी न्यूज़ ढूँढ़ने लगे, जिसमें नीचे की फ़ाइल ऊपर आ जाने की ख़बर हो।

"आज फ़ाइल ऊपर नहीं आई, तो क्या वे लोग डैडी को मार डालेंगे ?" डर के मारे बाबू का दम घुट रहा था, जैसे दीदी उसे भी अपने साथ ले डूबी है।

"मम्मी, मैं स्कूल जा रहा हूँ !"

बाबू की मम्मी ड्रेसिंग-टेबल के सामने बैठी गालों की झुर्रियों को वेंशिंग-क्रीम से छुपा रही थीं। बाबूजी को सिर पर सवार देखा, तो काजल से खिंची हुई आँखें निकालकर उसे घूरा, "तू अभी तक घर में मर रहा है। बस चली भी गई होगी।"

कन्धे पर मन भर किताबों का झोला लटकाए बाहर जाते-जाते वह डैडी के पास जाकर रुक गया, जैसे आज आख़िरी बार डैडी को देख रहा हो।

स्कूल की बस अभी तक नहीं आई थी। दीपू, जावेद, राहुल, रत्न—सब लड़के बस-स्टाप की रेलिंग पर उछल-कूद रहे थे। उन्होंने अपने-अपने बैग क्यू बनाकर फुटपाथ पर रख दिए थे। गुमसुम बाबू फुटपाथ पर सिर पकड़कर बैठ गया। उसके सिर में दर्द हो रहा था। आइसक्रीम, गन्ने का रस, छोले, कच्ची केरियाँ...कितने फेरीवाले उनके आसपास मँडरा रहे थे।

जावेद सामनेवाली पान की दुकान से सिगरेट ख़रीदकर लाया और सब बारी-बारी कश लगाने लगे। रत्न जब सिगरेट लेकर बाबू के पास आया, तो उसने हाथ मारकर उसे दूर हटा दिया।

"क्यों बे, क्या आज घर में ख़ूब पिटाई हुई है तेरी ?" सब बच्चे हँसने लगे।

"एक मिनिस्टर क्रुप्शन के इल्ज़ाम में गिरफ़्तार...बेईमानी के ख़िलाफ़ सख़्त कार्रवाई की धमकी...इन्दिरा गाँधी का बयान..." अख़बार का हॉकर चिल्ला रहा था।

कहीं कोई डैडी को गिरफ़्तार न कर ले। बाबू उठकर खड़ा हो गया।

"रत्न ! रत्न, देख ! तेरी मम्मी फ़ीएट कार में जा रही है," जावेद ने सामने से गुज़रनेवाली कारों को देखते हुए कहा।

"वह मेरी मम्मी का बॉस है। मम्मी को लिफ़्ट देता है," रत्न ने मुँह से सिगरेट का धुआँ निकालकर लापरवाही से कहा।

"तेरी मम्मी का भी बॉस है ?" बाबू ने चौंककर पूछा, "तेरा डैडी जलता होगा न उससे ?"

"हिस्स् ! डैडी क्यों जलेंगे मम्मी के बॉस से ? उसने मम्मी को प्रोमोशन दिया है।

डैडी तो उससे मिलने जाते हैं !"

"मेरे डैडी को न जाने क्या हुआ है ! अगर वह मम्मी की बात मान लेते तो फ़ाइल ऊपर आ जाती !"

"एक अठन्नी निकाल, यार ! केरी ख़रीदेंगे...फ़िफ़्टी-फ़िफ़्टी..." जावेद ने बाबू की जेब में हाथ डाला।

"आज मैं कुछ नहीं लाया," बाबू ने उसका हाथ झटक दिया।

"मम्मी तो अब मेरा एडमिशन शान्ति स्कूल में करा रही है। टेन थाउज़ेंड डोनेशन देंगी।"

"टेन थाउज़ेंड ?" ताज्जुब के मारे बाबू का मुँह खुल गया, "बाप रे ! तेरे डैडी के पास इतने रुपए कहाँ से आए ?"

"बिज़नेस...बिज़नेस..." रत्न अब बड़े इत्मीनान से बेंच पर बैठकर सिगरेट के कश ले रहा था, "लोगों के बड़े-बड़े टेंडर होते हैं न ! उन्हें बस ज़रा ऊपर-नीचे करना होता है। एक दिन डैडी मम्मी को बता रहे थे..."

"टेंडर ? टेंडर क्या ? और उन्हें बस ज़रा ऊपर-नीचे क्यों करते हैं ?" बाबू रत्न के पास जा बैठा।

"पता नहीं...डैडी कह रहे थे," रत्न ने बिल्कुल डैडी के अन्दाज़ में कन्धे उचकाकर कहा और फिर सिगरेट का आख़िरी कश लेकर ज़रा से टुकड़े को दूर उछाल दिया।

"अच्छा, अच्छा, वही फ़ाइलों को ऊपर-नीचे करने का बिज़नेस होगा," बाबू ने गर्दन हिलाकर सोचा, बस...बस आ गई ! सारे बच्चे दौड़ पड़े। कंडक्टर ने आलुओं की तरह उन्हें अन्दर की तरफ़ ठूँसा। थोड़ी देर तक सब गड्डमड्ड हो गए। फिर अलग-अलग पहचाने जाने लगे। बाबू लपककर खिड़कीवाली सीट पर जा बैठा कि आज वहाँ उसके बैठने की बारी थी, मगर नौवीं क्लासवाले असलम ने उसे बाँहें पकड़कर नीचे पटक दिया था। असलम स्कूल का दादा था। सब छोटी क्लास के बच्चे उससे डरते थे।

"हट बे टिड्डे..." बाबू दुबला-पतला था। इसलिए स्कूल में बड़े लड़के उसे 'टिड्डा' कहकर चिढ़ाते थे।

"नहीं हटूँगा...यह मेरी जगह है..." बाबू खिड़की पकड़कर लटक गया। वह बला का ज़िद्दी था।

"तेरे बाप की जागीर है, साले ?" असलम ने उसे धक्का दिया, और ख़ुद उसकी जगह पर बैठ गया।

"साले, मेरे बाप का नाम लेता है ! तेरी माँ...तेरी बहन..." बाबू ने असलम को खसोट डाला। जवाब में असलम का एक तगड़ा हाथ उसके मुँह पर पड़ा। बाबू के दाँतों से ख़ून निकलने लगा, मगर उसने ग़ुस्से में असलम की कलाई चबा डाली (मम्मी कहती हैं, बाबू को बहुत ग़ुस्सा आता है)।

इतनी देर में कंडक्टर आ गया। उसने बाबू को एक हल्का सा चपत लगाकर कोने

में खड़ा किया और असलम से तू-तू मैं-मैं करने लगा।

''आज प्रिंसिपल से तेरी शिकायत करूँगा...तेरी माँ...'' बाबू असलम को ऐसी गालियाँ दे रहा था, जिनका मतलब वह नहीं जानता था।

''तेरे मुँह से तो ख़ून निकल रहा है,'' रत्न अपनी सीट से उठकर बाबू के पास आया और अपनी कापी का एक वर्क फाड़कर उसका मुँह साफ़ करने लगा।

''बाबू, तू बहुत झगड़ालू है। रोज़ बस में किसी-न-किसी से लड़ता है,'' जावेद कह रहा था, ''तू भी इस स्कूल से निकल जाना। अपन दोनों शान्ति स्कूल में एडमिशन लेंगे। डैडी कहते हैं इस स्कूल के बच्चे गुंडे हैं।''

''मगर टेन थाउज़ेंड कहाँ से आएँगे ?...और अगर आज फ़ाइल ऊपर नहीं आई, तो डैडी की मौत है,'' बाबू सिसकियाँ लेने लगा।

''क्या बहुत दर्द हो रहा है ?'' रत्न को अब बाबू पर तरस आ रहा था।

लंच टाइम में बाबू के पास टिफ़िन का डिब्बा नहीं था। इसलिए वह रत्न के साथ स्कूल के पिछवाड़े नल के हौज़ की मुँडेर पर बैठ गया और रत्न के टिफ़िन में से आमलेट और रोटी निकालकर खाने लगे।

''बाबू, तू इतना डरपोक क्यों है, यार ? असलम की नाक पर क्रॉटे का दाँव मारा होता। यूँ...यूँ...'' रत्न रोटी छोड़कर हवा में क्रॉटे के हाथ मारने लगा।

''मैं प्रीमैच्योर हूँ न, इसलिए मुझे ग़ुस्सा बहुत आता है और मैं सबसे लड़ने लगता हूँ,'' बाबू ने बड़ी बेबसी से और बड़ी शर्मिन्दगी से कहा।

''ओए ! क्यों ?'' उसने ताज्जुब से इस तरह पूछा, जैसे वह 'परि-मैच्चूर' का मतलब अच्छी तरह जानता हो।

''क्या पता ? मम्मी कहती है, मुझे दो महीने तक हॉस्पिटल के डॉक्टर ने इनक्यूबेटर में रखा था, मगर ख़र्चा बहुत हो रहा था। इसलिए मम्मी मुझे घर ले आई।''

''च...च...च...!'' रत्न ने बड़े अफ़सोस के साथ अबकी बार उसे ग़ौर से देखा।

''यह सब मेरी मम्मी की ग़लती है,'' कुछ पल की ख़ामोशी के बाद उसने टाँग-में-टाँग डालकर उँगली उठाकर अपने डैडी के स्टाइल से कहा, ''मैंने एक मैगज़ीन में पढ़ा था कि अगर बच्चे कमज़ोर पैदा हों, तो यह उनकी माँ की ग़लती है !''

''अच्छा !'' बाबू ने बड़े ताज्जुब से उसकी बात सुनी और सोचा कि मम्मी तो मुझे हर वक़्त डाँटती हैं कि मैं इतना सुस्त क्यों हूँ। इतना ग़ुस्सा क्यों करता हूँ।

अचानक रत्न कुछ सोचकर हँस पड़ा और उसने बाबू को ग़ौर से देखकर कहा, ''यार, तू टेस्ट-ट्यूब बेबी तो नहीं है ?''

रत्न बाबू से सिर्फ़ दो बरस बड़ा था, मगर वह दुनिया की हर बात, हर राज़ जानता था और अहमद बाबू पर हर रोज़ नए-नए भेद खुलते जाते हैं, ''टेस्ट-ट्यूब बेबी ? वह कैसा होता है ?''

''ऐसा,'' रत्न ने बाबू के सिर पर एक धौल रसीद की (मारी) और भागा नल के पास पानी पीने।

शाम को बाबू घर आया, तो बहुत थका हुआ, निढाल सा था, मगर उसे यह देखकर बड़ा इत्मीनान हुआ कि डैडी ड्राइंग-रूम में बियर का गिलास सामने रखे बैठे थे...दोनों हाथों में सिर थामे ! शायद फ़ाइल ऊपर नहीं आई। अब क्या होगा ?

बाबू का नन्हा सा दिल धड़कने लगा। आज मम्मी भी अभी तक ऑफ़िस से नहीं आईं। बबलू और शबी गेट के बाहर ग्राउंड में पड़ोस के बच्चों के साथ फुटबाल खेल रहे थे। वह कितना तेज़ भागते हैं। बाबू का भी दिल चाहता है कि उनके साथ खेलने को, मगर वह इतना भागे, तो थक जाता है। वे कहते हैं कि बाबू बड़ा झगड़ालू है। बात-बात पर मार-पीट, गाली-गलौज। इसलिए कोई अपने खेल में उसे शरीक नहीं करता। उसने सोचा, इन बच्चों से इन्तक़ाम (बदला) लेने के लिए एक दिन जावेद और रत्न को साथ लाऊँगा, मगर बबलू और शबी कितने तगड़े हैं। शायद उन्हें किसी इनक्यूबेटर में नहीं रखा गया। बाबू को ऐसा लगता था, जैसे अभी तक वह किसी इनक्यूबेटर में रखा हो। उसे कोई बाहर नहीं निकालता।

चिट्टी दीदी कहीं बाहर जाने की तैयारियों में अपने चेहरे पर न जाने कितने रंग बिखेर चुकी थीं और अब शलवार के सूट पर इस्तिरी करते हुए गुनगुना रही थीं :

आप जैसा कोई मेरी ज़िन्दगी में आए...

बाबू अकेला खाने की मेज़ पर जा बैठा...मगर बिल्कुल अकेला भी नहीं...बेशुमार फ़िक्रें उसके साथ...टेबल पर प्लेटों में बड़ी मज़ेदार चीज़ें बहुत सलीक़े से सजाकर रखी थीं, जैसे किसी की बर्थडे पार्टी हो रही हो, मगर दीदी ने उसे डाँटकर कहा, "किसी चीज़ को हाथ मत लगाना ! मेहमान आ रहे हैं...हाँ, हाँ, बात बन जाए..."

लेकिन बाबू को बहुत भूख लगी थी। इसलिए जब दीदी बाल बनाने के लिए आईने की तरफ़ गई तो बाबू ने एक पेस्टरी का पीस उठाया और खिड़की में जाकर खड़ा हुआ।

गेट के अन्दर एक कार आई और उसमें से हँसती हुई मम्मी उतरीं।

कार की आवाज़ सुनकर डैडी हड़बड़ाकर उठे और पोर्च की तरफ़ दौड़े। अब कार में से काला सूट पहने एक अधेड़ उम्र का आदमी निकला। बिल्कुल चार्ली चैपलिन की सूरत। काला भुजंग...यह बड़ी-बड़ी मूँछोंवाला। उसे देखकर बाबू को हँसी आ गई।

"यह मेरे हज़बैंड हैं चन्द्रशेखर...और शेखर, यह हमारे बॉस हैं मिस्टर भास्कर रेड्डी..."

बॉस...? बाबू उछल पड़ा। मम्मी के बॉस ? गर्दन ऊपर उठाकर वह बड़े ताज्जुब से मम्मी के बॉस को देख रहा था, जिसके आगे डैडी झुके-झुके उसे इस तरह अन्दर ला रहे थे, जैसे उसके स्याह जूते अपनी हथेलियों पर सहार रहे हों।

"चिट्टी...चिट्टी ! तैयार हो गई क्या ?" मम्मी घबराई हुई सी अन्दर आईं, "जल्दी से बाहर आओ। वे आ गए !" (हाँ, हाँ बात बन जाए...)

"ओह मम्मी...मुझे बोरियत हो रही है..." चिट्टी दीदी बुरा-सा मुँह बनाकर बोली।

"प्लीज...ज़रा देर के लिए आ जाओ...वे ख़ुश हो जाएँगे तुमसे मिलकर," मम्मी के लहजे में न जाने कितनी शक्कर घुल गई थी उस वक़्त।

हाँ-हाँ, बात बन जाए...बाबू अपनी पलँग पर औंधा लेटकर चिट्टी दीदी का गीत गुनगुनाने लगा। अभी होमवर्क करना है। कल असलम फिर बस की सीट पर नहीं बैठने देगा। मेरे स्कूल में सब गुंडे बच्चे हैं। दूसरे स्कूल में जाने के लिए टेन थाउज़ेंड कहाँ से आएँगे...मगर अब तो चिट्टी दीदी ड्राइंग-रूम में चली गई। मम्मी का बॉस ख़ुश हो गया होगा। रात को डाइनिंग-टेबल पर सब हँस रहे थे। सबसे ज़्यादा हँसी मम्मी को आ रही थी...

"साबिर कहाँ चला गया ? सालन क्यों नहीं लाता ?" चिट्टी ने किचन की तरफ़ देखा, तो साबिर भागता हुआ अन्दर आया।

सालन की डिश टेबल पर रखते हुए साबिर ने कहा, "सामनेवाले ग्राउंड में कोई कूड़े के ड्रम में नन्हा सा बच्चा फेंक गया है। इसलिए गोश्त को ज़रा दाग़ लग गया..." सालन जलाने और छोटी-छोटी ख़बरों की बड़ी अहमियत के साथ सुनाने का साबिर को बड़ा शौक़ था।

"अरे!" सबने इस बात को अफ़सोस के साथ सुना, सिवा सम्मी के, जिन्हें कूड़े में पड़े हुए बच्चे से ज़्यादा जले हुए सालन की फ़िक्र थी।

"क्यों साबिर, बच्चे को कूड़े में क्यों फेंक दिया ?" बाबू ने घबराकर पूछा।

"मैं क्या जानूँ ?" साबिर ने दाल का डोंगा मेज़ पर रखकर अपने हाथ पोंछे, "उसकी माँ को ज़रूरत नहीं होगी बच्चे की...साली कूड़े के ड्रम में फेंक गई अपनी औलाद को।"

"इससे तो अच्छा था कि बच्चे को किसी इंक्यूबेटर में रख देती," बाबू ने बड़े अफ़सोस के साथ कहा।

बाबू की बात पर सब हँसने लगे।

"साबिर, तुम क्या बकवास करते हो बच्चों के साथ...?" मम्मी ने सबकी प्लेटों में सालन डालते हुए कहा और फिर मौज़ू (विषय) बदलने के लिए डैडी से बोलीं, "महँगाई कितनी बढ़ती जा रही है। अब गोश्त छब्बीस रुपए किलो मिल रहा है," मम्मी रोज़ खाने की मेज़ पर चीज़ों का भाव सुनाया करती हैं।

"मम्मी, कल से मैं गोश्त नहीं खाऊँगा। मुझे गोश्त अच्छा नहीं लगता," बाबू ने कहा।

"मगर तू बहुत कमज़ोर है। तुझे तो मीट ज़रूर खाना चाहिए," चिट्टी दीदी ने कहा।

"हाँ, मम्मी, मैं परि-मैच्यूर हूँ। इसलिए कमज़ोर हूँ न, मगर मम्मी, आपने मुझे इंक्यूबेटर में क्यों रखा था ?"

बाबू की बातों पर सब हँसने लगे।

"इंक्यूबेटर में इसलिए रखा था कि तू भी सब बच्चों के बराबर हो जाए," मम्मी ने हँसते-हँसते बाबू को समझाया और फिर वह संजीदा होकर डैडी से कहने लगीं, "बाबू आजकल बहुत वीक हो रहा है। इसके सारे टेस्ट दोबारा कराने हैं..."

"हाँ, तीन सौ रुपए का ख़र्च है," डैडी सिर खुजाने लगे।

"हमारे यहाँ, तो हर वक़्त अचानक ऐसे ही ख़र्च निकल आते हैं और फिर सारा बजट बिगड़ जाता है," मम्मी सिर पकड़कर बैठ गईं।

"तो आप लोग फ़ैमिली प्लॉनिंग क्यों नहीं करते ?" बाबू ने बड़ी संज़ीदगी से पूछा।

बाबू के सवाल पर मम्मी और डैडी ने एक-दूसरे की तरफ़ मुस्कुराकर देखा। सब बच्चे सिर झुकाए खाना खाते रहे। चिट्टी दीदी गर्दन झुकाए रोटी के टुकड़े कर रही थी और चुपके-चुपके हँस रही थी। सब क्यों हँस रहे थे ? यह बात बाबू की समझ में नहीं आई। आख़िर उसे बेवकूफ़ क्यों समझा जाता है ? यह बोर्ड तो हर जगह लगा हुआ है कि जो लोग फ़ैमिली प्लॉनिंग करते हैं, उनका कुनबा सुखी रहता है।

एक शाम बाबू शबी और टीटू के साथ मम्मी के पास बैठा होम-वर्क कर रहा था। मम्मी किसी कपड़े को तख़्त पर फैलाए उसके छोटे-छोटे टुकड़े कर रही थीं। अचानक बाबू को एक बात याद आई।

"मम्मी, टेस्ट-ट्यूब बेबी कैसा होता है ?"

मम्मी ने उसे ग़ौर से और इतने ग़ुस्से से उसकी तरफ़ देखा कि वह सहमकर रह गया।

"बोल, तुझे किसने यह बात बताई ?" अब मम्मी के हाथ में उसका कान था।

"वह जो रत्न है न स्कूल में, वह कह रहा था कि मैं...मैं..." बाबू ने रोते हुए कहा।

"आवारा छोकरे...इसे अब उस स्कूल से निकालना ही होगा !"

मम्मी अब तख़्त पर बैठकर कटे हुए टुकड़ों को सीने लगीं। यह न जाने क्या काम है। मम्मी पहले कपड़े को काटती हैं। फिर जोड़ने बैठ जाती हैं।

उसमें आवारगी की क्या बात है ? कोई बच्चा परि-मैच्यूर होता है। कोई टेस्ट-टयूब बेबी ! मम्मी और डैडी अभी तक उसकी समझ में नहीं आए।

इतनी फ़िक्रों का बोझ ऊपर हो, तो नींद कैसे आ सकती है ?

बाबू को रोज़ रात को हल्का सा टेम्प्रेचर हो जाता है, मगर वह किसी से कहता नहीं। गोश्त छब्बीस रुपए किलो हो गया है। टेस्ट के लिए तीन सौ रुपए चाहिए। डैडी की फ़ाइल ऊपर नहीं आई। मम्मी और डैडी फ़ैमिली-प्लॉनिंग नहीं करते। असलम रोज़ स्कूल में मारता है। शान्ति स्कूलवाले टेन थाउज़ेंड डोनेशन लेंगे...

सारी रात का थका-हरा नाश्ते की मेज़ पर आकर बैठा, तो डैडी न्यूज़ पेपर लेकर आ गए, "बेरूत के एक स्कूल में बम गिरा ! दो हज़ार बच्चे मर गए ।"

"बम किसने फेंका, डैडी ?" बाबू ने धड़कते दिल के साथ पूछा।

"बेरूत के दुश्मनों ने..."

बाबू मेज़ पर नज़रें झुकाकर सोचने लगा—हिन्दुस्तान के भी तो बहुत से दुश्मन होंगे, कोई हमारे स्कूल में बम फेंक दे तो...?

उस रोज़ स्कूल में क्लास हो रही थी कि अचानक एक प्लेन बहुत नीचे से गुज़रा।

बाबू ने अपनी कानों पर हाथ रख लिये और ज़ोर से चिल्लाया, "नहीं, नहीं...!"

बेहोश बाबू को स्कूल के टीचर उठाकर घर लाए।

जब उसे होश आया, तो मम्मी डॉक्टर से कह रही थीं, "यह प्रीमैच्योर है, डॉक्टर, इसलिए हमेशा का कमज़ोर है !"

"हूँ...इसकी वजह क्या थी ?" डॉक्टर ने पूछा।

"मैं नहीं चाहती थी, डॉक्टर, कि और बच्चा हो," मम्मी रुक-रुककर कह रही थीं, "मैंने बहुत दवाएँ खाईं कि एबॉशर्न हो जाए, मगर कुछ न हुआ और फिर यह परि-मैच्यूर पैदा हुआ !"

"अच्छा, तो यह बात है ! मम्मी नहीं चाहती थीं कि मैं पैदा होऊँ। उन्होंने मुझे मारने की ख़ातिर ज़हर दिया और जब मैं न मरा, तो किसी कूड़े के ड्रम में फेंकने के बजाय हॉस्पिटल के इंक्यूबेटर में डालकर आईं।" बाबू ने अब आँखें खोलकर सहमी हुई नज़रों से मम्मी को देखा।

"अब तुम्हारी तबीयत ठीक है, मेरी जान ?" मम्मी ने उसे होश में देखा, तो प्यार करने को झुकीं, मगर उसने लात मारकर मम्मी को धकेल दिया।

"हट जाओ मेरे पास से ! तुम्हें मेरी ज़रूरत नहीं है, तो किसी कूड़े के ड्रम में फेंक दो न..." वह करवट बदलकर सिसकियाँ लेने लगा।

"आपने देखा, डॉक्टर ?" मम्मी बड़ी बेबसी के साथ कह रही थीं, "बस हर वक़्त ऐसा ही लड़ाई-झगड़ा, मार-पीट और उलटी-सीधी बातें करता रहता है।"

"हूँ...शायद आपने इसे वक़्त से पहले इंक्यूबेटर से निकाल लिया था। इसलिए यह सब एबनॉर्मल-सा हो गया।" डॉक्टर आहिस्ता-आहिस्ता कह रहा था।

अगली सुबह नाश्ते की मेज़ पर डैडी न्यूज़-पेपर लेकर आ गए।

"कल रात शहर में फिर हिन्दू-मुस्लिम दंगा हुआ। दस आदमी मारे गए !"

"आख़िर गवर्नमेंट इस गुंडागर्दी को सख़्ती से कुचल क्यों नहीं देती ?" मम्मी आलू को इस तरह चबा रही थीं, जैसे किसी गुंडे की बोटियाँ खा रही हों।

"यह मसला इतना आसान नहीं है, शान्ता, ग़ौर करना पड़ेगा।"

"बस ग़ौर करते रहिए," मम्मी ने बेहद ग़ुस्से में डैडी की बात काट दीं, "आप तो कार लेकर ऑफ़िस चले जाते हैं। सब बच्चों को तो स्कूल बस से जाना पड़ता है। मैं ऑफ़िस में इतना घबराती हूँ, कहीं किसी दिन कुछ हो गया, तो...?"

"क्या हो जाएगा, मम्मी ?" बाबू ने ख़ौफ़ज़दह (भयभीत) होकर पूछा।

मम्मी और डैडी ख़ामोश रहे, मगर नौवीं क्लास में पढ़नेवाले आशी भैया ने उसे समझाया, "किसी दिन कोई गुंडा हमें छुरा न मार दे..."

"आशीष," डैडी ने ग़ुस्से से आशीष की तरफ़ देखा, "क्यों बाबू को डरा रहा है ? उसकी तबीयत तो पहले ही ठीक नहीं रहती।"

"तो इसका मतलब यह है कि सचमुच यह बड़ी डरावनी बात है।"

"डैडी, यह जो लोगों को मारते हैं, झगड़ा करते हैं, ये कौन लोग है ?" बाबू ने

पूछा।

"पागल हैं, बेटे...एबनॉर्मल लोग, झगड़ालू, गुंडे..."

"एबनॉर्मल ? झगड़ालू गुंडे ?"

स्कूल से लौटते वक़्त बस में बैठा, तो सारी दुकानें, सड़कें, लोग, सब बाबू की मुख़ालिफ़ सिम्त (विरोधी दिशा) में दौड़ रहे थे, जैसे आज कोई बाबू के साथ चलने को तैयार न हो।

डैडी कहते हैं कि गुंडागर्दी ख़त्म करना आसान बात नहीं, मगर बाबू जानता था कि सारी दुनिया में दंगा-फ़साद करनेवाले गुंडों को अभी कुछ दिन और इंक्यूबेटर में रखना चाहिए, क्योंकि ये सब प्रीमैच्योर हैं।

सूखी रेत

डिफ़ेंस कॉलोनी का वह एक सरबुलन्द (भव्य) मकान था।

ख़ूबसूरत, इम्पोर्टेड साज़ो-सामान से सजा हुआ...अपने मकीनों (वासियों) की दौलत और आला ज़ौक (सुरुचि) का ख़ूबसूरत इज़हार !

मेज़बानों के खुले दिल और बुलन्द क़हक़हों से अन्दाज़ा हो रहा था कि ये वो लोग हैं, जिनका सिक्का वक़्त पर चलता है। ख़ुशियाँ उनके पीछे दौड़ती हैं।

"आप ठंडा लेंगी या कॉफ़ी ?"

"बादाम लीजिए !"

"चिलगोज़े खाइए !"

"माल्टे पसन्द हैं या सेब ?"

"आपके लिए मैंने सालम बकरे रोस्ट करवाए हैं। काबुल से एक कुक आ गया है। वैसे पेशावरी चवली कबाब और लाहौर का चरग़ा, कराची की कटाकट...आप अपनी पसन्द बताइए न...चाइनीज़ खाने पसन्द हैं या कंटिनेंटल डिश...?" पेरिस के परफ़्यूम से महकती, अमेरिकन मेकअप से चमकती, पाकिस्तानी खलूस (सहृदयता) से दमकती हुई हमारी मेज़बान हुमा रफ़ीक़ ने पूछा।

"बस, अब और कुछ नहीं...मेरा ख़याल है कि इतने खानों से एक भूखे हिन्दुस्तानी का पेट भर जाएगा।"

सब हँसने लगे।

"यहाँ से क्लिफ़्टन बहुत क़रीब है। खाने के बाद आपको आइसक्रीम खिलाने वहाँ ले जाएँगे," एक मेहमान ख़ातून (महिला) ने बड़े ख़लूस से मेरे पास आकर कहा। (उस महफ़िल में हर मेहमान हमारा मेज़बान बना हुआ था।)

"अब आइसक्रीम का प्रोग्राम किसी और दिन पर रखें," मैंने घबराके कहा।

"लेकिन खाने के बाद पान खाने के लिए तो आपको वहाँ जाना ही पड़ेगा," एक मशहूर नक़्क़ाद (समालोचक) ने अपने पाइप में तम्बाकू भरते हुए कहा।

यह पाकिस्तान के बड़े अहम, अदीबों, शायरों और नक़्क़ादों की महफ़िल थी। हर बात में बेहद नफ़ासत, सलीक़ा, ख़लूस-भरा अन्दाज़, पुरलुत्फ़ गुफ़्तगू !

तमाम मेहमानों ने हमारी दावतों के दिन बाँट लिये। हमारी तफ़रीह का प्रोग्राम बना लिया गया।

इतना ख़लूस (सहृदयता)...कस्टमवाले तोलने बैठें, तो हरगिज़ साथ न ले जाने दें।

शाल में लिपटे, ऊनी टोपी ओढ़े, एक धान-पान से बुजुर्ग मेरे क़रीब आ बैठे।

"आप क्लिफ़्टन ज़रूर जाइए," उन्होंने अपने तआरूफ़ (परिचय) के बग़ैर मुझसे कहा।

"वहाँ से दूर तक समन्दर नज़र आता है। एक जगह तो ऐसी है कि नाक की सीध में इंडिया का साहिल है। रेत पर पाँव रखकर खड़े हो जाएँ, तो उधर की मौजें पाँव छूने आ जाती हैं।"

अब मैं उनकी तरफ़ मुड़ गई।

"आप इंडिया से यहाँ कब आए थे ?"

इस उम्र के बूढ़े लोग अपने ख़ूबसूरत दिन उधर छोड़ आए थे और अब बहती मौजों को ढूँढ़ने साहिल के किनारे जाते हैं।

"अरे बीबी...जुग बीत गए...अब तो कुछ याद नहीं रहा। वक़्त ने सारे फ़ासले धुँधला दिए हैं।"

वे बहुत आहिस्ता-आहिस्ता बोल रहे थे। बार-बार खाँस रहे थे। नीचे की तरफ़ झुक जाते।

"हार्ट-पेशेंट हैं हमारे फ़ादर-इन लॉ..." हमारी मेज़बान हुमा ने मेरे कान में सरगोशी की।

"जब सुना कि हैदराबाद से एक राइटर आई हैं, तो बिस्तर से उठकर आ गए हैं आपसे बातें करने के लिए !"

"आप हैदराबाद में रहती हैं ?"

"जी हाँ !"

"आपका मकान न जाने कहाँ होगा...नाम्पली स्टेशन के आगे...बाग़े-आम के सीधे हाथ पर हमारी कुलचे की दुकान के पास हकीम चन्द्रभान का मतब (दवाख़ाना) था। अल्लाह ने उस हकीम के साथ में बड़ी शफ़ा दी थी।"

बात करते में वे हाँफ जाते थे। कुछ बातें इशारों से पूरी कर देते।

"हाँ, हाँ...अभी वह दुकान है। मैं अक्सर हकीम साहब को देखती हूँ।"

"अच्छा...आपने उन्हें देखा है। वे ज़िन्दा हैं ?"

वे मेरे और क़रीब सरक आए, "अगर आपको भी चन्द्रभान मिलें, तो उनको मेरा हाल बताना। दिल के दौरे पड़ते हैं मेरे को। डॉक्टरों की दवाओं से ठीक नहीं होते। हकीम साहब को बोलो, मेरे को ख़मीरा गावज़बाँ जवाहरवाला भेज दो..."

"आप आइए न हैदराबाद। अपना इलाज भी करवा लेना !"

"नहीं-नहीं, याँ ऐसी बाताँ नको करो, बीबी !" उन्होंने अपने बेटे की तरफ़ देखकर आहिस्ता से कहा।

"आप लोग कभी इंडिया नहीं आते...?" खाने के दौरान मैंने रफ़ीक़ साहब से पूछा।

''हैदराबाद देखने को बहुत जी चाहता है। अब्बाजान का वतन था, मगर मैं फ़ौज में हूँ, इसलिए इंडिया का वीज़ा हमें नहीं मिलता।''

''हम अब्बाजान से कहते हैं, आप भूल जाइए हैदराबाद को।''

''पागल है मेरा बेटा...'' उन्होंने अपनी छड़ी पर ज़ोर देकर ग़ुस्से में कहा, ''मियाँ साहबज़ादे ! मेरे पास अब अपने आपको भुला देने के सिवा याद करने के लिए कुछ नहीं रहा।''

सब चुप हो गए। रफ़ीक़ साहब ने मेरी तरफ़ देखकर इशारा किया कि उनके अब्बा एबनॉर्मल-से हैं।

''बड़ी लम्बी-चौड़ी इंक्वाइरी होती है हमारी,'' हुमा रफ़ीक़ ने अपने ख़ूबसूरत लहरिएदार बाल झटककर कहा, ''एक बार पेरिस से आते हुए शॉपिंग के लिए मैं एक दिन देहली में ठहर गई, तो रफ़ीक़ को बड़ी परेशानी हुई।''

''यहाँ आपके दोस्त-रिश्तेदार होंगे ?'' मैं फिर उनके पास जा बैठी।

वे हँसने लगे, ''दोस्त बनाने, इश्क़ करने, दिल जलाने की उम्र मैं पीछे छोड़ आया हूँ। अब रफ़ीक़ का एक शहर से दूसरे शहर में ट्रांसफ़र होता है, तो हम एक नए कमरे में जाकर लेट जाते हैं। एयरकंडीशनर की वजह से मौसम का भी पता नहीं चलता हमें।''

''अब्बा जान, दस बज गए हैं। अब आप सो जाइए,'' उनकी बहू ने मशविरा दिया।

एक नौकर उन्हें उठाने आया, तो उन्होंने उसका हाथ झटककर मुझसे पूछा, ''आप फिर कब आएँगी यहाँ ? मेरे को आपसे कुछ बातें करनी हैं !''

''दो-तीन दिन बाद इसी कॉलोनी में अपनी एक दोस्त से मिलने आऊँगी, तो यहाँ भी आ जाऊँगी।''

''आप अकेली कहीं मत जाइए ! हम ख़ुद आकर आपको ले जाएँगे,'' कराची के एक मशहूर शफ़ीक़ (स्नेहशील) नक़्क़ाद (समालोचक) ने बड़े ख़लूरा के साथ कहा।

''सुना है, आज किसी ने लालू खेत की मार्किट में आग लगा दी। अभी तक बाज़ार जल रहा है।''

''लोग चुटकी बजाते में आग लगा देते हैं,'' वे फिर ग़ुस्से में बिफर गए, ''यह आग कब बुझती है ? कैसे बुझती है ? कोई नहीं जानता।''

सब चुप हो गए।

''आपके अब्बाजान यक़ीनन बहुत अच्छे शे'र कहते होंगे। अब आऊँगी, तो आप से शे'र भी सुनूँगी।''

''नहीं-नहीं, मैं शे'र-वेर नहीं कहता। बकवास करता हूँ,'' वे बुरा मान गए।

एक हफ़्ते के बाद बेगम रफ़ीक़ का फ़ोन आया, ''बहुत मसरूफ़ (व्यस्त) होंगी आप ! हमारे फ़ादर-इन-लॉ की तबीयत ख़राब है, मगर बार-बार इसरार (आग्रह) कर

रहे हैं कि आप उनसे मिलने कब आएँगी...फ़ोन करके पूछो !"

"आज...अभी आ रही हूँ," मैंने बड़ी शर्मिन्दगी के साथ कहा।

पोर्टिको में हुमा खड़ी थी।

"मुआफ़ कीजिए...बेवक़्त आपको ज़हमत दी है। डॉक्टर ने उन्हें मुकम्मल आराम करने को कहा है, मगर आपको बुलाने की ज़िद कर रहे थे।"

कमरे में वे कम्बल ओढ़े लेटे थे। तख़्त पर जा-नमाज़, तस्बीह (माला), रहल पर क़ुरआन शरीफ़ रखा था। शेल्फ़ में उर्दू, फ़ारसी, शायरों के दीवान थे। सिरहाने कुली क़ुतुबशाह का दीवान रखा था। दीवार पर चारमीनार के फ़ोटोवाला एक पुराना कैलेंडर लगा था और सिरहाने की टेबल पर बेशुमार दवाएँ रखी हुई थीं।

मैं जानती थी कि वे मुझसे सिर्फ़ हकीम चन्द्रभान और नाम्पली बाज़ार की बातें करना चाहते हैं। मुझे देखते ही वे ख़ुशी के मारे उठकर बैठ गए।

"मैं हकीम साहब से आपका हाल बताकर ख़मीरा गावज़बाँ ज़रूर भेज दूँगी," उनके सामने कुर्सी पर बैठकर मैंने कहा।

"नको बीबी ! एक बार दवा आ गई, तो क्या होगा ?" उन्होंने हाथ उठाकर मना किया।

"क़ुली क़ुतुबशाह अच्छा शायर था," मैंने अब बात करने के लिए दूसरा मौज़ू (विषय) ढूँढ़ा। वह हस्बे-तवक़्क़ो (आशानुसार) ख़ुश हो गए।

"अच्छा, आपको मालूम है, पुराना पुल क्यों बना था ?"

"जी नहीं !"

"कुलीक़ुतुब शाह जब शाहज़ादा था, तो सबसे छुपकर भागमति से मिलने रातों को जाया करता था। एक बार बारिश हो रही थी। नदी चढ़ाव पर थी। घोड़े पर से नदी में गिर गया। दूसरे दिन बादशाह ने हुक्म दिया कि नदी पर जल्दी से एक पुल बना दो।"

"वाह, दिलचस्प कहानी है !" मैंने हँसकर कहा।

"यह पुराने लोगों की बाताँ हैं, बीबी..." उन्होंने किताब बन्द करके कहा।

"जब बीच में नदी आ जाए, तो पुल को जोड़ देते थे। अब ऐसे पुलों को तोड़ देते हैं।"

"मैं यहाँ आने से पहले हकीम चन्द्रभान की दुकान पर गई थी," मैंने फिर उनकी दिलचस्पी का कोई मौज़ू (विषय) ढूँढ़ा।

"अभी दुकान पर आता है वह ! बहुत बूढ़ा हो गया," फिर कुछ सोचते हुए बोले, "बहुत से लोगाँ थे वे। बहुत सी बाताँ थीं। याद करो, तो उलझे धागों की तरह पैरों से लिपट जाती हैं...नवाब नफ़ासत जंग की ड्योढ़ी थी। ताँगेवाले से बोलो, ड्योढ़ी को जाना है, तो वह यह नहीं पूछता था, ड्योढ़ी कहाँ है ?"

"आपके दादा की ड्योढ़ी थी ?" मैंने आहिस्ता से पूछा।

"हमारे दादा...? नहीं, बीबी...हमारे दादा हज़्रत तो मामूली पैरोकार थे। नफ़ासत जंग की जो नवासी थी, चाँद पाशा...वह हमारी फ़ूफ़ू की ननद की बेटी थी..."

अब मैं बड़ी दिलचस्पी के साथ उस बूढ़े के चेहरे पे मचलती हुई परछाइयाँ देखने लगी।

"बहुत ख़ूबसूरत थी वह बच्ची...मगर बहोत (बहुत) शरीर थी...हमारे घर आई, तो कच्चे-पक्के सेब अनार तोड़कर फेंक देती थी। मेरे को बोलती, नारियल के झाड़ पर चढ़कर नारियल तोड़ के लाओ..."

वे हँसना चाहते थे, मगर खाँसी रोक देती...मैं गुमसुम बैठी रही।

"नवाबज़ादियों के नख़रे...जिस चीज़ को दिल चाहे, वह ज़रूर मिल जाए... मैंने जब बी.ए. पास किया, तो पुलिस-एक्शन की मारा-मारी शुरू हो गई। हमारा पूरा ख़ानदान पाकिस्तान चला गया। बावाजान बोले, चलो बेटा ! बोरिया-बिस्तर समेटो यहाँ से, मगर चाँद पाशा मेरे से बोले...तुम यहाँ से नहीं जाना...अब क्या सुनाऊँ आपको वह क़िस्सा ? हमारे बावा नफ़ासत जंग के पास पैग़ाम लेकर गए...बोले, घर-दामाद बना लो आप मेरे बेटे को..."

मैं दम साधे बैठी थी।

"मगर...काँ महबूब अली, काँ प्याज़ की डली..." वह हँस रहे थे, मगर ऐसा लगा, जैसे रो रहे हों। मैं घबरा गई, मगर यह नहीं पूछा, फिर क्या हुआ ?

"पूरा घर ख़ाली हो गया, हमारा। सब पाकिस्तान चले गए। मैं घर में आया... कोई आवाज़...कोई याद...सारे घर में कुछ नहीं था। अपने क़दमों की आवाज़ भूत बनकर डरा रही थी। बस...मैं तेज़ी से स्टेशन की तरफ़ भागा...रेल छूट रही थी। चलती रेल में चढ़ते वक़्त मेरा पाँव फिसल गया...मैं नीचे गिर रहा था...किसी ने ऊपर खींच लिया...बस...उस दिन से ऐसा वहम हो गया है मेरे को, जैसे मैं नीचे फिसल रहा हूँ...फिर कोई ऊपर खींच लेता है...आदमी किसी एक तरफ़ हो, तो चैन पड़े न...?

सिसकी की आवाज़ सुनकर मैंने सिर उठाया। उनका दुबला-पतला बंगाली नौकर अपने आँसू पोंछ रहा था। पाकिस्तान में सफ़ाई करनेवाली मासी और खाना बनानेवाले लड़के बंगाली होते हैं।

"साइबजी, कहें, तो हम दूसरे नाम से इनका पासपोर्ट बनवाकर वीज़ा लगवा दें। हमारा साला यहीं बिज़नेस करता है। दो हज़ार लगेंगे..." बंगाली बाबू ने झुककर मेरे कान में कहा।

"वाह...यह तो बेहतरीन आइडिया है," मैंने ख़ुश होकर ताली बजाई।

"इस वीज़ा पर आप हैदराबाद आइए। ख़ूब तफ़रीह कीजिए। पुराने पुल से नफ़ासत जंग की ड्योढ़ी जाइए। अब तो हैदराबाद की हर चीज़ बदल गई है...हर स्टेट के लोग आ गए हैं। आपको अब वहाँ कोई नहीं पहचानेगा।"

"मेरे को अब वहाँ कोई नहीं पहचानेगा ?" उन्होंने गर्दन झुका ली।

हमारे दरम्यान से न जाने कितने लम्हे धक-धक करते गुज़र गए।

अब मेरे पास उनसे कहने के लिए शायद कुछ नहीं रहा था। बड़ी देर के बाद शायद उन्हें मेरी मौजूदगी का अहसास हुआ।

"आप क्लिफ़्टन के बीच पर गई थीं ?"

"जी..." मैं साफ़ झूठ बोल गई।

"अच्छा...? तो ऊँची-ऊँची मौजों ने आपको सराबोर कर दिया होगा ?..." वे अचानक ख़ुश हो गए।

"जी...जी नहीं...वह बात यह हुई कि...कि..."

"मैं भी कई बार गया...मौजें आगे नहीं बढ़ीं, सूखी रेत पर खड़ा रहा मैं..." दिल का दर्द कम करनेवाली गोली उन्होंने ज़ुबान के नीचे दबा दी...

●●●